m

阅读之前 没有真相

午 夜 文 库

劳伦斯·布洛克
雅贼系列

劳伦斯·布洛克 Lawrence Block (1938—)

享誉世界的美国侦探小说大师,当代硬汉派侦探小说最杰出的代表。他的小说不仅在美国备受推崇,还跨越大西洋,征服了自诩为侦探小说故乡的欧洲。

侦探小说界最重要的两个奖项,爱伦·坡奖的终身成就奖和钻石匕首奖均肯定了劳伦斯·布洛克的大师地位。此外,他还曾三获爱伦·坡奖,两获马耳他之鹰奖,四获夏姆斯奖(后两个奖项都是重要的硬汉派侦探小说奖项)。

劳伦斯·布洛克的作品,主要包括四个系列:

马修·斯卡德系列:以一名戒酒无执照的私人侦探为主角;

雅贼系列:以一名中年小偷兼二手书店老板伯尼·罗登巴尔为主角;

伊凡·谭纳系列:以一名朝鲜战争期间遭炮击从此睡不着觉的侦探为主角;

奇波·哈里森系列:以一名肥胖、不离开办公室、自我陶醉的私人侦探为主角。

此外,布洛克还著有杀手约翰·保罗·凯勒系列。

劳伦斯·布洛克生于纽约布法罗,现居纽约,已婚,育有二女。

劳伦斯·布洛克作品年表

1966 《睡不着觉的密探》
1976 《父之罪》《在死亡之中》
1977 《谋杀与创造之时》《别无选择的贼》
1978 《衣柜里的贼》
1979 《喜欢引用吉卜林的贼》获尼禄·沃尔夫奖
1980 《研究斯宾诺莎的贼》
1981 《黑暗之刺》
1982 《八百万种死法》
1983 《像蒙德里安一样作画的贼》
　　　《八百万种死法》获夏姆斯奖
1986 《酒店关门之后》
1987 《酒店关门之后》获马耳他之鹰奖
1989 《刀锋之先》
1990 《到坟场的车票》
　　　《刀锋之先》获夏姆斯奖
1991 《屠宰场之舞》
1992 《行过死荫之地》
　　　《到坟场的车票》获马耳他之鹰奖
　　　《屠宰场之舞》获夏姆斯奖、爱伦·坡奖
1993 《恶魔预知死亡》
1994 《一长串的死者》
　　　《交易泰德·威廉姆斯的贼》
1995 《自以为是鲍嘉的贼》
　　　《一长串的死者》获爱伦·坡奖
1997 《向邪恶追索》《图书馆里的贼》
1998 《每个人都死了》《杀手》
1999 《麦田里的贼》《黑名单》
2001 《死亡的渴望》
2003 《小城》
2004 《伺机下手的贼》
2005 《繁花将尽》
2011 《一滴烈酒》
2013 《数汤匙的贼》

雅贼全集精装典藏版⑥
交易泰德·威廉姆斯的贼
The Burglar Who Traded Ted Williams

（美）劳伦斯·布洛克 著
易萃雯 译

新星出版社　NEW STAR PRESS

此书献给所有在过去十年中问过我是否会再写一本伯尼的故事的人

如果你们之中有一半的人买了书,我就发财了

同时献给苏·格拉夫顿,一位非常有品位的女士;以及斯蒂芬·金,他想要一本关于猫的书

还有琳恩,告诉你们一个秘密,我所有的书都是献给琳恩的……

1

"外观不错的《窃贼》,"他说,"我看你该不会刚好也有挺像个样的《不在场证明》吧?"

我没从他的话里听出书名号来。书名号并非加强语气,仅代表它们是书名——还是掐了头的书名。应该是《A:不在现场》以及《B:窃贼》①。他说的就是这两本,而且他还把后一本放在了我面前的柜台上——算是个线索,只是我没心领神会。再说我也没听出书名号来。我只听到这个壮实的家伙嘶哑着声音说我是贼——虽然外观不错——还问我是否有不在场证明。老实说,我可真吃了一惊。

因为我的确是个贼,虽然这事我想尽办法瞒过众人。同时我也是书店老板,眼下我便是以这个身份坐在巴尼嘉书店的柜台后面。事实上,我已经放弃了窃贼生涯改行卖

---

① 此处指的是美国作家苏·格拉夫顿的字母系列作品中的 "*A*" *Is for Alibi* 和 "*B*" *Is for Burglar*,新星出版社已出版。

书，熬了一年没让自己进入陌生人家中。不过最近我又开始濒临参加十二步自救班的热切人士有可能称之为"退步"的感觉当中。

不怎么宽宏大量的人会称之为预谋犯罪。

不管你怎么称呼它，我对这话题就是有些敏感。我的后背一阵冰凉，然后眼睛便落到书上，光打下来。"哦，"我说，"苏·格拉夫顿。"

"对。你这儿有没有《A：不在现场》？"

"我看没有。读书俱乐部出的版本我有过一本，可是——"

"我对读书俱乐部的版本没兴趣。"

"哦。呃，其实就算你有兴趣，我也没法卖。现在已经没了。有人买走了。"

"怎么会有人想买读书俱乐部的版本呢？"

"呃，字体比平装的大一点。"

"那又怎样？"

"读起来比较舒服。"

他脸上的表情告诉我，他对买书只为阅读的人有何评价。他年近四十，胡子刮得很干净，穿了西装打着领带，一头发亮的棕发。他的嘴唇丰润而上翘，如果他希望下巴的轮廓清晰一点的话，得减掉几磅才行。

"多少？"他质问道。

我查看扉页上铅笔标注的价钱。"八十块。加税总计是——"瞥瞥计税表,"八十六块六。"

"我开支票给你。"

"行。"

"要不我可以给你八十块现金,"他说,"税就免了。"

有时这能行得通。说实话,我的书架上也没几本我不愿意从善如流打个九折的书——就算没有充分的理由也一样。不过我跟他说支票可以,请他开给巴尼嘉书店。他草草写完以后,我看着支票念了签名。波顿·斯托普嘉德,他这么写着,名字就签在支票顶端,还有一个位于东三十七街的地址。

我看看签名,又看看他。"我得核对证明文件。"我说。

不要问我为什么。我也没有真的以为他或者他的支票有问题。滥开空头支票的小伙子不会为了免掉营业税提议付现。我想我只是不喜欢他,而且想当个人见人恨的讨厌鬼。

他瞪了我一眼,意思也是这样,然后掏出他的皮夹拿出信用卡和驾照。我核对了签名,匆匆在支票背面记下他美国运通卡的号码,然后看看驾照上的照片。是他,没错,只是下巴上的赘肉稍稍少了一点。我念了他名字,波顿·斯托普嘉德,忽然灵光乍现。

"波顿·斯托普嘉德。"我说。

"没错。"

"炉石房地产。"

他换上一副谨慎的表情。他的表情一开始就没那么坦荡,不过这会儿变成了一座碉堡,而且还忙着在周围挖壕沟。

"你是我的房东,"我说,"你刚买下这幢楼。"

"楼房我多的是,"他说,"我买,也卖。"

"你买下了这幢,而且打定主意要加房租。"

"很难否认,租金便宜得离谱。"

"一个月八百七十五块,"我说,"租约明年一月到期,你开口跟我要一万零五百块的新月租费。"

"看样子你是觉得贵了?"

"贵?"我说,"你怎么会这么想?"

"因为我可以跟你保证——"

"这叫等同天价。"我提议道。

"……这跟市场行情差不多。"

"我只知道,"我说,"这个价格绝对行不通。你要我每个月掏出比我现在一年付的还要多的租金。这是加了多少,百分之一千两百?我每个月的营业额还不到一万五呢,我的天哪。"

他耸耸肩。"我看你得搬家了。"

"我不想搬,"我说,"我爱这家店。当初利泽尔先生决定退休到佛罗里达养老的时候我从他手上买下这里,我想在这儿干到退休,而且——"

"也许你应该开始考虑提早退休。"

我看着他。

"面对现实吧,"他说,"我提高租金不是故意跟你作对。相信我,我没有刻意找你麻烦。你的租金早在你买下这家店以前就便宜得过了头。有个白痴给了你朋友利泽尔三十年租约,那里面的增租条款根本就赶不上通货膨胀下房市交易的行情。赶走你以后,我会拆掉所有书架,把店面租给泰国餐厅或者韩国蔬果铺。你知道这么大块的上好空间我可以要到什么样的租金吗?一万五你觉得怎么样?一万五,而且房客会高高兴兴地双手奉上。"

"可你让我怎么办?"

"这不是我的问题。不过我敢说布鲁克林或者皇后区应该可以找到你付得起的同样面积租金的店面。"

"谁会上那儿去买书?"

"谁会上这儿买书呢?你落伍了,我的朋友。你应该走进时光隧道,回到第四大道以书街享誉全球的时代去。几十家店铺,结果呢?生意起了变化。平装书毁掉了二手市场。大众旧书店成了明日黄花,老板们一个个不是退休就是死掉。还剩下的几家就跟你的店一样还拖着长期租约的尾巴没转型,要不就是给多年前干脆买下楼房的老滑头经营着。你这行就要销声匿迹了,罗登巴尔先生。这可是个美丽的九月的午后,我是你店里唯一的顾客。你说这代表你这行前景如何?"

"我看我应该改行卖奇异果去,"我说,"或者麻酱凉面。"

"也许你可以让这一行起死回生,"他说,"丢掉百分之九十五的垃圾,专卖高价珍藏品。这样你只要十分之一的面积就能经营下去。而且你可以不用靠街边的门面,一间楼上的办公室就可以做生意了,或者干脆在家经营。不过我可不想告诉你,你的生意该怎么做。"

"你可是已经指着我的鼻子要我走人了。"

"这个行业就要绝种了,难道我还该支持你撑到最后?我做生意可不是为了保持身体健康。"

"不过——"我说。

"不过怎样?"

"不过你资助艺术,"我说,"我上星期在《纽约时报》上看到了你的名字。你捐了幅画给一个资助纽约公立图书馆的筹款拍卖会。"

"会计师的建议,"他说,"他跟我解释说,捐画省掉的税比我卖画的钱还多。"

"不过,你还爱好文学。我们这种书店是文化资产,跟图书馆一样举足轻重——只是经营方式不同。这点你不会不了解。身为收藏家——"

"投资人。"

我指着《B:窃贼》。"这是投资?"

"当然,而且是他妈的很好的投资。女性犯罪作家现在炙手可热。《A:不在现场》大约十二年前出版的时候还不到十五块。你知道这样一本有封套的全新本现在要价多少?"

"一时说不上来。"

"约莫八百五十块。所以我买格拉夫顿,我买南茜·皮卡德①,我买琳达·巴恩斯②。我跟侦探小说书店③签了约要买每个女作家的第一本小说,因为天知道最终谁会大红大紫?她们大半都不会出头,不过这样我也就不用担心会错过偶尔哪本在几年里从二十块跳升到一千块的书了。"

"所以你只对投资有兴趣?"我说。

"当然,你该不至于以为我会看这种垃圾吧?"

我把他的信用卡推过柜台,然后是驾照。我拿起他的支票撕成两半,再撕成两半。

"滚。"我说。

"你发什么神经?"

"没发神经,"我说,"我的书是卖给爱书人的。落伍,我清楚,不过这是我的经营之道。我欢迎那些收集心爱作家的珍本书能获得满足感的人,还有就是一些追求视觉效果、仅仅喜欢把好书放在壁炉两边墙上的人。我也许还有几个顾客买书的目的是投资,只是在我看来,靠这种方法

---

①南茜·皮卡德(Nancy Pickard, 1945—),美国侦探小说作家。
②琳达·巴恩斯(Linda Barnes, 1949—),美国侦探小说作家。
③指纽约百老汇一家专营侦探小说的书店,英文名叫 Murder Ink。

积存养老金并不保险。不过我还没碰到哪个顾客公然鄙视自己买下的书,这种顾客我不欢迎。我也许付不出房租,斯托普嘉德先生,不过只要这是我的店,我应该可以决定收谁的支票。"

"我给你现金。"

"我也不要你的现金。"

我把手伸向书,可是他劈手夺了过去。"不行!"他大叫,"书是我找到的,我要它。你非卖给我不可。"

"他妈的非卖给你才见鬼。"

"你就是得卖!万不得已我可以告你。可是用不着,对吧?"他从皮夹里掏出一张百元大钞,往柜台上砰地一放,"不用找零,"他说,"书我拿了。要是你挡着不让,就等着吃官司说你人身攻击吧。"

"哦,看在老天的分上,"我说,"我可不会跟你争书。等等,我找零给你。"

"我说了不用。零钱我不在乎,我刚花了一百块买下价值五百块的书。真是够蠢的,连自己的货都不懂标价。难怪你付不起房租。"

2

"照奥斯卡·王尔德所说，"我告诉卡洛琳，"所谓犬儒就是知道所有东西的价钱，但不知道它们的价值。依我看，波顿·斯托普嘉德挺符合这个标准的。他根本不看书，可他知道书价。我打电话给几家侦探小说专卖店，那狗娘养的还真说对了。书况好的《A：不在现场》售价将近一千美元。而我那本《B：窃贼》值五百。"

"我两本都有。"

"真的？"

"平装。"

"平装的话，大概一本一块钱。"

"没关系，伯尼。反正我也没打算卖。苏·格拉夫顿早期的书我买的都是平装，买精装还是从那本讲摄影师的书才开始的——说他偷拍校长和修女的照片来勒索。忘了书名。"

"《F 代表停止》①。"

"对,就是那本。她的书我买的第一本精装应该是那本。要不就是讲剥削狂的性治疗师那本?"

"《G 代表 G 点》?"

"了不起的好书。我知道这本我有精装,F 那本也是,不过跟投资没关系。我只是不想多耗一年等平装上市。伯尼,你说她是不是同性恋?"

"苏·格拉夫顿?天哪,我看不会吧。她不是结婚了吗?"

她不耐烦地摇摇头。"我说的不是苏·格拉夫顿,"她说,"她肯定是异性恋。我难道没跟你说过,去年春天我在签名会上看到她了吗?她丈夫也在。真是个身强力壮的家伙,看来好像可以钻到庞帝克汽车下面把车举起来一样。不会的,我看她绝对是异性恋。"

"我也这么想。"

"没有女同性恋的磁场。百分之百爱男人,我对那个女人就这个看法。"她叹了口气,"真浪费啊。"

"呃,如果她是异性恋——"

"绝对错不了,伯尼。毫无疑问。"

"那你纳闷的又是谁呢?"

---

①原文为 *"F" Is for Stop*,f/stop 是摄影中的用语,表示光圈,这里是伯尼和卡洛琳在调侃,下面的 G 也是同样的情况。苏·格拉夫顿的原书名分别为 *"F" Is for Fugitive* 和 *"G" Is for Gumshoe*。

"金西。"

"金西?"

"金西·米尔虹①。"

"金西·米尔虹?"

"你这是在干什么,当回声?对,金西·米尔虹。你怎么了,伯尼?金西·米尔虹,加州圣特雷萨的头号私家侦探。天哪,伯尼,那些书你都没看过吗?"

"当然看了。你觉得金西是同性恋?"

"我觉得可能性很大。"

"她离了婚,"我说,"时不时跟男人有艳遇,而且——"

"障眼法,伯尼。我是说,你得看证据。对化妆毫不在意,她有一件上哪儿都穿的洋装,一直到这个系列的第十本还没脱下,她意志坚定,作风强悍,讲道理讲逻辑——"

"一定是女同性恋。"

"这正是我的观点。天哪,看看那些跟她有关系的男人,比如那个白痴警察。百分之百是障眼法。"她耸耸肩,"说起来,我当然可以理解她为什么还没出柜。这样她会流失很多读者。不过天知道每本之间她有没有弄混。"

"你问了苏·格拉夫顿?"

---

①金西·米尔虹是苏·格拉夫顿笔下"字母系列"的主人公,一个女私人侦探。

"开玩笑!我差点连话都说不出来。全天下我最不可能问她的问题就是金西在床上爱干什么。她给我签了名,伯尼。事实上,她还特意给我写了句话呢。"

"好极了。"

"可不是嘛!当时我说:'格拉夫顿小姐,我叫卡洛琳,特别喜欢金西·米尔虹。'于是她就写上:给特别喜欢金西·米尔虹的卡洛琳。"

"挺有想象力的。"

"没错。这女人可是作家,伯尼。总之,她的书我有一本有她亲笔签名的,可我看恐怕永远也值不到一千块,因为这样的书一定有无数本。那天的队一直排到街角。书里讲到了医生。你看过没?"

"还没。"

"呃,我那本不能借给你,因为上面有签名。你得等平装出来。既然你还没看,杀人手法我就保密,可是我得告诉你那书可真吓死人。主角是直肠科大夫——算是提示吧。我怎么就是记不起书名?"

"《H 代表准备》[1]。"

"没错。真是好书。可我觉得她爱女人,伯尼。我真这样觉得。"

"卡洛琳。"

---

[1] 原文为 *"H" Is for Preparation*,这里依然是在调侃,美国有种通便药的名字叫 Preparation H。格拉夫顿的原书名为 *"H" Is for Homicide*。

"嗯?"

"卡洛琳,她是一个角色,书里的。"

"这我知道。伯尼,就因为她是书里的角色,你就觉得她不能有性倾向?"

"可是——"

"而且你不觉得她有可能瞒着大家吗?难不成你觉得书里连个柜子①也没有?"

"但是——"

"算了,"她说,"我知道,房租的事让你不痛快,而且可能书店也要没了。所以你才没法想清楚。"

当时是晚上六点左右。三个小时前,波顿·斯托普嘉德用市价的五分之一买下了我那本恶名昭彰的拉拉女——金西·米尔虹系列小说的第二本,现在我和卡洛琳·凯瑟坐在"饶舌酒鬼"——位于十一街和百老汇交会口的一家破烂小酒吧。说起巴尼嘉书店,虽然依旧保持着第四大道被二手书商盘踞时那个时代的风范,不过店铺本身位于十一街,在百老汇和大学广场的中间——也就是说书店离第四大道只有扔一块石头那么远,不过那也有一个半街区

---

① "出柜"的英文是 come out of the closet,"没出柜"叫 in the closet,这里卡洛琳是借用了这个短语中的"柜子"一词。

的距离,而如果你真能把石头扔到那么远①,你就不属于第四大道或者东十一街,你应该到北边的布朗克斯帮洋基队打右外野才对。

同样在第十一街,在离百老汇又近了两个门面的地方,是"贵宾狗工厂"。卡洛琳在这里靠给狗洗澡艰难维生,而且其中好多狗的体型比她还大。我买下书店后不久就认识了她,可说是一见如故,从此成了至交好友。我们通常会共进午餐,店关门之后也几乎总会去"饶舌酒鬼"喝上一杯。

通常我会要一瓶啤酒,而卡洛琳则会灌下几杯威士忌。不过今晚女招待过来问我们是不是照老规矩时,我开口说道:"嗯,当然,"可马上又改了主意,"等等,玛克辛。"我说。

"哎哟。"卡洛琳说。

"不要啤酒了,"我说,"我们俩一人一杯威士忌。"然后对卡洛琳说:"你什么意思,'哎哟'?"

"虚惊一场,"她说,"取消那个'哎哟'。你让我担心了一秒钟,仅此而已。"

"哦?"

"我担心你打算点巴黎水。"

"你知道那玩意儿会让我发疯。"

---

① 英文中常用"扔一块石头"(a stone's throw)来表示距离很近,这里作者便利用了这个短语。

"伯尼——"

"就是那些小泡泡。小得可以穿透血脑障壁,然后你就——"

"够了,伯尼。"

"大部分人,"我说,"朋友点威士忌就伤脑筋,他改点苏打水的话就会放下心。你正好相反。"

"伯尼,"她说,"我们都知道某些人点巴黎水的时候意味着什么。"

"表示他希望脑筋清楚。"

"还希望手指灵巧,反应迅速——那些如果你打算闯进别人家就得派上用场的东西。"

"等等,"我说,"我常点可乐或巴黎水,不点啤酒。可也不是每次都表示我打算犯案啊。"

"这我知道。我不想假装了解,不过我知道我想得没错。"

"然后呢?"

"我也知道你有个规矩,上贼工以前绝对不沾酒——"

"上贼工。"我说。

"是个词啊,不是吗?"

"用得绘声绘色。咱们的酒来了。"

"来得正好。好,为犯罪干杯。收回,我没那意思。"

"你当然有。"我说,然后我们便喝起酒来。

* * *

我们谈到我的房东——那个爱书之人,然后又谈到苏·格拉夫顿和她那个没出柜的女主角,聊着聊着又点了第二轮酒。"两杯威士忌,"卡洛琳说,"我看今晚我是不用担心你了。"

"你可以安心睡觉,"我说,"我已经半醉了。"我低头看看桌面,一边忙着用杯底在上面印出相连的圆圈,像奥运会的会标。"事实上,"我说,"我点威士忌是有原因的。"

"我每次都点威士忌,"她说,"而且相信我,每次都有理由。不过我得承认,你跟你的朋友斯托普嘉德大吵一架,还真是个特别好的理由。"

"跟那没关系。"

"没关系?"

我摇摇头。"我这会儿喝酒,"我说,"是要确保我今晚不去偷东西。十天来我一直在跟这股欲望奋战。"

"因为——"

"租金提高。你知道,我走进卖书行业从来都不是为钱。我只是觉得我基本可以收支相抵。真要赚钱我靠的是偷,书店只不过给了我一个体面的门面作掩护,顺便为我提供用得上的阅读材料。而且我想这是跟女人们碰面的好地方。"

"呃,你就碰到我了。"

"我碰到了很多人,而且总的来说都相处愉快。卖书这行有个好处就是顾客大多是有教养的博学型，你跟他们的关系也很少敌对——今天的插曲不算。而且说来神奇，我入行多学了些门道以后，店铺还真开始赚钱了。哦，当然不会变成金矿，干这行谁也发不了财。不过这一年来，我已经可以单靠书店的进账过活了。"

"真好，伯尼。"

"我想也是。我从没下定决心洗手不干。我只是在不断地推诿拖延，然后有一天我才发现自从上回做贼以来已经过了六个月，然后很快就是一年。然后我又想到，嗯，也许我已经洗心革面，也许我童年的道德教育终于在我身上生根，要不也许我只是不知不觉长大成人了，反正不管原因是什么，我好像已经准备好要当个奉公守法的好公民。然后我却发现新任房东的脑筋动到了房租上，于是我突然不明白自己究竟在忙些什么。"

"我可以想象。"

"我一直在想租金提高的事，但也想不出解决的方法。相信我，每个月光靠多卖几本书可没法多捞一万块。我该怎么办？抬高三本一块的特价书定价吗？于是我脑子一转，便想到：嗯，也许我可以每年偷十二万来填补差额。"

"重操旧业。"

"我知道这样做很没道理，可我一想到要放弃书店就心有不甘。再说十天前一切都还好好的。"

"十天前发生什么事了？"

"也许是九天前。"

"九天前发生什么了?"

"不对,第一次说的时间是对的。十天。"

"天哪,伯尼。"

"抱歉。是这样的:当时我在排队买《奔腾年代》的演出票。我要买两张隔天晚上的,可是我前头那女人是预购十天以后的票。她身穿毛皮大衣,戴了一堆珠宝,正跟另外一个同样珠宝毛皮一大堆的女人装腔作势地聊着,然后我忽然发现我知道了她的名字和地址,还知道她和她丈夫九月的某个晚上会外出不在家。"

"今晚就是那晚?"

"没错,"我表示同意,一边伸出手,吸引到玛克辛的注意后便画着圆圈表示要再点一轮,"就是今晚。今晚八点,当科特戏院的幕布升起的时候,马丁和埃德娜·吉尔马丁——现居住地址是约克大道一四一六号6L公寓——会出现在观众席上。"

"买戏票还要提供住址?"

"十天前还不用。总之在她跟她朋友的谈话中,我得到了一点信息,之后又自己做了点功课。"

"你打算到那地方上贼工。"

"也不完全是。"

"也不完全是?"

"我只是想想罢了,"我说,"我希望能多几个选择。

所以，先前斯托普嘉德提到贼、不在场证明之类的，我起初并没意识到他讲的是书里的内容，还真被他吓了一跳。"玛克辛捧来饮料时我便不说了，然后啜口酒又继续，"重操旧业去做贼并不明智，而且也行不通。我也不能靠偷来维持收支平衡。"

"你能另找个地方开书店吗？"

"除非我搬到别的区。我查过这一带的空屋，目前能找到的条件最好的地方是在第九街东端，只有我现在店面的一半大，基本房租是现在的三倍，租约里的增租条款说五年后会把这数字翻两番。"

"那不行。"

"是啊。我也看了阁楼，可我开的这种店需要一楼临街的屋子。我需要路人生意——那种开头浏览特价书的桌子，然后看着看着就走进店里的顾客。要想找到一模一样的店，我非得搬出曼哈顿不可，不过那又何必呢？谁也不会想走进店里。包括我，因为我也不会想上那儿去。我只想待在目前这地方，卡洛琳——离"贵宾狗工厂"两个门面我们也好共进午餐，离"饶舌酒鬼"一个路口我们也好下班以后过来喝个大醉。"

"你这会儿大醉了吗？"

"也许是微醉。"

"嗯，你有这权利，"她说，"而且也可以防止你今晚造访吉尔乎利家。"

"吉尔马丁。"

"我就是这个意思。"

"马丁·吉尔马丁家。如果你姓吉尔马丁,你还会给你儿子取名叫马丁吗?"

"也许不会。"

"最好不要。对孩子来说简直是灾难。"

"哦,至少这样你就不会去捅他们的锁孔。"

"你在开玩笑吧?我工作前从来不喝酒,连啤酒都不碰。现在我喝了多少,三杯?"

"三杯半,事实上。你还喝了我的。"

"抱歉。"

"不用道歉,没关系。"

"三杯半苏格兰威士忌,"我说,"你说我这样还有可能去撬锁吗?"

"伯尼——"

"我连百吉饼都选不出来①。"

"伯尼,不要这么大声。"

"讲个笑话,卡洛琳。'我没办法撬锁孔,我连百吉饼都没法选。'听懂没?"

"懂了。"

"你没笑。"

---

① "选百吉饼"的英文是 pick bagels,与"撬锁"的英文 pick locks 动词相同。

"我想还是回头再笑吧,"她说,"等我时间充裕些再说。伯尼,问题是你讲撬锁的时候嗓门未免太大了。"

"或者选百吉饼。"

"或者选百吉饼,"她同意,"不管讲哪样,音量都需要调整。"

"哦。我没觉得我在吼。"

"呃,也不完全算是吼,不过——"

"不过声音太大了。"

"差不多吧。"

"我倒没发现,"我说,"我现在说话声音很大吗?"

"没有,还行。"

"你确定?"

"确定。"

"都那么大声了自己还没觉得,真有意思。喝巴黎水可没这种效果,这个我可以肯定。"

"我知道。"

"你有二十五美分的硬币吗?"

"二十五美分的硬币?"

"一个圆圆的东西,"我说,"一面是乔治·华盛顿,另一面是只小鸟。大伙儿也管它叫两毛五,没错吧?"

"我想是吧,"她说,"这儿有一个,这儿还有一个。够吗,伯尼?你想干什么?"

"我想玩点唱机,"我说,"你在这儿等着。我马上回来。"

* * *

"饶舌酒鬼"的点唱机里的歌曲风格多样,也就是说任何人都会遇到不喜欢的歌。最多的是西部乡村歌曲,不过也有些爵士、摇滚和单张的平·克劳斯贝[1]的唱片——《戈尔韦海湾》的另一面录了《亲爱的妈妈》。众多唱片中有两张是有史以来制作得最好的:《无法与你开始》是邦妮·贝里根[2]的独唱和小号独奏集,以及由已故的伟大歌手佩西·克莱恩[3]演唱的《逝去的爱》。唱片录得棒极了,不用喝醉就能听出其中的味道,不过我得说,喝醉了也无妨。

放唱片时我喝光卡洛琳的酒,第二张放完时我正嚼着冰块。"咱们运气真好,"我告诉卡洛琳,"真是太走运了。"

"怎么说,伯尼?"

"事情完全可能倒过来,"我说,"咱们也许得听邦妮·贝里根高歌《逝去的爱》,听已故的伟大歌手佩西·克莱恩唱《无法与你开始》,那可如何是好?"

"你说得对。"

"不,是你说得对,"我说,"你说我说得对的时候你说对了。你知道这说明了什么吗?"

---

[1] 平·克劳斯贝(Bing Crosby,1903—1977),美国的超级歌星、笑星和影星,连续十四年被评为全美十大明星之一。
[2] 邦妮·贝里根(Bunny Berrigan,1908—1942),美国爵士乐小号演奏家。
[3] 佩西·克莱恩(Patsy Cline,1932—1963),美国乡村音乐歌手。

"我们俩都说对了。"

"我们俩都说对了,"我说,"天哪,真是个奇妙的世界啊,太奇妙了。"

她把一只手放到我的手上。"伯尼,"她柔声说道,"我看我们该考虑叫点儿吃的了。"

"这里吗?在'饶舌酒鬼'?"

"不,当然不是。我想——"

"那就好,因为咱们试过一次,记得吧?玛克辛帮咱们往微波炉里扔了两块墨西哥饼。花了没完没了的时间才等它们冷下来可以入口,只是那会儿饼已经发霉了。"

"我记得。"

"连着好多天,"我说,"我就只会放屁。"我皱皱眉。"抱歉。"

"现在不用道歉,伯尼。已经是一年半以前的事了。"

"我不是为了放屁道歉。我是为提到放屁道歉。听来不太高雅,是吧?讲到放屁。妈的,我又来了。"

"伯尼。"

"我可没说我又放屁了,只不过是我又提到了。平常我可以一连好几个星期不提放屁,可突然好像每讲一句都得提。挺奇妙的,对吧?"

"伯尼,我在想——"

"所以,今晚还是别吃墨西哥饼了。我是说如果我连提到放屁都有顾忌的话——"

"吃印度菜吧。"

"嗯哼。"

"要不意大利菜。"

"也许。"

"或者泰国菜。"

"总是一种不错的选择。"我说。一个念头从我的右边溜过,我在脑子里伸出一只脚把它踹开。"不过今晚恐怕不行,"我说,"我有约。"

"你原计划取消和吉尔马丁的约会,"她说,"记得吧?"

"不是和吉尔马丁,是跟'耐心'。名字很棒,对吧?"

"非常棒,伯尼。"

"真传统,你可以这么说。"

"可以这么说,"她表示同意,"她是个诗人,对吧?"

"诗歌派治疗师,"我说,"她是 NYU 的 MSW①,还是 NYW 的 MSU?"

"我想第一遍是对的。"

"也许是 BMW,"我说,"毕业于 PDQ②。总之,她的职业就是为感情受创的人提供帮助,教他们通过写诗表达内心的感觉。这样谁也不会认为他们疯了,而是把他们当

---

① NYU,纽约大学(New York University)的英文缩写;MSW,社会工作专业硕士(Master of Social Work)的英文缩写。
② PDQ,这里是伯尼自己编的,意思是"真他妈的快"(Pretty Damn Quick)。

作诗人。"

"有用吗?"

"我想是吧。当然'耐心'女士自己也是诗人——除了身兼诗歌派治疗师之外。"

"有人想到她疯了吗?"

"疯了?谁说她疯了?"

"没什么。"她说,"听着,伯尼,我想我最好打个电话给她。"

"干什么?"

"取消约会。"

"取消约会?"我瞪着她,"你等等,该死的,等等,"我说,"你的意思是你跟她有约,而我以为跟她有约的人是我。"

"是你跟她有约。"

"不会又是一个丹妮丝·拉斐尔森的故事吧?"

"不,当然不是。"

"你还记得丹妮丝·拉斐尔森?"

"当然记得。"

"她本来是我女朋友,"我说,"可有一天变成了你的。"

"伯尼——"

"就是那样的,"我说,"忽地一下,就变成了你的。"

"伯尼,你能专心一分钟吗?打起精神来。"

"OK。"

"我想打电话给耐心女士取消约会是因为你喝醉了，今晚跟她碰面得不偿失。明白吗？"

"明白。"

"你才刚开始跟她约会，关系还不深入，容易给她留下错误的印象。"

"我有可能放屁。"我说。

"呃——"

"或者提到放屁。所以我最好不要见她。"我深深吸了口气，"你说得太对了，卡洛琳。我这就打电话给她。"

"不行，我来打。"

"你打？你真愿意帮我这个忙？"

"当然。"

"你真好，卡洛琳。你是男人最好的朋友，或者女人的。你是所有人的好朋友，卡洛琳。"

"给我她的电话号码，伯尼。"

"哦，"我说，"对。"

她走开了，几分钟后又回来。"好了，"她说，"我告诉她你肚子疼，医生说有可能是食物中毒。我说看来你是午餐的墨西哥饼吃坏了肚子。"

"而且咱们知道这个说法行得通，对吧？"

"她表示了同情，伯尼。这人好像不错。"

"她们看来都好像不错，"我沉着脸说，"然后你就开始认识她们。"

"我想这只是一个方面。伯尼，这些酒是哪儿来的？我们可没点啊。"

"一定是奇迹出现的。"

"是你点的，"她说，"你趁我打电话的时候点的。"

"还是奇迹。"

"伯尼——"

"别担心了，"我说，"要是你喝不下，全给我。"

"哦，天哪，"她说，"这可不行……伯尼，那是什么曲子？"

我竖起一只耳朵。"《戈尔韦海湾》，"我说，"已故的伟大的平·克劳斯贝在唱，是我点的。"

"我说呢。"

"我发现玛克辛有二十五美分的硬币，"我说，"一面是华盛顿，另一面是只鸟。我用一块钱换了四个。"

"听来应该是这样。"

"呃，不知道。不过这样她可怎么维生呢？就像《B：窃贼》只卖八十六块六一样。她怎么付得起房租？天哪，《戈尔韦海湾》真是太好听了，对吧？"

"不对。"

"呃，你会喜欢下一首的，《亲爱的妈妈》。"

"哦，天哪。"她说。

3

"房租只是部分原因,"我说,"还有别的。我想念破门而入的感觉。有时候我会忘了我究竟有多想念,可是只要有什么事让我感到焦虑,呃,这个惯偷可就会立刻想念起这种感觉来。"

"你想念的是什么,伯尼?"

"刺激感。我一进别人家就会亢奋起来,其他任何体验都无法与之相比。你搔搔门锁,挑逗着把它打开,然后转动门把,溜进半掩的门,最后终于登堂入室,那感觉就像在尝试别人的生活。你成了金发姑娘①,坐遍所有椅子,睡遍所有的床。你知道,我一直不明白这个故事的结尾。那三只熊为什么要大发脾气?家里来了一个这么可爱的金发小女孩,睡得像只小绵羊。我还想着它们也许会收养她呢,可它们个个气得发疯。我真搞不懂。"

---

①金发姑娘(Goldilocks),民间故事中的人物,她在森林里散步的时候看到一间房子,房子的门开着,于是便进去查看一番。

"呃,她没有尽到做客之道,伯尼。她吃了它们的食物,记得吧?还压坏了熊宝宝的椅子。"

"不就一碗难喝的粥嘛,"我说,"而且她喝粥的时机还真不赖,记得吧?如果等到小熊回家,小麦粥就太凉了,熊妈妈的粥也一样。还有,既然你提起来了,我得说说那把椅子。我一直在想,那是一把什么样的椅子?能撑得住熊宝宝的重量,而一个瘦弱的小姑娘坐上去它却垮了。"

"你怎么知道她是个瘦弱的小姑娘,伯尼?也许她胖得像猪。你看她是怎么一头扎进粥里的。"

"我看过的插图从没有一幅把她画得像猪。要我说,是椅子出了毛病。当时不管谁坐上去,它都会散架。"

"所以你是这样理解《金发姑娘和三只熊》的,对吗?椅子有问题?"

"肯定是。"

"这倒是一个全新的解释,"她说,"我喜欢。照这么说,她还可以告人家刻意疏忽呢。"

"听你这么一说,我也觉得她的确可以提出申诉。"

"也许正因为这样,她才一路跑回家。她想在律师下班以前打电话过去。我可以告诉你一件事,伯尼。你证明了你的论点。"

"什么论点?"

"你的灵魂里还有贼的特质。除了天生的贼,谁会这样解读这个故事?"

"刻意疏忽可是你想出来的,"我说,"而且只有天生的律师才会——"

"小心你的嘴,伯尼。"

"重要的是,"我说,"总的来说我很诚实。顾客忘了拿找零我会把他们叫回来,服务员忘了算甜点的费用我会提醒他。"

"这我亲眼见过,"她说,"总觉得莫名其妙。要是公共电话多找了二十五美分你会怎么做?换成邮票寄过去?"

"不,我会留着。不过我从不在商店顺手牵羊,还按时缴税。只有入室洗劫的时候我才是个真正的罪犯。所以我不是天生爱偷,不过我想你说得没错,我看我是天生的贼,就爱闯空门。'天生的贼',这个文身对我太合适了。"

"别文身,伯尼。"

"嘿,别担心,"我说,"我还没醉到那个程度。"

"你绝对醉了,"她说,"但不要文身。"

说实话,我根本没醉。我们坐在汤姆森街上一家位于地下室的相当不错的意大利餐馆里,在华盛顿广场以南两个街口。我们放弃了印度菜和泰国菜,因为我觉得我的胃无法消受——至少在卡洛琳谎称我肚子疼之后不行。(当然,墨西哥菜就根本不用考虑了。)从"饶舌酒鬼"一路过来，新鲜空气让我清醒了许多，再加上一大盘茄汁大蒜肉酱意面、两杯浓缩咖啡，目前我已经非常接近正常状态了。

九点十七分时，卡洛琳用手在空中比画着招来服务员。我知道时间是因为当时我瞄了一眼手表。"还早，"我告诉她，"你还要杯浓缩的吗？"

"刚才那杯我都不想喝，"她说，"算了，我想回家，检查猫咪喂邮件。"

"检查猫咪喂邮件？"

"我是这样说的吗？呃，你知道我在说什么。管他是什么，反正我要去做。该回家休息了。"

"我懂你意思，"我说，"我再打个电话就走。"

"别，伯尼。"

"嗯？"

"如果你是想找耐心女士的话就不必了。我已经帮你取消了，记得吗？"

"历历在目。我不是要打给她，不过就算是也没什么吧？"

"别打。"

"原先忽然到来的各种疼痛，一眨眼又全好了，奇迹般复原。你觉得这主意不好，嗯？"

"听我的没错。"

"我想你是对的。她可能认为我根本就没生病，说不定还约了别的女人。其实，她这么想也没错，对吧？"

我起身从服务员身边走过——他正在跟一堆数字较劲——然后拿起电话。我回到桌子边时，卡洛琳正对着账单皱眉。"我看应该没错，"她说，"瞧这笔迹，这人应该去当医生。"我们付了各自的账，她问我电话打了没。"因为你去打电话的时间并不长。"她说。

"没人在家。"

"哦。"

"二十五美分的硬币拿回来了，我可没多拿，没有出现两难的道德困境。"

"很好，"她说，"我们都该回家休息了。"

我们往西走，穿过第六大道。在一条小街上经过一家安静的酒吧时，我提议进去再喝一杯。

"这种地方？我没进去过。"

"我也一样，也许还不错。"

她摇摇头。"我在门边探头看过，伯尼。里面全是穿着从廉价商店买来的长外套的老家伙，小心翼翼地隔着几张板凳坐着。我觉得他们是在看色情电影。"

"哦。"

"而且估计我们也进不去，伯尼。咱们都没进过戒酒中心，我觉得那是入场条件之一。"

"哦。那下一个拐角的那家店怎么样？受虐儿酒吧。"

"全是大学里的毛孩子。吵吵闹闹的，每个人都洒了满身的啤酒。"

"你可真难伺候，"我说，"这家太静，那家太吵。"

"我知道，我比金发姑娘还挑剔。"

"那里有部电话，"我说，"我再打一次。"我试了，没人接，而且这次我连硬币也没能取回来。我照例用手掌在电话侧面狠狠拍了几下，它还是紧紧咬住硬币不放。

"见鬼，"我说，"我讨厌这种事。"

"你打去哪儿了？"

"吉尔马丁家。"

"他们在戏院，伯尼。"

"我知道，要到十点三十八分才结束。"

"你还真做过研究，是吧？"

"呃，难度不大。那出戏我看过了，记得吧？所以我只要在落幕时看看手表就行。"

"那你干吗打过去？你有什么事瞒着我，伯尼？你说了不去他们公寓的，记得吧？"

我点点头，垂下眼睛看着人行道，好像指望能找到我的硬币一样。"所以我才打电话。"我说。

"我不明白。"

"只有等他们到家，"我说，"我才放得下心——才能避免冲动行事招来危险。而且只要我身边有人，一起吃个饭或者喝杯酒或咖啡，灾祸就不会上身。我早先跟耐心女士约会的原因就在于此。原想会跟她耗到他们看完戏回家，我也就可以踏实睡觉了。"

"除非好运上门。"

"只要我能安然度过今晚不犯案，别的好运我都不需要。我原想在书店打烊后喝上一杯可以确保安全，结果喝得有点过于安全了，还得麻烦你帮我取消约会。这一点我很感激，别误会，因为我那副德行没法见她，可是现在——"我看看手表，"还不到十点，那场戏得再过四十分钟才会结束，而且天知道他们之后还要干什么。如果他们去吃夜宵呢？说不定会再过好几个小时才回去。"

"可怜的家伙。"她把一只手按在我的胳膊上，"你还真吓坏了，是吧？"

"我这是小题大做，"我说，"不过我确实有些焦虑。"

"那就陪我走回家吧，"她说，"你可以喝酒、喝咖啡、看电视。如果你想的话，可以每五分钟打个电话到吉尔马丁家，而且还用不着二十五美分的硬币。如果他们回家很晚的话，你就在我家沙发上过夜。怎么样？"

"听来很棒，"我说，"感谢上帝你是个同性恋。"

"嗯？"

"因为像你这样的至交好友我打着灯笼都找不到，可如果你爱男人的话我们就会结婚，然后就会以悲剧收场。"

"通常是这样的，"她说，"走吧，伯尼。咱们回家。"

* * *

十二点差一刻时我第无数次拿起卡洛琳的电话——或者是无数个无数次？我戳戳重拨键，挂断前听了半打铃响。

"真奇怪，连个答录机都没有。"我说。

"也许他们有过，"她说，"后来有个贼闯进去偷走了。你准备睡觉了吗，伯尼？我这就打算上床了。"

"恐怕咖啡的效力发作了。"

"紧张焦虑，嗯？"

"有点。你睡吧，我自己在黑暗里坐坐就行。"

她看了我一眼，然后目光又回到电视上：查理·罗斯[①]正对着一个学问惊人、便秘严重、态度严肃的家伙提出一些尖锐的问题。我一边看电视，一边隔五分钟便攻击一次重拨键，第四或第五次时，终于有人接听了。是个男人。

"吉尔马丁先生？"

"是的，你是哪位？"

"哦，感谢上帝，"我说，"我都开始担心你了。"

"你是哪位？"

"一个完全为你利益着想的人。听着，你这会儿在家了，这很重要。演出怎么样？"

电话里传来用力吸气的声音。然后他说道："你知道

[①] 查理·罗斯（Charlie Rose, 1942— ），美国电视脱口秀主持人。

现在几点吗?"

"我的表是十二点过九分,不过最近快了一分钟左右。喂,轻松点,马丁。我只是想祝你和埃德娜万事如意。现在你上床休息去,好吗?"

我挂上话筒,扭头看见卡洛琳正对着我一个劲地摇头。"好吧,我是得意忘形了,"我说,"跟马丁开了个无伤大雅的小玩笑。呃,我看他欠我一份情。我为了让他家避免今晚被闯空门耗费了多少心神!"

"我明白你的意思。你要走了吗,伯尼?其实不用,你可以留下过夜。"

我考虑了一下。现在已经很晚了,而且如果留在卡洛琳在西村的公寓过夜,明早可以步行去上班。不过我还是决定早上应该换上干净的衣服,还有今晚我要睡自己的床。

致命的决定。

几名醉酒的游客在哈得孙街抢先我一步跳上了一辆出租车,这时我做了第二个致命的决定。见鬼!我不坐车了!我决定到谢里丹广场去搭地铁。我坐到上城七十二街,买了份最新的《纽约时报》,站在路边等着绿灯亮起,好走回家看报。

"抱歉……"

我转向那声音,眼前是个身材窈窕、留着暗色头发、长着心形脸蛋的女人。她五官均匀小巧，肤色柔嫩得像洗面乳广告，穿着深色上班套装，戴一顶红色贝雷帽。她很漂亮，而我冒出的第一个念头是：如果她是在帮都会卖花筹款的话，我会大失所望的。

"我实在不想打扰你，"她说，"可你就住这附近，对吧？"

"对。"

"我想也是。你看上去很面熟，我肯定在这附近见过你。说来可笑，我刚才下了公共汽车往家走，感觉有人跟踪。这话我自己听着都像演肥皂剧，可这感觉没错。而且我住得很近，叫出租车好像没必要，再说……"

"我陪你走回家好吗？"

"你愿意吗？除非完全不顺路。我住七十四街和西端大道交会口。"

"我也住西端大道。"

"哦，太好了！"

"在七十一街。"

"哦，"她说，"那你就得特意多走两个路口送我，再走两个路口回家。多走四个路口。不行，我不能让你这么做。"

"当然可以。别人要我做的常常还远不止这些呢。"

"你确定？有出租车来了。要不我们坐吧？"

"就两个路口？还是节约点吧。"

"呃，你陪我走到西端大道就行了，"她说，"然后我只要自己走过那两个路口，而且——"

"别再说了，"我说，"我一直陪你走到家。真的没关系。"

致命啊，致命。

她告诉我，通常她不会这么晚回家。今晚有课，下课比平时晚了点，之后又跟几个同学出去喝咖啡，大家聊天聊得忘了时间。

我问她都聊些什么。

"什么都聊，"她说，"开始是谈到我们早先排过的一场戏，之后又说起体验派表演法的种种道德问题，然后，呃，从一个话题岔到另一个话题，没完没了。"

通常都是这样。"你是演员。"

"嗯，是修表演课，"她说，"也许算是演员吧，不过现在说这个还太早。这就是我上这个课的原因。我想知道答案。"

"而与此同时——"

"我是律师。只是这样说也不太贴切。我其实是律师助理，目前在攻读法律专业准备当律师。每周一三五到曼哈顿法学院上课。"

"星期四上表演课？"

"星期二和星期四。"

"白天你做律师助理?"

"对,一星期五天,朝九晚五,在哈伯与克罗威尔事务所。不过他们几乎每星期都要我周六也去,我也几乎都到。你或许觉得我的时间表实在排得太满了,没错,可我喜欢这样——至少现在如此。这阵子几乎没什么空余时间,不过我很愿意这样。我知道这些都是私事,而且人们通常也不会跟陌生人谈自己的事。不过我有点害羞,也许该说是有点怕生,再说反正你也不算陌生人,因为你就住在这一带。再说这里是西端大道,如果你没有绅士风度的话我们早就各走各的了。你还没告诉我你叫什么。可话说回来你哪有机会开口,对吧?都是我在不停地讲。我叫格温多林·库珀,你是……"

"伯尼·罗登巴尔。"

"伯纳德的昵称。不过大家都叫你伯尼?"

"通常是这样。"

"格温多林就有好几种选择了。我可以叫作格温、温蒂或者就叫琳。"

"或者多尔。"

"多尔?哦,第三个字。多尔·库珀。或者朵莉①,不过不行,真的不行。多尔·库珀。你能想象这名字出现在戏单上吗②?"

---

①多尔(Doll)是朵莉(Dolly)的昵称。
②有一部舞台剧叫《哈啰,朵莉》。

"总比出现在法学学士文凭上要容易想象。"

"哦,恐怕那上头得写'格温多林·比阿特丽丝·库珀'才行——假如我能坚持到那时候的话。多尔·库珀。你知道吗?我喜欢这个名字。"

"它是你的了。"

"对,我就是多尔。你做什么职业,伯尼?如果你不介意我这么问的话。"

"我卖书。"

"就像多尔顿或者沃顿书店那样吗?"

"不,我自己开店。"我告诉了她店名和地址,这才发现她的最大幻想就是自己开一家二手书店。

"而且还开在格林尼治,"她说,"听来真是太完美了。你肯定很喜欢。"

"确实如此。"

"每天上班的路上,你嘴里一定都哼着歌。"

"呃——"

"要是我就会。啊,我就住这儿,有遮阳篷的那幢。你真要陪我走到门口?我原来还在想如今真正的绅士都到哪儿去了,看来他们在格林尼治卖书。"

门卫坐在一把折椅上,目不转睛地盯着一本八卦杂志。他在看的那篇文章的标题暗示外星人和加州的彩票之间有某种关联。"嗨,艾迪。"她说。

"哦,你好呀。"他说,眼睛都没抬。

她扭过头,做了个翻白眼的动作,然后又扭头看着门卫。"艾迪,你知道纽金特夫妇什么时候回来吗?"这次他抬头了,一脸茫然。"纽金特夫妇,"她说,"住在 9G 的。"G 是 G 点的 G,我想着。她又说:"他们去欧洲了。你知道他们什么时候回来吗?"

"哦,这可问住我了,"他说,"你得问那几个值白班的。"

"我总是记不住,"她说,也许是对我说的,因为八卦杂志又占据了门卫的注意力,"我早上从这里出去的时候脑子一片茫然,只知道找地铁站。哦,天哪,看看现在的时间!明天早上我会比平时更茫然的。伯尼,你真是天使。"

"你是多尔①。"

"我现在是了,这得谢谢你。"她微微一笑,露出一口完美的牙齿,然后踮起脚,吻了吻我的嘴角,便消失在大楼里。

然后我往南走了三个街口,朝我家的夜班门卫点了点头,也得到了个点头作为回报。自从发现我每次半开玩笑般地练习西班牙语的对象原来是阿塞拜疆人以后,我对门卫就没那么热情了。现在我通常只是点点头,他们也是一样,现在大家真正需要的人际关系也就是这样了。

---

①多尔(doll)有洋娃娃的意思。

我上楼回到自己的公寓，在黑暗里站了好一会儿，感觉像是立在高台上准备跳水。

呃，至少我可以再朝边缘移一点，甚至把脚趾钩在上面。

我打开灯忙活起来。我脱掉脚上的富乐绅①，套上一双旧跑鞋；然后从卧室柜子里的小夹层掏出一串像钥匙一样的工具——虽说不是钥匙，不过只要落到合适的人手上，它们完全可以发挥钥匙的作用，甚至更多。我把它们放进口袋，又塞了一支光束很细，并且照不远的手电筒。接着我来到厨房，在放塑料袋和铝箔的抽屉里找到一卷一次性塑胶手套，医生和牙医都喜欢用这个，更别提那些把拳头当成动词使用的人了。

我以前都用橡皮手套，把掌心部分划开以便透气。可是你得跟着时代前进。我撕下两只塑胶手套，塞进口袋。

我今天一直都穿着蓝色开领衬衫，外罩棒球夹克配上卡其裤。现在我加了条领带，再把棒球外套换成海军夹克，又从梳妆台抽屉里抓了副听诊器塞进夹克口袋完成最后一道工序——耳塞无意间稍稍露出来一点，只有敏锐的眼睛才能看到。

出门前我又花了一分钟查看白页电话簿里住户的号码。不过我没打。不能用我自己的电话拨号。

---

① 富乐绅（Florsheim），美国皮鞋品牌，一八九二年诞生于芝加哥，是美国首屈一指的男鞋品牌。

一点二十四分，我收拾妥当、志在必得，离开我住的大楼走向七十二街，然后多走一个街区来到我遇见多尔·库珀的路口。我往投币孔塞了一枚二十五美分的硬币，拨了我刚才查到的号码。

四声铃响。然后是电脑合成的人声，请我留个口信给琼或者哈伦·纽金特。我挂上电话，迈上百老汇大道走向七十五街的韩国熟食店，买了满满两袋子东西。我专挑又轻又大的物品——三盒麦片、一条吐司，还有几卷纸巾。没必要把自己累得气喘吁吁。

出了商店后往左，走过一个街区回到西端大道，再次向左，走到七十四街转角处她住的那幢楼。还是同一个忠实的门卫。"嗨，艾迪。"我说。

这次他抬起头来。他看到一个穿着讲究的家伙，一整天都在忙着摘除脾脏，在享受短暂但应得的休息前要先完成最后一点家务琐事。他有没有注意到听诊器从我侧面的口袋探出头来？如果注意到的话，他知道那是什么吗？你和我都只能猜测。

"嗨，你好呀。"他说。

我轻松地过了他这关，上楼拜访纽金特家。

4

电梯气喘吁吁地将我送到九楼,仿佛多年前在转换成自助电梯的手术中耗尽了元气。终于进入了方便我行事的空荡荡的走廊,往右转,经过门上标着 9D 和 9C 的两家,然后发现走错了。我又向后转,经过电梯,远远地看见走廊尽头的那扇门上标着 9G(Goldilocks[①] 的 G)。我走到那里,把手上的两个购物袋分别放在黄麻门垫的两旁,凝神静思,想知道里面到底有没有人。

世事难料。也许纽金特一家提前回来了;也许哈伦的小工厂给他发了个紧急通知;也许琼思念她的龟背竹,一小时也不能忍受了;也有可能是多尔·库珀弄错了公寓号,他们其实是住在楼下的 8G——就在刚离开公寓牵着他的罗特韦尔犬出去散步的功夫大师楼下。

我拿出听诊器,把听筒塞进耳朵,把另一端贴在门的

[①] 指前文中提到的"金发姑娘"。

正中心，仔细听着。

你不会以为听诊器只是个伪装吧？如果我只是打算冒充医生，我会拎个旧的公文包假装登门看病。我用听诊器的目的和医生一样，是为了探知内部情况。

如果 9G 是个人的话，我会合上他的眼皮，再往他脚趾上挂个牌子，因为我一丝声响也没听到。

不过这到底能说明什么？纽金特夫妇有可能在睡觉。功夫大师有可能在睡觉。连罗特韦尔犬都有可能在睡觉。

让他们睡，我这样告诉自己，你不需要到这里来，为了追求快乐而冒着失去生命和自由的危险。你可以拎着你买的东西回家去。那些吐司和麦片你可以自己吃掉。谁知道，说不定你真的会爱上乔古拉伯爵麦片，而且纸巾经久不坏，可以像水果糖一样在货架上放一辈子。所以——

我按下门铃。

其实发出的是哗哗声，在听诊器的帮助下我听得……呃，跟哗哗声一样清楚。我缓缓放开按钮，听着那寂静的声音，然后再次按下，这次时间长一些，然后倾听更多的寂静。

低沉的门铃声这会儿也安静下来。接下来可就一帆风顺了。我把听诊器放回口袋，拿出一小串探针工具开始办正事。

这是天赋。有的人擅长接弧线球，有的人擅长数字游戏。

我擅长开锁。

谁都可以学。我教过卡洛琳一次，很快她就可以不用钥匙打开她公寓的门了。不过对大多数人来说——即使是那些努力学过的人，即使是靠这个行当汲汲营生的人——撬锁可是劳心劳力的事。你撬啊摸啊挖啊，就好像打算让锁烦到不胜其扰投降为止，你忙到手指麻木、两手抽筋，而且没准你会干脆说声"去死"，索性把锁弄坏，或者稍微往后退些一脚把门踹开。

除非你恰好有这种魔指。

纽金特家的门有两把锁。一个是普拉德——你有可能看过广告，他们保证无人能开。另一个是雷布森——没有什么保证，不过确实牢固可靠。

两把锁总共花了我不到两分钟。

怎么说呢？这就叫天赋。

严格说来，我不觉得这叫破门而入。如果你真的精于此道，根本不用破坏任何东西。

除非有防窃警铃。如果这样的话，你一打开接上电源的门或窗户，就会切断电流。这时通常会响起高八度的哀鸣，而且你会有一定时间——通常是四十五秒左右——找到键盘输入密码，告诉系统你有权出现在这个地方。过了这个时限你就会得到全面的礼遇，包括铃声和口哨声，然后几名保安人员便会带着武器出现。

当然，到那时候，任何头脑正常的窃贼都已经奔回家里了。

我深吸一口气，转动门把，然后打开门。

没有警铃。

呃，这一点其实我无法确定。还有一种叫无声警铃的东西。打开门后没有警告性的哀鸣，除了天籁之声外没有半点动静。键板藏在某个地方，但是你不知道要去寻找，于是四十五秒钟后，一切都晚了，因为此时警铃已经通到了保安公司的办公室，他们会在你往枕套里塞珠宝的时候携枪现身。

问题在于，目前几乎没有人安装无声警铃——除了将它当作后备系统。安装防窃警铃的目的在于把贼挡在门外，而不是等贼上门再伺机抓住。说来还真汗颜，窃贼通常只想轻松捞钱。他们对这个行业没有使命感。万一破坏了系统，听到昭告天下的警报声，大多数贼就会夺门而去。有的人——包括打破窗户或者踢门而入的瘾君子和小混混——会花几分钟顺走一台收音机或者翻翻梳妆台的顶层抽屉，然后离开。

如果唯一的警铃是无声型的，贼就不知道它的存在——毕竟，这就是警报的目的所在。于是贼就会做他该做的事，如果他是瘾君子或者其他什么人的话，也很可能会在武装保安出现之前就离开了。就算交通不拥挤，警方做出回应也需要些时间，当然如果堵车的话就不用再往下想了。

除此之外，无声警铃对屋主来说也很麻烦。既然它没声音，也就没法提醒你应该按下密码。过了一段时间你自己便忘记了，于是保安人员会在你忙着调台看列诺或雷特曼脱口秀时登门造访。这种事情只要发生几次，你就会连警报密码都懒得设了。

我拿着购物袋跨过门槛，进入破门而入的阶段。我用身体把门撞上，阻断了来自走廊的光。现在我所站的地方黑漆漆的，安静得像一座坟墓。

天哪，这感觉太棒了！脉搏加速，指尖刺痒，胸膛放松，不过这可远远不足以描述我在这种情况下的感觉。我跟卡洛琳说过这种刺激和亢奋，但其实远不止于此。满足感包围着我，似乎这就是我存在于世的理由。我是个天生的贼，现在正在做贼，原先我怎么会想到要洗手不干呢？

我放下购物袋，戴上一次性手套。我拿着那个细小的手电筒，结果不小心掉在了地上，于是一边诅咒黑暗一边趴在地上摸索，终于找到了。我按亮手电筒，然后站起身来借着那道细长的光线在公寓里转了一圈。确定每扇窗户的窗帘都拉上后，我打开几盏灯，再次谨慎地巡视这块领地。

我从一个房间走到另一个房间，就像乡绅骑马巡视自家的地盘。不过做这事有个方法。很久以前，我在东六十七街一所高档公寓的客厅偷东西时，公寓的主人已经躺在另一头的卧室门口死了。他是死于——我不得不说——非自然因素：有人谋杀了他。警察偏偏就在我忙着拿东西的时候出现，毫无根据地将我列为最可能的致死原因，害我折腾了很久才洗清罪名。

这种事不会有谁想再经历一次，相信我。从此我学会了进门做贼首先花点时间四处搜寻一下有没有尸体，当然从来没有找到过。它们就像警察和出租车一样，想找的时候永远不在。

结果我找到的是被房地产经纪人称为经典六间的套房——这在上西区的战前公寓中并不少见。进门一个玄关——我之前在此摸索过我的手电筒——里面是一间客厅、一间正式的餐厅、一间有窗的厨房、两间宽敞的卧室：一间摆了两张单人床，另一间显然是客房兼琼·纽金特的工作室，里面的画架上有一幅完成了一半的画作——穿着小丑服的男子正在吹奏牧神之笛。巴勃罗·毕加索，你不行了哟。

算上玄关，这里正好是六间房，不过我觉得这么说也不准确，因为厨房过去还有一间屋子。我不知道原先是做什么用途的，估计是餐具室吧，要不就是用人房。现在它是哈伦·纽金特的小窝。里面有一张书桌，上面放了电脑和数据机，书柜里大都是科幻惊悚小说，以及《如何从即将来临的冰河期中获利》之类的非虚构类图书。书桌上方挂了一幅乡间景色画，我看得出那是纽金特夫人的作品。

我得承认，有那么一会儿，我陷入了无尽的悲伤之中。这套公寓宁静得难以用语言形容，屋里挂着厚重的布幔，厚厚的地毯上点缀着东方情调的小毯子，房里装饰着法式家具、壁灯、老式的墙壁嵌线和天花板上的圆形浮雕，外加墙上艺术——手工上色、描绘远方景致的钢雕制品，以及纽金特太太从廉价商店里弄来的那些具有奇怪安神作用的丙烯画。我怎么就不能好好地享受这一个小时非法闯入的愉悦呢？尽情享受过之后，我怎么就不能让屋里保持原样离开呢？

我想这是因为拍照留念式的狩猎远足虽然是一种美妙的体验，可是对天生的猎人来说未免有些乏味。我可以说服自己把纽金特公寓当成国家公园，只拍下景色，只留下脚印，不过这不行啊。我是贼，凡是有资格被称为贼的人都不会将空手而归的夜晚称为丰收之夜。

于是我便开始工作了。我从厨房入手，先将购物袋里的东西掏出来，将上面的指纹擦干净后又将它们放进橱柜（也许纽金特夫妇会喜欢乔古拉伯爵）。然后我开始检查冰箱，里面没有任何容易腐坏的食品——这表示琼和哈伦会离开一个星期或者更长时间。里面——哦——也没有任何现金，冷冻库里也一样。很多人喜欢把现金放在冰箱里，我觉得这里倒也不比别的地方差——至少在众人都开始如法炮制以前。不过纽金特的冰箱没有冷冻的钞票，于是我便转移了阵地。

厨房没什么值钱的东西可拿。柜子上有一套八件组的蓝边白瓷小罐，上面的图案是荷兰风格的——风车、郁金香、脚踩冰刀的男孩、头顶汤碗发型的胖脸女孩。有个容器里面放着三十美元左右的零钱，可能是用来给送货员的小费吧。我把钱留在原处没动。

哈伦·纽金特小窝里的那张书桌有个抽屉上了锁，我首先就向它出击。锁通常都没什么复杂的，眼下这个则更是个小玩具。抽屉里有本日记，我想上锁的目的是要避开纽金特太太的双手。我看了几页，希望能看到些情色内容。如果仔细找的话说不定真有，不过我翻的那几页正巧没有，我只看到了哈伦·纽金特个人有关生死的思考笔记，立刻把这小本子像块烫砖头一样扔到了一边。洗劫他的公寓对我来说已经是在侵犯个人隐私，我可不能眼睁睁地看着自己再去打劫他的灵魂。

曾经锁着的抽屉里除了日记以外，还有三个比一般信封稍大的牛皮纸信封。第一个里面是份保单，第二个里面是一份遗嘱，这两样我都是看了一眼就把它们各自放了回去。我差点懒得打开第三个——而这将会是一个错误。里面装满了钞票。

全是百元大钞，厚厚的一沓。我脱下手套，飞快地数了一遍，心想留下指纹也没什么。这些钞票会跟着我一起回家。

总共八十三张，外加一张孤零零的五十美元。八千三百五十美元无迹可查的旧钞。是老哈伦不想报税的私房钱？或许有完全合法的解释。毕竟，拥有现钞在美国还属合法。

呃，如果是没报税的收入，纽金特可就不用再承受压力了。我把钞票塞进口袋，空信封放回抽屉。

之后我又拿出工具将抽屉锁好——纯属炫耀。

我挪动了很多挂在墙上的画，但没找到任何暗藏的保险箱。也没在壁炉边找到半块松动的砖头。事实上我并没有真的期待能找到保险箱或者藏宝贝的夹层——如果有的话，那八千三百五十美元就会藏在那里，而不是在用根修眉钳就能轻松打开的书桌抽屉里。

餐厅的一个边柜里有不少漂亮的银质餐具——看样子是英式风格，我估计是乔治王朝时期的。抽屉里还有更多同样的东西。多年来我认识了三个收购精致银器的好顾客。一个死了，一个在吃牢饭，第三个两年前退休去了佛罗里达。（他可能有时还会买下不配套的有盖汤碗，不过你可不会想拖着一堆银质赃物上飞机。怎么才能带着它们通过金属探测器呢？）

我没有动银器，也没有动那些优质的蕾丝和亚麻餐巾，而是走到主卧室——纽金特太太把她的珠宝放在安妮皇后梳妆台上的迷你铜把手盒子里。盒子有个锁，不过她没用，说明她还是很明理的。眨眼的工夫我便能打开箱子，不过比较粗俗的贼会把东西整个儿塞到腋下，回到家再慢慢开锁。

有些人像我精通锁类一样精通宝石。他们一眼就能知道那是来自南非的戴比尔斯集团还是出自网上购物中心号称一辈子只有一次机会的赝品大拍卖。天青石和方钠石的差别在哪里，尖晶石和红宝石有何不同，他们一看便知，而我连琥珀跟塑料珠子或者赤血石珠跟钢珠有什么区别都说不清楚（虽说其实没什么区别，全都不值得偷，不过总该懂得分辨吧）。

我没这个天分，不过这种玩意儿如果你偷过几次，便会琢磨出哪些该拿哪些该舍弃，这其中可有奥妙。如果无法决定，就全拿走。我放弃了显然是赝品的珠宝。比如说，那里有条项链，上面巨大的宝石如果是真货的话就应该是克洛普曼钻石。有的耳环是非洲珠子制成的。我拿到了一些好货，也可以详细描述它们的外观，甚至提供八九不离十的估价，可为什么要这样做呢？

后来的事将证明这完全是多此一举。

* * *

在纽金特公寓待了半个小时后，我准备离开了。我没有睡过一张床也没坐坏任何一把椅子，而且搜索一遍也没见着小麦粥。我将珠宝、一块表和哈伦的几个袖扣分别塞进两个塑料袋，然后将它们分别放进我带来的购物袋里。珠宝分别放在长裤正面的两个口袋里，现金插进外套衬里的胸前口袋，听诊器收进外套正面的口袋，工具和手电筒则乱塞一气——从侧面看我或许有点畸形，不过总算是腾出了两只手。

我在公寓里进行最后一次巡礼，并不是期待更多的战利品，而是要确定我此行没留下痕迹。我有洁癖。就在我准备结束今晚漫长的工作时，目光偏偏落在一扇先前我没注意到的门上。另一个衣橱？这地方满是衣橱，可里面没半样东西值得偷。

这扇门不肯让步，而且找不到锁孔，因此也无锁可撬。这门会不会通向一间封死的公寓——很久以前属于同一住家，后来分割成两间相连公寓，才留下了这样的痕迹？看来不像。这门设在客房——也是纽金特太太工作室——的墙边。同一面墙上还有一扇门通向一个落地大衣橱，而且不久之前我刚刚进出。难道这衣橱延伸了整个房间的长度，而其中一扇门是因为某种暧昧不明的理由才被封住的？

我检查了一下，这衣橱既深又宽，不过只延伸了半面墙。封住的门难道通向隔壁公寓某个衣橱的后端？这种做法看似怪异，不过老建筑保留着怪异分割也是常有的事，所以不是不可能。

这跟我有什么关系？

呃，这事引人好奇，仅此而已。而我这人天生好奇，可不管好奇会把猫怎么样。

我掏出一串工具，选了一条四英寸半长的钢片。我走到神秘之门跟前，把钢片插进门和门框之间。我把手举到门顶，然后往下。一路下滑到我腰部以下几英寸处才遇到阻碍——正是预计会碰上锁的地方。我缓缓拉出钢片往下划，循着轮廓勾出门闩的外形。再往下，钢片便一路通行直抵地板。

事情愈发让人好奇了。如果你把一间公寓隔成两间，你不会关了门拉上门闩就了事。旅馆的相邻房间为了保持互通，这种做法自然可行，不过如果出于安全和隐私考虑，你通常不会这样做。再说了，你至少会在门框四周封上石膏之类的东西。

还有一点：这锁不是从五金店随便买来的加装门闩。它可是固定在两英寸厚的门正中，也就是说，这把锁阻隔的是只能从里面开关的房间。衣柜没有这种锁。

浴室则有。

是的，当然。主卧室有专用浴室，玄关附有半身洗浴设备，所以这第二间卧室也附带浴室就说得通了。应该没错，又一间浴室，可如果想偷毛巾的话，我会上五星级的华尔道夫酒店,所以让它见鬼去吧,这下我只要——

慢着。

空荡荡的公寓里一间反锁着的浴室?

我回到门口,双手四处摸索,好像要估算出它散发的磁场能量一样。门旁墙上有个齐肩高的开关。我按按开关。卧室没有灯光亮起或熄灭,浴室里也看不出动静。门底下没透出亮光。

我再次按下开关,消掉我原先可能制造出来的结果。我找到一把椅子坐下,看着琼·纽金特未完成的画作上可怜的小丑。早先我巡视的时候,他看起来很悲伤。这会儿他看上去很困惑。

那里面有人吗?我按下哔哔铃时可能给了他警示,而他回应的方法就是……就是把自己锁进浴室?

怎么会有人这样反应?

呃,也许我不是第一个造访的贼。有一次,我正在一个地方翻箱倒柜时偏偏有人闯入,搞得我进退两难无法脱身。当时我没把自己锁进浴室,可如果当时我想到这一招,说不定我真会付诸实施。

不过这套公寓看起来像不像有其他贼来过?不可能。

只是……

逻辑,我在想。其他一切全行不通时,试试逻辑。

好吧。有两个可能。浴室有人,要不就没有。有的话,会是谁?纽金特吗?

假设你是纽金特,或者随便哪个有合法权力出现在纽金特公寓的人,三更半夜如果门铃响起,你也许决定应门也许决定不理它。不过如果你没上前开门或者至少看一下猫眼的话,你会把自己锁进浴室吗?

你不会。

因此如果有人反锁在里面,肯定是个不属于这里的人,而且必定会摸黑在里面闷上半个小时以避人耳目。我这会儿只要闪身出门回家,让这位神秘访客继续保持匿名。藏在里面的人肯定知道我的存在,如果我一走他——或者是她;上帝啊,说不定是多尔·库珀正打算开始她的第三职业——便可以从容地开始他(或她)的美好时光。这里有银器,外加装在风车小罐子里的三十几美元,还有或许是被我误看成赝品的克洛普曼钻石。

我在公寓里转了一圈,关掉所有的光源。很快整个屋子里除了玄关的顶灯外全部暗了下来。最后我熄掉了那盏灯,打开前门把头探出走廊。

然后我又缩回来,把门关好,蹑手蹑脚地穿过黑暗的公寓,连笔状手电筒都没用。我无声地慢慢走回客房,站在那里连大气都不敢出,等着浴门打开。

十分钟过去了——这可能是我这辈子最长的十分钟。时间一分分爬过,浴室里显然没人。

那门为什么要上锁?

里面是什么?

还不就是那些东西,我告诉自己。一个洗手槽、一个浴缸,也许还有一个淋浴间。一个马桶。一个医药柜。回家去吧,我催促自己。不管里面是什么,让它们待在那里好了,谁在乎?

我在乎,显然。

因为我打开灯之后——为的是至少可以看清自己在干什么,虽然我无法合理地解释我的动机——立刻双手双膝着地,开始研究这该死的锁。这是一把很普通的锁,就是你上厕所时为防止别人进入而拉上的门闩。没有掣动闩、没有钻针,其实什么都没有,就是个你在门后拉动时会左右移动的闩子。

我没法打开这该死的东西。

我是可以猛踢一脚将它撞开,不过我不想。我曾经号称是"撬锁界的海菲兹[①]",打开上锁的浴室应该难不倒我。上帝啊,这又不是诺克斯堡[②]。这是一间浴室,西端大道一间客房的浴室。

不能这样做。

我再次按按开关——浴室门旁边那个,刚才没有反应

[①] 海菲兹 (Jascha Heifetz, 1901—1987),美籍俄国小提琴家。
[②] 诺克斯堡 (Fort Knox),肯塔基州美国军事保留地,因建于一九三六年的金库而闻名,库内存有美国大部分金条。

的那个。正如我所料，还是没有反应。

假如我结了婚，假如我们有孩子，假如其中一个把自己锁在了浴室里——很多孩子都会这么做——然后又因为打不开而惊慌失措。假如爸爸手拿工具冲去救援，假如爸爸要妈妈打电话找锁匠，因为他没法打开那扇该死的门。

滑稽。

如果是我家的门，如果里面是我的孩子，我会拆掉门链。不过这耗时费力，而且后果不好收拾。免不了会把门上的漆一片片刮落在地毯上，成了你无法拉开门闩的无言见证。

你知道，想在这种玩意上施展我最拿手的魔法可行不通。我只能拿着工具抵住门闩不放，将它推回门上。门和门框之间的缝隙很紧，能活动的空间不多。我只是稍有进展，不过迟早会保持不了门闩的张力，之后手上的工具会滑掉，于是闷闷不乐地回到原点。

我的工具圈上有一块钢片，是从钢锯上切下来的，可以像刀切奶油一样穿过门闩。刀子不热，奶油不温，不过可以完成任务。只是我否决了这种做法，这和我不想拆掉门链或者一脚把门踢开是同样的原因。我觉得受到了挑战，见鬼！

我脱下一次性手套，拉来一盏鹅颈灯放在最佳位置，咬紧牙关开始动手。

接下来，天哪，我还真能把这扇该死的门打开。

* * *

门闩拉开了,我一手扶着门把,停下来看了看时间。天哪,已经快凌晨四点了。我花了多久时间打开这扇门?我根本不想知道。

我想做的是——事实上,需要做的是——使用浴室,而且我看我也赚到了这份权利。除了实用部分,厕所正如我原先所料的那样毫无新意。通常会有的瓷器设备、医药柜(里面没有比阿司匹林更刺激的玩意儿)、拉上浴帘的浴缸——

这样一步步制造悬疑,你可以看到下一步了,对吧?

呃,怎么不能?很明显,对不对?如果浴室外面开锁困难,之前又有谁会把它锁上?不管那人是谁,一定是从里面锁上的。除非那人之后跳窗留了一摊可怕的遗迹在下面的人行道上,否则他还能在什么地方?除了——比如说浴缸的花浴帘后面,他还能在哪儿?

他是在那儿,我确实是在那儿找到他的。和真相一样赤裸裸,毫无生气,额头正中有一个小小的圆洞。

5

你不在这里，我这样告诉死者，你是想象力过盛的产物，再加上我整天辛苦工作、喝了威士忌又遇到了一个好不容易才弄开的门闩。你其实并不存在，所以我这就要闭上双眼，再睁开的时候你已经消失不见。

没用。

好吧，我决定了。既然如此，那就我不在这里吧。说得准确些，我是打算抹掉所有我曾来访的痕迹，等我消失在黑夜里之后——还剩下的黑夜——一切都会像我根本没来过一样。

首先是指纹。我刚才脱了手套专心对付门锁，之后可没费事再戴回去。现在我乖乖戴好，抓过一条抹布开始擦我有可能碰过的所有东西。灯、门、门两面的门把。马桶盖——我已经提起来了，不过事后没有放下，没什么可说的，男人就这副德行。冲水把手——这我用过。浴帘——将它拉开是我犯下的错误，这会儿则把它归回原位。水槽上方的电灯开关——这个能用；还有外头墙上的电灯开关——我又试了一次，不过好像还是没有反应。还有其他东西，比如毛巾杆和脏衣桶——我或许没有碰过，不过何必冒险呢？

我退出浴室关上门，把琼·纽金特的鹅颈灯放回原位，再次扫了一眼她的工作室，然后便迈向主卧室，把她所有的珠宝放回珠宝盒。我无法断定是否所有的东西都归到了原位，不过我已经竭尽所能。原先搬动东西时我戴了手套，而这会儿物归原处时我也戴着，所以没必要担心指纹会出卖我。

我把纽金特先生的表放回床头柜上，把他的钻石及条纹玛瑙制成的袖扣放回他装袜子抽屉里的小饰扣盒里。现在只剩下我拎来的两个空购物袋需要处理。我把袋子拎到厨房，将之前带来的麦片和纸巾放进去。我不能确定这是明智之举，拎着东西出大楼岂不是惹人怀疑？难道我真的需要担心警察为了找到两卷丰盛牌纸巾和一盒乔古拉伯爵麦片盘问附近所有的熟食店和酒吧？我决定听从国家公园服务处修订后的座右铭——是特意为窃贼所做的最新更正。连足迹都不要留下，我告诉自己，甚至连照片都不要拍。

袋子塞满后，我再次站在黑暗的玄关，这次内心充满的是另一种期待。再过几分钟我就要走出这里，所有的东西都原封未动——

哦，是吗？一个小小的声音问道：浴室的门是怎么回事?

我站在那里,想了一下这个问题,然后我又想了想。

然后我便掏出工具回到客房。

出门时已经过了五点。经过艾迪面前时我扭过脸说了声早安。"嗨,你还好吗?"他说,算是有点变化。我快步向南走过三个路口,朝我自己的门卫点点头,得了一个点头作为回报,然后上楼。我在垃圾处理机前扔掉了一次性手套,差点顺手扔了那两袋杂货,不过管他呢,它们毕竟是我付钱买回来的。我进入自己的公寓,收好那些杂货。

我也收好了我的盗窃工具,还有听诊器,然后把领带和夹克挂好,踢掉脚上的便鞋,把其他东西全都扔进脏衣桶;接着冲了个绝对不嫌过早的淋浴,最后跳到床上呼呼大睡。

电话铃将我吵醒。是耐心女士,我的诗派治疗师,打电话来看我是不是有所好转。

哦,对,食物中毒。"我还有点头晕。"我说。

"你刚才在睡觉,对吧?抱歉吵醒你。我打到店里找过你,没人接听,我有些担心。你看医生了吗?"

有吗?我想不起卡洛琳是怎么跟她说的。

"事实上，"我说，"我已经好多了。"

"可你才说你还有点头晕。"

"危机应该已经过去了，"我说，"要说吵醒我——我还真高兴有你来吵。我几个小时前就该起床了。"如果时间已经晚得她先打到店里找我，那这样说应该是安全的。说来到底几点了？天哪，十一点十五分。我确实几个小时前就该起床了。

"事实上，"我继续说，"我可真得起来了。好在你打电话过来，昨晚的事我想说声抱歉。我很讨厌临时取消约会。"

"你没事我就放心了。"

"咱们再约个时间好吗，佩辛丝[①]？今晚你有没有时间一起吃晚餐？"

"今晚？你确定你已经康复了，伯尼？"

"百分之百，"我说，"是那种二十四小时的食物中毒病例。我还觉得有一点头昏是因为才过了二十三小时，再过一个小时我都能跟鳄鱼摔跤了。"

"时间真这么准？"

"你基本上可以根据这个给你的表对时间，"我说，"两三年前我得过同样的毛病，吃了健康食品店的糙米饭卷。本以为就要死了，没想到二十四小时以后我居然还能

[①]佩辛丝英文为Patience，故称耐心女士。

哼起舞台剧里的歌来。今晚共进晚餐怎样?"

"我有个顾客七点来,"她说,"八点前应该可以结束,不过可能会拖些时间。他正在写一组晦涩的十四行诗,我可不想催他。我们跟弗洛伊德派的分析疗法不同,他们一过五十分钟就赶人走路。我可不想冒险掐死别人的创意。"

"我懂你的意思。"

"那你想到这儿来吗?八点过来,要是我们还没结束,你可以坐在候诊室看看杂志。八点半我一定可以准备好,应该不算晚,对吧?"

"不会,可以。"

"我们就到附近吃,"她说,"但墨西哥饼就算了吧。"

"拜托,"我说,"连'墨'字都不要提。"

今天没时间确定我喜不喜欢乔古拉伯爵,实在太匆忙了。我刮了胡子,换上衣服走出门,甚至没有跟我的门卫点头打招呼。我一路走向百老汇,上了地铁。我原本打算搭出租车的,不过这个时段乘地铁可能快些,虽然得在时报广场换车,然后从十四街再走三个路口。

有什么好着急的呢?

我通常十点开门,不过即使晚了也不会招来一群焦躁的爱书人猛敲钢门。我跟卡洛琳约了一起吃午餐,不过我可以打电话告诉她我会迟一点,或者她可以自己去吃。我整夜没睡,而且还该死的没有片刻安宁。今天我为什么不干脆全天躺在床上休息呢?

问得好。

我解下大号挂锁,拉开安全钢门,然后再打开门上的好几道锁,走进去按亮电灯。我还没来得及走进店里,那只迫不及待的小杂种就挨着我的裤管磨蹭起来。

"好啦,"我说,"省省你这套吧,我来了。"

它说了句它每次都说的话。"喵。"

6

你看,这可不是我的主意。

事情发生得太快。记得六月初的一天,卡洛琳带了熏肉三明治和健康芹菜汁到书店来,我给她看了两本书:爱伦·格拉斯哥①的小说和伊夫林·沃②的书信集。她看看书脊,发出一声介于嫌恶和嘲笑之间的声音。"你知道是什么惹的祸?"她问。

"这是一个徘徊在我心头的疑惑。"

"老鼠,伯尼。"

"我就是担心你说这个。"

"啮齿类动物,"她说,"害虫。你可以把这两本书直接扔进垃圾桶了。"

"也许我该留着。也许它们吃了这两本,会放过其他

---

①爱伦·格拉斯哥(Ellen Glasgow, 1873—1945),美国小说家,普利策奖获得者。
②伊夫林·沃(Evelyn Waugh, 1903—1966),英国小说家。

的。"

"也许你该在枕头底下塞一枚二十五美分的硬币,"她说,"然后半夜牙仙就会进来咬掉老鼠的头①。"

"听来好像不太现实,卡洛琳。"

"没错,"她说,"是不切实际。伯尼,你留在这儿别走。"

"你去哪儿?"

"我马上回来,"她说,"你可别吃掉我的三明治。"

"我不会,可是——"

"也别放在老鼠碰得到的地方。"

"老鼠,"我说,"也不可能多于一只。"

"伯尼,"她说,"听我的话没错。老鼠不会只有一只。"

按说我应该能想到她要去干什么,不过我只是翻开沃的书信集,吃着自己的三明治,一封接着一封地看了下去。我还在看书时,门开了,她站在门口——回来了,手上捧着一个挖了气孔的小纸箱,形状就像新英格兰的盐盒式建筑②。

这是个用来装猫咪拎着四处走的东西。

"哦,天哪。"我说。

---

① 美国的母亲常告诉小孩,掉了的乳牙要用手帕包好,睡觉前放到枕头下,牙仙会来取走牙齿,放上零花钱。
② 盐盒式建筑,十八世纪时美国新英格兰地区的一种房屋,前面为二层楼,后面为一层,屋顶是斜的,形状有点像盐盒。

"伯尼,给我一分钟行吗?"

"不行。"

"伯尼,有老鼠。你的店里满是啮齿类动物。你知道这意味着什么?"

"不意味着要猫满为患。"

"猫不是复数,"她说,"真有老鼠绝对不会只有一只,而猫可以只有一只。这里面就有一只,伯尼。一只猫。"

"很好,"我说,"你拎着一只猫进来,也可以拎着一只猫走。这样数字就不会错。"

"你不能就这样跟老鼠同居。它们会让你损失成千上万美元的。它们不会乖乖坐着拿本书从头念到尾,你知道的。它们会这里一口那里一口四处乱咬,你还没明白是怎么回事,店就已经倒闭了。"

"你不觉得你说得太夸张了吗?"

"不可能。伯尼,记得亚历山大城里那座伟大的图书馆吗?古代七大奇观之一,后来一只老鼠跑了进去。"

"我记得你刚才说老鼠不会只有一只。"

"呃,但现在亚历山大城里已经没有这样的图书馆了,而原因就是法老的图书馆馆长没有明智地养只猫。"

"解决老鼠还有别的办法。"我说。

"举个例子。"

"毒药。"

"这主意很糟糕,伯尼。"

"怎么糟糕了?"

"先别说有多残忍了。"

"好,"我说,"先不说这个。"

"且不说吃下含灭鼠灵的东西,然后每根小血管都迸裂有多恐怖,也不说上帝创造的温血小动物因为内出血而慢慢死去那种可怕的场面。这些都先别管,伯尼,如果你办得到的话。"

"全都不想了。记忆一片空白。"

"就想想几十只老鼠死在你周围的墙壁里——你看不到也抓不到它们的地方。"

"哦,呃。眼不见为净。大家不都这么说吗?"

"没人这样说过死老鼠。到时候你的店里会有好几百只老鼠烂在墙里头。"

"好几百只?"

"只有上帝才知道确切的数字。毒饵的目的是引来全区所有的老鼠,说不定会有老鼠从几英里外巴巴地赶来,从SOHO到基普湾,全跑到这儿来送死。"

我翻了个白眼。

"也许我是有点夸张,"她承认道,"不过哪怕墙里有一只死老鼠,你都会闻到。"

"一只小老鼠。"

"你明白我的意思。而且搞不好你的客人为了避免经过你的店,纷纷绕道而行——"

"有的已经这样了。"

"——总之要他们在气味难闻的店里消磨时间恐怕是强人所难。他们有可能进来一分钟,可是不会逛多久。爱书人不会愿意跟臭气熏天的腐烂老鼠为伴。"

"捕鼠器。"

"捕鼠器?你想摆个捕鼠器?"

"全世界的人都会排着队到我的店里来。"

"你想用哪种呢,伯尼?装了强力弹簧的那种吗?说不定哪天你设定的时候就被夹掉了指尖。专门折断老鼠脖子的那种?早上你一开店门就有一只断颈而死的老鼠等着你去收拾。"

"也许用那种新推出的黏胶捕鼠器。跟蟑螂屋一样,不过是给老鼠住的。"

"老鼠登记住宿,不过没法退房。"

"就是这个意思。"

"这主意不错。有一只可怜的小老鼠,小脚被粘住了,哀号了几个小时,说不定为了逃跑还想把自己的脚咬掉,这就和保护动物广告里被夹脚器夹住的狐狸一样。"

"卡洛琳——"

"这不是不可能发生。你怎么知道不可能呢?总之,你早上一开店门便看见有只老鼠,而且还活着,你打算怎么办?一脚踩上去?端把枪来打?丢进水槽淹死?"

"我把它连同捕鼠器一块儿全扔进垃圾桶如何?"

"你可真人道,"她说,"小可怜在黑箱子里被闷个半死,然后清洁工又把袋子扔到碾压机里把它绞成鼠肉酱。真是太棒了,伯尼。为什么不干脆把心一横,将捕鼠器扔进焚化炉算了?把可怜的小老鼠活活烧死好不好?"

我忽然想起了什么。"可以放生啊,"我说,"往它们脚上倒点婴儿油,溶解黏胶。老鼠就会跑掉了,毫发无伤。"

"毫发无伤?"

"呃——"

"伯尼,"她说,"难道你不知道这是在干什么吗?你放走的可是精神错乱的老鼠。它要不就摸回你的店里,要不就是跑到附近哪个建筑,天知道它会干出什么事来?就算你让它跑到了几英里之外,就算你大老远地把它带到了法拉盛,它也是一只精神错乱的老鼠,外面的人全蒙在鼓里。伯尼,忘了捕鼠器,忘了毒药吧。这些你都用不上。"她说着拍了拍提猫盒。"你有个朋友。"她说。

"你说的不是朋友。是猫。"

"你对猫怎么这么反感?"

"我对猫不反感。我对麋鹿也不反感,不过这可不表示我得养一只在店里,让自己有个地方挂帽子。"

"我原以为你喜欢猫。"

"还行。"

"你对阿齐和尤比一向很好。我还以为你疼它们。"

"我是疼它们,"我说,"我觉得它们在自己的地盘上还是挺乖的,而它们的地盘恰好就是你的公寓。卡洛琳,相信我,我不养宠物。我不是那种类型的人。我连个固定的女朋友都留不住,又怎么留得住宠物?"

"宠物更容易相处一些,"她颇有感触地说,"相信我。再说,这猫也不是宠物。"

"那它是什么?"

"雇员,"她说,"工作猫。白天和你做伴,晚上你走了以后独自帮你守门。忠心不二、工作勤奋的猫仆。"

"喵。"猫儿说道。

我们俩看了看猫盒,卡洛琳俯身打开锁扣。"它在里头闷坏了。"她说。

"别放出来。"

"哦,行了,"她说着便把它放了出来,"这又不是潘多拉的盒子,伯尼。我只是让它呼吸一点新鲜空气。"

"不是挖了气孔嘛。"

"它需要伸伸腿,"她说,然后猫咪便探出身来这么做了——伸直前腿拉拉筋,然后是后腿。大家也知道猫的那副德行,就像舞蹈课前的准备活动。

"它,"我说,"是只公猫吗?呃,至少它不会整天生小猫。"

"绝对不会,"她说,"保证不会生小猫。"

"它难道不会随便往东西上撒尿吗,比如书上?公猫不都有这种习惯吗?"

"它动过手术,伯尼。"

"可怜的家伙。"

"它不知道自己错过了什么。不过它不会生小猫,也不会当猫爸爸,三十四街和炮台公园的任何一只母猫发情都不会让它发狂。它只会做好自己的工作,看守店面消灭老鼠。"

"外加把书当成磨爪板。灭绝了老鼠,结果书上全是爪印,这又有什么意义呢?"

"它没有爪子,伯尼。"

"哦。"

"它其实不需要爪子,因为这儿没多少敌人需要驱赶,也没大片树木能攀爬。"

"我想是吧。"我看着他。这猫不知道哪里有点奇怪,我花了一两秒钟才找出原因。"卡洛琳,"我说,"它的尾巴怎么了?"

"它是马恩岛猫①。"

"所以生来就没尾巴。可马恩岛猫走路不都一跳一跳的像个兔子吗?这家伙可跟普通猫一样走来走去。它看起来跟我见过的马恩岛猫不太一样。"

"呃,也许是因为它只有部分马恩岛猫血统。"

"哪个部分?尾巴吗?"

---

① 马恩岛猫,一种无尾家猫。

"呃——"

"你觉得发生了什么事?它的尾巴被门夹了,还是兽医下的手?听我说,卡洛琳,它被阉割去爪,尾巴也成了回忆。如果真要追根究底,原来那只猫剩下的部分可没多少了,对吧?咱们手上这只显然是缺东少西的简化版。它还缺了什么是我不知道的吗?"

"没有了。"

"他们有没有留下懂得使用猫沙的那部分?天天换沙可是很好玩哪。它至少还知道怎么使用猫沙吧?"

"比这还好,伯尼。它用马桶。"

"跟阿齐和尤比一样?"卡洛琳训练过她的猫,先是把猫沙盆放在马桶盖上,然后在盆底挖个洞,慢慢把洞挖大,最后干脆丢掉整个盆。"呃,厉害,"我说,"我看它应该不知道怎么冲水吧?"

"不知道。还有,要记得把盖子放下。"

我重重地叹了口气。这只动物在我店里昂首阔步,往角落里探头探脑。不管有没有动过手术,我可是等着它朝满满一书架的初版书抬起腿来。我承认,我不信任这只小杂种。

"我不知道,"我说,"这种店铺总该有个法子防鼠吧,也许我该找杀虫公司谈谈。"

"你在开玩笑吧?你要找个怪人来,在走道上贼溜溜地晃来晃去,把整个店里都喷上有毒的化学物品?伯尼,你用不着找杀虫公司。你已经有了自家经营的杀虫公司，你私人管控的防鼠机动大队。它所有的预防注射都打了，没有跳蚤、虱子，而且如果哪天它真需要美容清理的话，你还有个专业的朋友提供服务。天下的便宜都让你给占尽了。"

我觉得自己在逐渐让步，实在令人讨厌。"它看起来挺喜欢这里，"我承认，"瞧它的样子，就像在自己家里。"

"为什么不行呢？书店养猫是天底下再自然不过的事。"

"它不算难看，"我说，"只要习惯它少了条尾巴。这事也不难，因为我原本连少掉整只猫都习惯得了。你说它是什么颜色的？"

"灰色虎斑。"

"挺实用的外表，"我决定道，"不招摇浮夸，可又跟什么都配，对吧？它有名字吗？"

"伯尼，名字你随时可以换。"

"哦，它的名字肯定没法听。"

"呃，也不是很难听，至少我不觉得，只不过它和我知道的大部分猫一样，听到名字没反应。你也知道阿齐跟尤比的情况，叫名字是浪费时间。如果我要它们过来，只要打开电动开罐器就行。"

"它叫什么名字，卡洛琳？"

"拉菲兹。"她说，"不过你想怎么改都行，不用客气。"

"拉菲兹。"我说。

"如果你讨厌这——"

"讨厌？"我瞪着她，"你开玩笑吧？这名字可好得不能再好了。"

"什么意思，伯尼？"

"难道你不知道拉菲兹是谁？二十世纪初 E.W. 赫尔南①的书还有近来巴里·佩罗恩②写的故事里不是都有吗？拉菲兹——保险柜业余神偷？世界级板球高手兼绅士雅贼？我不相信你从没听过大名鼎鼎的 A.J. 拉菲兹。"

她嘴唇张开。"我从没这样联想过，"她说，"我只想着为什么不叫别的而叫拉菲兹。可经你这么一提——"

"拉菲兹，"我说，"小说里的经典窃贼，现在就在这里，书店的一只猫，而且店老板过去也是窃贼。告诉你吧，如果要我帮这猫起个名字，再也想不出比这更好的了。"

她看着我的眼睛。"伯尼，"她严肃地说，"这是上天

---

① E.W. 赫尔南（Ernest William Hornung, 1866—1921），英国小说家，著有《业余神偷拉菲兹》。
② 巴里·佩罗恩（Barry Perowne），一九二一年赫尔南去世，在此之前，巴里·佩罗恩得到赫尔南的首肯，继续撰写拉菲兹的传奇故事。在他的笔下，拉菲兹变成了一个勇猛好战的冒险家，这个系列一直延续到第二次世界大战爆发为止。十年后，佩罗恩受到埃勒里·奎因的委托，重新让拉菲兹回到推理文坛。这一次，他的写法较忠于赫尔南的原创精神，让拉菲兹恢复了行侠仗义的侠盗风范。

注定的。"

"喵。"拉菲兹说道。

第二天中午轮到我买午餐。去贵宾狗工厂的路上,我在中东烧饼摊前停下。卡洛琳问我拉菲兹表现如何。

"表现不错,"我说,"喝专用碗里的水,吃专用蓝色新猫碟里的猫粮,而且用马桶的方式就跟你说的一模一样。当然我得记得把门开个缝,不过忘了也没关系,它会站在门口一个劲地叫着提醒我。"

"听起来不错。"

"简直太好了,"我说,"我问你,在叫拉菲兹之前它叫什么名字?"

"我不明白,伯尼。"

"'我不明白,伯尼。'那是最后的点睛之笔对吧?你就是等着我开始心软了,才把那名字当成鹅肝酱一样抛过来。'它叫拉菲兹,不过你想怎么改都行,不用客气。'这猫是从哪里来的?"

"我没跟你说过吗?我有个顾客是时尚摄影师,养了一只异常漂亮的爱尔兰水猎狗,他跟我提起他有个朋友得了哮喘,医生坚持让他把猫扔掉,弄得他心都快碎了。"

"然后呢?"

"然后刚好你这里闹耗子,我就过去拿了猫,而且——"

"不对。"

"不对?"

我摇摇头。"你省略了什么。我刚提到'老鼠'两个字,你就像只猫似的奔出门,连想都没想。而且你过去把猫塞进猫箱拎过来,总共才花了不到二十分钟的时间。在那二十分钟里你做了什么?我想想——你先是回到贵宾狗工厂查到你那个时尚摄影师客人的号码,然后打电话过去问他那个对猫过敏又有哮喘的朋友的姓名和电话。接下来应该是打给那个朋友,做自我介绍,然后约了在他公寓碰头看猫,然后——"

"别讲了。"

"你有什么话说?"

"那猫原先就在我公寓里。"

"它在那儿干什么?"

"它住在那儿,伯尼。"

我皱皱眉。"我见过你的猫,"我说,"我认识它们很多年了,不管有尾巴没尾巴我都认得出来。阿齐是缅甸猫,尤比是俄罗斯蓝猫。两只都不可能扮成灰色虎斑猫——在黑暗的小巷子里或许能蒙混过关。"

"它跟阿齐和尤比住在一起。"她说。

"从什么时候开始的?"

"哦,不久以前。"

我想了一会儿。"不可能没多久,"我说,"因为它在那儿学会了蹲马桶。那玩意儿不可能一晚上就学会。看咱们人类的孩子得花多长时间。它就是那样学会的,对吧?跟你的猫学的,对不对?"

"也许吧。"

"而且它可没有一晚上就学会,是不是?"

"你当我是嫌疑犯,"她说,"我觉得你在把我放在火上烤。"

"放在火上烤?应该用炭烤才对。你设好圈套引我往里跳。拉菲兹跟你住了多久?"

"两个半月。"

"两个半月!"

"呃,也许该说三个月吧。"

"三个月!不可思议。这三个月来我到你那儿多少次了?至少有十次八次。你的意思是我看着这只猫却视而不见?"

"你去的时候,"她说,"我都把它放在别的房间。"

"哪个房间?你那里只有一间房啊。"

"我把它放在衣柜里。"

"衣柜里?"

"嗯。免得你看到。"

"这是为什么?"

"跟我从没提过它是同样的原因。"

"那又是为什么？我不懂。你以它为耻？它有什么毛病吗？"

"它没毛病。"

"如果这只动物有什么见不得人的事，我可不敢说我还会让它在我店里晃。"

"它没什么见不得人的事，"她说，"是只非常好的猫。值得信赖、忠心耿耿、乐于助人又和善——"

"外加有礼、仁慈，"我说，"顺从、快乐又节俭。简直是标准童子军，是吧？那你为什么要瞒着我？"

"不只是你，伯尼。真的，我谁都没告诉。"

"为什么，卡洛琳？"

"我连谈都不想谈。"

"看在上帝的分上，快说吧。"

她吸了一口气。"因为，"她缓慢而沉重地说道，"它是第三只猫。"

"我不明白。"

"哦，天哪。这实在很难解释。伯尼，有件事你得了解。猫对女人来说有可能非常危险。"

"你在说什么？"

"你先养了一只，"她说，"好啊，可以，没问题。之后你又养了第二只，这更好，因为它们可以做伴。说来奇怪，不过养两只其实比养一只容易。"

"我姑且相信你。"

"然后你养了第三只,这没关系,还应付得了,问题是很快你就会收下第四只,接着你就勇往直前干下那种事。"

"什么事?"

"越界。"

"什么界?你是怎么过去的?"

"你成了养猫的女人。"我点点头,灵光开始闪现。"你知道我说的那种女人,"她继续说道,"随处可见。她们没有朋友,几乎足不出户,死的时候人家会在她们屋里发现三四十只猫。或者她们跟三四十只猫一起关在公寓里,邻居会因为太脏太臭而告上法院,勒令她们搬家。要不她们就是外表看来正常,结果因为失了火或者家里遭窃了什么的,然后全世界就看到了她们的真面目。她们是养猫的女人,我害怕自己变成那样。"

"嗯,"我说,"原因我能了解。不过——"

"对男人来说好像不成问题,"她说,"很多男人都养两只猫,说不定还养三四只,可谁听过什么养猫的男人呢?说到猫,男人好像很懂怎么不越界,说不养就不养了。"她皱皱眉。"很有意思,是吧?明明他们在其他各方面都——"

"咱们只说猫,"我提议,"你为什么要把拉菲兹关进你的衣柜里?还有,它叫拉菲兹之前又叫什么?"

她摇摇头。"别提了,伯尼。依我说,以前那个名字太小气，一点也不适合它。至于我怎么会收养它，呃，差不多就跟我刚才说的一样，只是漏了几点。乔治·布里尔是我的一个顾客，我帮他的水猎狗美容。"

"而他的朋友对猫过敏。"

"不，过敏的是乔治。后来菲利浦搬去跟乔治住，猫咪就得送走。狗和猫处得挺好，可乔治整天红着眼气喘吁吁，所以菲利浦只能在乔治和猫咪之间选择一个。"

"所以出局的是拉菲兹。"

"呃，菲利浦对这只猫也没多少感情。这原本不是他的猫，是帕特里克的。"

"帕特里克又是从哪儿来的？"

"爱尔兰，他没拿到绿卡，不过反正他也不怎么喜欢这里，所以回国的时候他就把猫留给了菲利浦，因为带着猫可通不过海关。菲利浦是很愿意给猫一个家，可后来他和乔治住到一起，呃，猫就得送走。"

"那怎么会选中你来收留它？"

"乔治设计害我。"

"他怎么做的？告诉你贵宾狗工厂闹鼠患？"

"没有，他那叫感情勒索，总之见效了。于是我就有了第三只猫。"

"阿齐跟尤比反应怎样？"

"它们还真没说什么，不过身体语言可以解释为'这下来了个邻居'之类的。昨天我打包拎着它出门，我看它们也没太伤心。"

"不过与此同时,它可是在你公寓待了三个月,你一个字都没透露。"

"我打算跟你说的,伯尼。"

"什么时候?"

"迟早。不过我很害怕。"

"怕我会怎么想?"

"不只那样。我也害怕第三只猫的象征意义。"她重重地叹了口气,"所有那些养猫的女人,"她说,"她们原本都没打算变成那样,伯尼。她们养了第一只猫,再养第二只,又养第三只,然后不知怎么的她们就过了界。"

"你不觉得她们有可能开始就多少有那么一点怪?"

"不,"她说,"不,我不觉得。哦,也许偶尔会,偶尔会遇到那种有点疯狂的女人,发现她一口气养了一窝猫。不过大多数养猫的女士起初都挺正常。故事结束时她们全成了疯子,没错,养三四十只猫就是这种结果。它们悄悄地盯上你,一不小心你就已经过了界。"

"第三只猫就是分水岭,对吧?"

"毫无疑问。伯尼,有些原始文化其实没有数字,至少没有我们概念中的数字。他们有个字的意思是'一',还有别的字代表'二'和'三',然后有个字的意思是'比三多'。我们文化里的猫也是同样的情况。你可以有一只猫,可以有两只,甚至可以有三只,而那之后你的猫的数量就只能是'比三多'。"

"然后你就成了养猫的女人。"

"你明白了。"

"是的，我明白了。我接收了你的第三只猫。你从来不提，原因就在这里，对吧？因为你一直都在盘算着要把那讨厌的第三只猫推给我？"

"没有的事，"她飞快地回答，"我对上帝发誓，伯尼。多年来我们也谈过几次猫狗的事，你每次都说你不养宠物。我有哪次逼过你吗？"

"没有。"

"我尊重你的意见。有时候我确实会想，如果有个动物让你疼爱的话，也许你会更开心，不过我从没说出口。我根本连你需要一只工作猫都没想过。然后我发现你这里闹鼠患——"

"你偏偏知道解决办法。"

"呃，当然。这方法太棒了，对吧？承认吧，伯尼。今早有拉菲兹在那儿欢迎你，你觉得挺温暖的，是不是？"

"挺好，"我承认，"至少它还活着。我脑子曾闪现过一个画面，看到它四脚朝天躺在那儿，一群老鼠围着它。"

"是吧？你关心它，伯尼。不知不觉你就爱上了那个小家伙。"

"别这样期待。卡洛琳，它叫拉菲兹之前叫什么名字？"

"哦,别提了。是个很蠢的名字。"

"说来听听。"

"非说不可吗?"她叹了口气,"唉,叫安德洛。"

"安德鲁?这名字蠢吗?安德鲁·杰克逊、安德鲁·约翰逊、安德鲁·卡内基——叫这名字的人都挺好的啊。"

"不是安德鲁,伯尼。安德洛。"

"安德鲁·梅隆、安德鲁·加德纳……不是安德鲁?安德洛?"

"对。"

"这是什么,安德鲁的希腊文?"

她摇摇头。"是 Androgynous① 的缩写。"

"哦。"

"意思是动了手术以后,猫的性别有些尴尬。"

"哦。"

"照我看,帕特里克也是这种情况,虽然他的情况不是手术造成的。"

"哦。"

"我自己可从没叫过它安德洛,"她说,"事实上,我从没叫过他什么。我不想帮它取个新名字,因为那就意味着我有意收养它,而且——"

"我明白。"

---

① 意为"雌雄同体"。

"然后在来书店的路上,我灵机一动想到了。拉菲兹。"

"不叫别的而叫拉菲兹,我想你是这么说的。"

"不要恨我,伯尼。"

"我会努力的。"

"我也不好过——三个月来都生活在谎言里。相信我。"

"这会儿拉菲兹出了柜,我想大家应该都会好过些。"

"肯定会的。伯尼,我可没故意设计让你收下猫。"

"你当然有。"

"不,我没有。我只是费心思牵线,希望你和拉菲兹一拍即合。我知道你只要跟它熟了,一定会喜欢上它的,所以我就想能怎么帮你越过这第一关,也许使个小小的计谋——"

"比如撒个弥天大谎。"

"动机纯正善良。我完全是为你着想,伯尼。为你也为猫。"

"也为你自己。"

"嗯,没错,"她说,然后露出一个迷人的微笑,"不过还真行得通,对吧?伯尼,你得承认行得通。"

"我们看看再说。"我说。

7

嗯，似乎行得通。之前我顾虑重重，以为我肯定会不断被猫绊倒，可它避让的本领实在高超。每天早上我打开店门，它都会例行公事一样地磨蹭我的脚踝，不过它这样做只是为了让我喂它。其他时间我几乎忘了它的存在。它踩着小小的猫步四处走动，恰如其分，而且不会撞到任何东西。有时它会在前窗扑抓几道光线，偶尔则会悄无声息地蹿上一个高架，蜷身栖息在詹姆斯·卡罗尔[①]和雷切尔·卡尔森[②]中间的空隙处，不过大多数时候它都非常低调。

很少有顾客看到过它，而看到它的那些人对书店有猫好像都不以为意。"这猫真漂亮！"他们可能会说，或者问："它的尾巴怎么了？"它似乎喜欢在迷人的女顾客上门时现身——发挥了类似破冰的作用，也因此成了我的资

[①] 詹姆斯·卡罗尔（James Carroll, 1943— ），美国作家、历史学家、记者。
[②] 雷切尔·卡尔森（Rachel Carson, 1907—1964），美国海洋生物学家和生态环境保护者，她的作品被认为推进了全球的环境保护运动。

产。我不知道它这样做是否就算挣得了在这里的容身资格,不过这一点我倒是得作为优点列在它的简历上。

对我来说,虎斑猫最大的用处就在于它最初受雇的那个原因。自从卡洛琳把它带到店里以后,我还没发现哪本书的书脊上出现被啃咬的痕迹。老鼠忽然就消失了,我甚至怀疑原来有没有过这回事。也许,有时我会想,店里本来就没有老鼠。也许沃和格拉斯哥的书到我手上时便是那副德行。或者是卡洛琳偷偷溜进来咬书,以便帮她的第三只猫找到永远的家。

总之这件事她绝对有份。

我在它的餐碗、水盘里倒好食物和水后,马上再次把门锁好,步行到卡洛琳的店。"我吃过了,"她说,"没想到你会开店。"

"原来没打算,"我说,"但我想去看看。我到街角买点吃的,马上回来。咱们得谈谈。"

"当然可以。"她说。

我走到最近的一家熟食店,买了个火腿三明治和一大罐咖啡带回来。卡洛琳把一条棕色的小狗放在美容桌上。小狗不断发出哼哼唧唧的声音。

"你随意,"她说,"咱们一边谈话,我一边把爱丽森收拾完可以吗?我想早点解决。"

"请便,"我说,"它干吗发出那种声音?"

"不知道,"她说,"不过我真希望它闭嘴。要是裁判盯着它看的时候它还这样的话,我看它的主人就别想拿到最佳品种奖了。"

"它是什么品种?"

"不是诺福克就是诺维奇猎犬,可这两个我怎么也记不清哪个是哪个。"

"它叫爱丽森?这可没法提供线索。"

"那是它的小名,"她说,"它证件上的名字是爱丽森·旺达·兰德①。"

"我想我知道它哼哼的原因了。"

"它大概是想念一起尿尿的同伴。那条狗今天没来,是因为这个周末它不参展。那条狗的小名叫特鲁迪,想不想猜猜它注册登记表上的名字是什么?"

"不可能是特鲁迪·罗根·格拉斯②。"

"想打个赌吗?"

我打了个冷战,然后在椅子上坐直。"听着,"我说,"继续帮爱丽森刷她的毛吧,不过你弄的时候我得告诉你昨晚出了什么事。"

"没必要,伯尼。"

---

①爱丽森·旺达·兰德(Alison Wanda Land)与《爱丽丝漫游仙境》(Alice in Wonder-land)的原文发音相近。
②特鲁迪·罗根·格拉斯(Trudy Logan Glass)与《爱丽丝漫游仙境》的姐妹篇《镜中奇遇》(Through the Looking Glass)的原文发音相近。

"嗯？"

"真的，"她说，"你怎么会觉得有这个必要？昨晚在饶舌酒鬼你一直在喝酒。我知道我偶尔会喝得不省人事，可我昨晚连脸都没有发热，更别说杀死几千个脑细胞了。你离开前的事我全都记得，而之后也没什么可记的，因为我除了睡觉没干别的。"

"我是想告诉你我出了什么事。"

"你直接回家了。"

"对。然后我又出门了。"

"啊呀，糟糕，伯尼——"

"听着，先让我从头到尾讲一遍，"我说，"然后我们再谈。"

"我不明白，"她说，"你先前是那么努力，千方百计阻止自己去偷吉尔马丁的公寓。"

"我知道。"

"然后，完全出于一时冲动——"

"我知道。"

"而且你也没理由假设那里有东西值得偷。据你所知，纽金特家搞不好连个陶盆或者窗户都没有。"

"我知道。"

"而且你已经熬过了整个晚上，安全回到公寓了。"

"我知道。"

"'我知道,我知道,我知道。'那你为什么那样做?"

"我不知道。"

"伯尼——"

"就当是人格缺陷吧,"我说,"或者是一时丧失理智,或者是暂时性精神失常。也许我还有点醉,可那些咖啡让我感觉不到这一点。我只能说这事就像诸神的礼物。我整晚都是个好孩子,抗拒了难以抗拒的诱惑,于是他们就派个美丽女子把我领向乖乖等着让人偷的公寓,算是奖励。"

"你觉得是她设计的吗?"

"我首先就想到了这一点。事实上,我把探针放进口袋之前就想到这个可能了。"

"可你还是去了。"

"哦,她怎么可能设计我?首先她得知道我是贼,而且还得知道我会乘那班地铁。"

"也许她也乘了同一班。也许她在跟踪你。"

"一整天吗?不太可能。而且依我看她没在车上,因为我没注意到。她是那种你会注意到的女人。"

"美丽,嗯?"

"可以这么说。满分十分的话她能拿八分。"

"这么说她是刚好找你陪她走回家,然后又刚好提到琼和哈伦在欧洲。"

"我觉得她没有跟踪我,"我说,"不过她有可能出门买瓶牛奶什么的,然后正巧看到我走出地铁。她说她曾在附近见过我,所以觉得眼熟,不过我可不记得见过她,所以有可能是她编的。搞不好她知道我是贼,又碰巧看到我,所以她就要我陪她走回家。"

"如果那是她家的话。"她说,"别动。"她对着爱丽森·旺达说,然后开始查住户电话簿。"卡达蒙……切斯皮克……柯里尔。就是这个了,库珀。我找不到格温多林·库珀。不过 G. 库珀倒是挺多的,而且有一个住在西端大道九一〇号,可这就远在上城那头了。纽金特那幢的地址是——"

"三〇四。"

"不对。这个地址没有库珀。"

"说不定是 K 开头的。"

"像 Kountry Kupboard① 那样吗?我们来看看……哦,还真有人用 K 开头呢,是吧?不过咱们的多尔可没有。话说回来,这又证明了什么呢?她有可能没登记电话,或者她有可能是把公寓转租或者分租出去,电话登记在别人名下。"

"她认识门卫。"

"依我听来,要认识他还真简单。你也认识他,记得吧?"

---

① 美国一家橱柜公司的名字,一般拼法应该是 Country Cupboard,但因 C 通常发 K 的音,所以两个字都改以 K 开头,以示特别。

"说得好,"我说,"他又不是马其诺防线。不管她是不是那幢大楼的人,都可以通过他那关。不过之后她会上哪儿去呢?"

"纽金特公寓。"

"匆匆进去又出来?也许。要不她有可能是等在楼梯间消磨时间,等到我回家她再自己走出去。'再见,艾迪。''哦,你好。'轻而易举。"我皱皱眉。"可这是为什么呢?"

"设计你啊。"

"设计我去干什么?卡洛琳,换成这辈子其他任何一个晚上,我都会回到家里不出门。先不提我洗手不干了吧,就当我还是蠢蠢欲动的惯偷——甚至是过于活跃——那会儿是三更半夜,一个神秘的陌生人想办法让我知道某公寓的屋主出城了。我会怎么做?"

"你说呢?"

"至少,"我说,"我会睡一晚再做决定。在黎明的冷光下,我有可能做一点调查,如果结局看起来无限美好的话,我有可能一两天后上门打劫。或许会选在午后、访客不会引起怀疑的时段。不过最有可能的是:我醒来以后决定干脆忘掉整件事情。总之我是绝对不会立刻登门造访的。"

"可你干了啊。"

"我是干了,"我承认道,"问题是她怎么知道我会干？"

"也许她会读心术，伯尼。"

"或许。也许她读出了我的心思，看出我快疯了。所以她就设计我，我也乖乖上钩。她这样做能得到什么好处？"

"我不知道，伯尼。"

"是要我在纽金特公寓束手就擒？天哪，我还真成了瓮中之鳖。通常我进出住所都速战速决，可这回不是。如果我在那儿再待久一些，都能申请游民居留权了。要是她报警，我只有死路一条。州警察大老远从奥尔巴尼[①]走着过来都可以赶在我逃跑以前到达。"

"也许她是想让你在公寓里做点什么。"

"做什么？"

"不知道。"

"我也不知道。不管是什么，我没做。我在9G公寓唯一做的就是消磨时间。我带了些杂货进门，又带了些杂货出门。"

"让杂货松松筋骨，然后你便转身离开。"

"把我自己弄个里外翻转还差不多。我看到浴缸的男尸时——"

"他是谁，伯尼？"

---

① 奥尔巴尼（Albany），美国纽约州首府。

"既不是哈伦也不是琼。"

"我也没想说他是琼。"

"如今这个时代,"我说,"你永远也说不准。不过哈伦的书房里有张纽金特夫妇的照片,死者不是照片上的人。屋里还有其他照片。纽金特的孩子跟纽金特的孙子,可浴缸里那位没出现在照片里。应该不是哪个失散多年的亲戚,因为我看不出任何家族特征。"我皱皱眉。"似乎觉得有些眼熟,可我说不出原因。"

"他长什么样?"

"总的来说是裸体、死了。"

"呃,我明白了。你一定是在诺曼·梅勒的某本小说里看到过他[①]。"

我瞪她一眼。"我估计他三十多岁,"我说,"暗色头发,剪得短短的,往前梳,看起来像恺撒大帝。"

"不过没有刀伤[②]。"

"没有,只是前额有个弹孔。"我闭上眼睛,脑子里浮现出那人的样子。"他很瘦,"我说,"但是有肌肉,有很多暗色体毛。眼睛睁得很大,不过我记不起颜色。我也没花很多时间看他。"

"他在那儿干什么,伯尼?"

[①] 梅勒(Norman Mailer,1923—2007),美国小说家、记者、评论家、诗人、剧作家、编剧及导演。他写过一本小说叫《裸者与死者》。
[②] 恺撒是被人用刀暗杀致死的。

"我看到的时候,"我说,"他其实已经没在干什么了。"

"也许他只是想找个地方自杀,"她说,"可他又付不起旅馆房租。所以他就闯——"

"闯过普拉德锁?"

"你不就闯过去了吗?好吧,就算他有把钥匙。他跑进去,脱光衣服……他的衣服呢,伯尼?"

"他一定是捐给了慈善之家。我肯定没看见。"

"呃,还是忘了衣服的事吧。他脱了个精光,这点我们已经知道了,然后他进了浴缸。为什么进浴缸?"

"谁知道?"

"他进了浴缸开枪自杀。不对,他先锁上浴室门,然后进了浴缸,然后拉好浴帘,然后开枪自杀。"

"时间正好。"

"可为什么呢,伯尼?"

"这还不算什么。我的问题是:他是怎么办到的?如果你下定决心的话,确实能开枪打中自己的前额正中,可以用大拇指扣扳机嘛。不过,把枪抵住太阳穴或者塞进嘴巴不是比较自然吗?"

"真要自然,"她说,"应该是继续活下去。"

"问题是,"我说,"我没看到枪。当然我也没认真找,而且如果他是站着自杀的话,说不定会把枪掉在浴缸里,然后倒下遮住枪。不过也有可能没枪——不管是在浴缸里还是房间的其他地方。"

"如果没枪——"

"那就是别人开的枪。"

"多尔·库珀?"

"也许,"我说,"不过城里还有八百万人口同样也能办到。比如纽金特先生或夫人,他们上了飞机是个很好的理由。"

"你觉得是他们干的?"

"我不知道是谁干的,"我告诉她,"谁都有可能。"

"不会是你和我,伯尼。我们可以互相提供不在场证明。我们整晚都在一起。"

"除了我不知道他是何时被杀的,法医所谓的死后僵直发青等我一概不知,而且我也不想去摸他有多冷。他不太好闻,不过尸体本来就不好闻——新鲜出炉的也一样。还记得那回有个人死在我店里吗?"

"怎么会忘记?而且也是死在厕所里。"

"没错。"

"我们是把尸体搬上轮椅推走的。对啊,我记得。他根本没死多久,但闻起来也不太香,是吧?"[①]

"嗯。"

"所以我们没法互相提供不在场证明,"她说,"这可

---

① 参见《像蒙德里安一样作画的贼》。

非常不妙。你怎么知道不是我们干的？"

"呃，我知道我没干。干了这种事我肯定会记得。而且我知道你没干，因为你不是那种类型的人。"

"听了真让人松口气。"

"而且我只需要知道这么多，"我说，"因为这不是我的问题。因为我根本没去那里。"

"嗯？"

"我没拍照也没留下脚印，"我说，"或者指纹，或者麦片盒。没人看到我进去，也没人看到我出来，除非你把艾迪算进去，不过我不会。我带去的东西都带走了，拿走的东西也都放回去了，出门以后还又上了锁呢。"

"你总是这样。"

"嗯，能有多麻烦？如果我能把锁撬开，能把它锁上。而且这是上策，人们越晚发现有人进过门，抓那个贼就越难。"

"这么说你把所有东西都归回原位了？"

我没吭声。

"伯尼，你确实把所有东西都归回原位了，对吧？"

"也不是'所有东西'，"我说，"也不是'确实'。"

"什么意思？"

我伸出一只手拍拍爱丽森毛茸茸的脸。它又发出那种哼唧声。"钱我留着了。"我说。

"伯尼。"

"呃，我原本打算放回去的，"我说，"然后想起我数钱时脱掉了手套——把钱带走就不怕沾上指纹了。如果把钱放回原处，我就得擦干净每张钞票，完全不留痕迹，然后还得处理书桌抽屉的锁——得先撬开再锁上。"

"所以你拿了钱。"

"呃，我本来就拿走了，只是留着没还而已。"

"八千块？"

"差不多，八千三百五。"

"你在那儿待了多久？四小时？算起来一个小时两千块，可比最低收入高多了。"

"相信我，"我说，"不值得。我留下钱只是因为这比放回去省事。何况钞票没法追踪来源。手表和珠宝有可能会把线索引向纽金特公寓，可钱就只是钱。"我耸耸肩。"也许应该物归原处——就算我得一张张仔细擦。不过那时已经很晚了，我只想赶快离开。"

"不过你还花时间上了锁。锁外间的门我能理解，可为什么锁上浴室呢？你费了半天劲才打开那道锁，要锁上只怕同样麻烦。"

"倒也没有。那种机械装置关比开容易，而且开的时候我就在门闩表面划出了沟纹。不过确实还是花了些时间。"

"那干吗又费事锁上呢？"

"你想想，"我说，"如果警察来的话就得破门而入。

他们在浴缸里找到一具尸体，旁边有把枪。一扇小窗上了锁，门在他们闯进去以前也锁着。如果你是警察，你会下什么结论？"

"自杀，"她说，"没有别的可能。伯尼，等等。"

"我在等。"

"如果没有枪呢？"

"那又怎样？"

"那就不是自杀了，对吧？"

我摇摇头。"对，"我说，"如果那样的话，就是约翰·狄克森·卡尔小说里的密室杀人案，而我要是能知道凶手的犯案过程才真是见鬼了。现在我打心眼里不相信那是事发过程，因为实在不可能。照我看来，手枪应该藏在某处——尸体旁边或者底下。如果是自杀，我当然希望现场原封不动以便快快结案。而如果是凶杀案——某个违反物理定律的密室谋杀案——的话，我又为什么要自作主张破坏它？因为如果警察到达时门是开着的，这就只是另一桩浴缸裸尸案。根本没什么特别的。"

"我明白你的意思。"

"这就是我上锁的原因，"我说，"说来我的逻辑或许有误，不过当时我实在太累了没发现。第二次操作浴室门的锁虽然容易得多，不过还是挺烦的，而且花了些时间。你知道吗？留下那八千三百五我可是理直气壮。我辛苦工作，所以理应得到。"

* * *

我就着最后一口咖啡把最后一口三明治吃下去，把包装纸和空杯子扔进垃圾桶。然后我又回来看卡洛琳为爱丽森·旺达的发型做最后的修饰。"那样忙了一晚上你肯定累坏了，"她说，"我很惊讶你今天居然还来开店。"

"呃，耐心女士打来电话，把我吵醒了。再说我总得过去喂拉菲兹。"

"不用费事的，"她说，"我见你没开门，就用了我那串钥匙进门，给了它食物和水。"

"什么时候的事？"

"不知道，大约十一点吧，怎么了？"

"因为我十二点刚过去开店门的时候，它装出一副快饿死的样子，可还真他妈的挺像回事。"

"你又喂它了？"

"我当然又喂了。它把碟子舔得一干二净，还把我的袜子掏了个洞。"

"猫不能吃太多的，伯尼。"

"谢谢了，"我说，"这话我会牢记在心。"

我回到巴尼嘉，再次开了店门。我的脚刚跨过门槛，拉菲兹就来蹭我的脚后跟。

"嗯，好了，"我告诉它，"做你的白日梦吧，伙计。"

我把特价桌搬到外面,放上"三本一块钱"的纸牌。有时路人会顺手拿走一本,不过既然价格已经这么低了,此举对我又有什么损害呢?要是有人顺走了告示牌,恐怕我还更伤心些。

我坐在柜台后面的凳子上,拿起我正在看的书,《洞熊家族》。(这本书我多年前读过一次,不过你要是不觉得书本值得一读再读的话,就别开二手书店了。)我还没看昨晚出地铁后买的报纸,离开公寓时也没带出来。不过没关系,因为我并不怎么想知道外面发生了什么事。我更愿意读书里的内容,一个克罗马农人①孩子被一对尼安德特人②抚养长大——说来这过程跟我记忆中自己的童年没什么不同。

两点左右我做了第一笔买卖。进账只有一块钱,不过总算破了冰,三点前我已经往收银机里打进大约五十块。用这方法你赚不了大钱,甚至连收支相抵都办不到,不过至少我卖出了书。说来那只猫在这些买卖中也有功劳,因为要不是为了喂它,我也不会费事来开店。

而且不管怎么说,我走访纽金特公寓还多了八千三百五十美元的收入。这钱我爱怎么花就怎么花,完全可以忘记我花了多少工夫得到它,因为那一章已经翻过去了,不再与我有任何关系。

嗯,是的。做梦去吧,伯尼。

---

① 克罗马农人(Cro-Magnon),旧石器时代晚期在欧洲的高加索人种。
② 尼安德特人(Neanderthals),旧石器时代中期原始人。

8

下午,生意略见好转,不断有人进出店门。其中一些人是只逛不买,不过我已经习惯了;毕竟,这正是二手书店存在的意义。闲聊也一样,这会儿我就差不多是这样——包括一场热烈的讨论会:当初如果荷兰人保住他们在新世界的立足点的话,如今的纽约会是什么样子。在这场谈话中,我的伙伴是位年长的绅士,留了一把整齐的白胡子,一双蓝眼睛锐利如刀,他一直在"旧纽约"区浏览,他要是没花掉将近两百块我肯定会很惊讶的。

他一出店门,一个身穿鲨鱼皮西装的大块头就晃到柜台前,往上放了条粗壮手臂。"唉,这会儿,"他说,"我可还真是服了你,伯尼。这地方还真成了个文艺沙龙呢。"

"哦,雷,"我说,"真是蓬荜生辉啊。"

"那可真是有趣,"他说,"我是指你跟圣诞老人的谈话。"

"你不觉得他当圣诞老人太瘦了点?"

"他会达到标准的——和其他所有人一样。反正时间多得很,这会儿离圣诞节还有几个购物日?"

"我从来就算不清楚。"

"那么做贼日呢,伯尼?从现在起到圣诞老人穿过天窗下来还有几个那样的日子?"

"你应该是指穿过烟囱吧?"

"随你怎么说,伯尼。这种事你是专家,对吧?"他挤出了个笑容,这下子鲨鱼皮西装看起来跟他真是太配了,"不过你跟老先生讲的话还真发人深省。我们站在这儿,我们俩,嘿,有可能是在用荷兰话你来我往哪。"

"有可能。"

"这么说这些书都会是用荷兰文写的喽?我一本都看不了。当然,如果我跟你是用荷兰语在聊,那应该也能看懂。我还非会不可呢,如果我要准备警佐资格考试的话,因为所有问题用的全是荷兰文。"他皱皱眉,"而且咱们的出租车司机就会从不懂英文变成不懂荷兰文,可不管怎么样,他们十有八九还是不知道怎么开到宾州车站。那可真是个全新的景象,对吧?"

"是的。"

"不过确实非常有趣,伯尼。我差一点就要打断你们的谈话了,然后我忽然想到为什么要搞砸你一笔生意呢?你是书商,眼看就要成了文艺沙龙的老板,忽然冒出个警察破坏了你的风雅,你受得了吗?"

"怕是不能。"

他将一只胳膊肘撑在柜台上,下巴放进手掌里。"你知道吗,伯尼?"他说,"你跟圣诞老人谈起来没完没了,可这会儿你就只能当个应声虫。我知道你弄了只猫,这会儿正在窗边儿伸懒腰,想晒出一身古铜肤色。它叼走了你的舌头还是怎么着?"

"没有。"

"那为什么我从你嘴里只能听到'有、没有'还有'也许'呢?"

"我也不确定,"我说,"也许是因为我正努力在想你到这儿想干什么,雷。"

"伯尼,"他看上去受到了伤害,"我以为我们是朋友。"

"我们应该是吧,我想,可你友善的访问通常都是有Ulterior motive[①]的。"

他点点头。"Ulterior这个词我喜欢。每次听到它,紧跟着就会听到'motive'。这个词到底是什么意思?"

"不知道,"我承认,说着伸手去拿字典。工具书区域有个三英尺长的架子,上面全是这种书,不过我手边就放着一本,我翻开查起来。"Ulterior,"我念道,"定义一:在另一头,在远处。"

---

① Ulterior motive意为"未言明的其他动机",此处意指雷别有用心。

"比如那只猫，"他说，"躺在那排书架的另一头。"

"定义二：其后，之后，或者未来的。定义三：更进一步；较为遥远；尤其意指未表明的、暗示的，或者未揭露的；隐秘的——比如隐秘的动机。"

"是啊，"他说着点点头，"听来差不多就这意思。总之你就是这么想的，嗯？觉得我有那种动机？"

"没有吗？"

"也许有，"他说，"可话说回来也许又没有。全看你怎么回答我的一个问题。"

"什么问题？"

"妈的，你是怎么搞的，伯尼？手法退步了？"

"就这问题？"

"不，"他说，"不是这个问题。这只是一个认识你很久、从没看过你会踩到自己老二的人会闪过的念头。所以不是这个问题。我的问题在后面。"

"我都等不及了。"

"你干吗打电话给那家伙？"

"哪个家伙，雷？"

"哪个家伙，雷？我连笔记本都不用查，因为这种名字会印在脑子里洗都洗不掉。马丁·吉尔马丁，就是这家伙。妈的你昨晚到底为什么打电话给他？"

我的胃忽然开始翻腾下沉，好像不小心吞了一个坏掉的墨西哥饼。"我不知道你在说什么。"

我的话显然没什么说服力，因为雷·基希曼连眼睛都懒得转一下。"我可不会问你为什么闯进他家，"他说，"也不会问那边那只猫为什么抓老鼠。它生来如此。它是猫，你是贼。"

"我退休了。"

"哟，是哦，伯尼。要你退休不当贼，除非它也退休不当猫。这是你的天性，你打娘胎里带来的。所以你也不用解释你为什么要抢那家公寓。可事后你为什么还打电话过去取笑他？"

"谁说我打了？"

"他说你打了。你是说你没有？"

"他还说了什么？"

"说开始他摸不着头脑。然后仔细检查公寓，这才发现他被抢了。"

"你这是第二次用这个字眼，"我说，"明知故犯。你知道抢劫是什么意思，是指用武力或者威胁使用武力夺取他人财物。"

"瞧，"他说，"我又回到学校上起课来了。"

"没办法，你惹我生气了嘛，"我说，"'他发现他被抢了'。你不可能发现你被抢了，因为事发当时你就清清楚楚。有人用枪指着你的脸让你给钱，否则就轰掉你的脑袋，那才叫抢劫。我这辈子可从没抢劫过谁。"

"你说完了，伯尼？"

"抱歉，"我说，"可我非常在意用词。吉尔马丁怎么发现有贼上门的？"

"他的财物不见了。"

"什么财物？"

"好像你什么都不知道似的。"

"迁就我一下吧，雷。"

"他的棒球卡。"

"哦，天哪，"我说，"肯定是他妈妈给扔了，你愿意赌多少？"

"伯尼——"

"我就遇到过这种事。上大学时有一天我回到家里，发现棒球卡全不见了。我大发脾气，她却站在那儿引用圣保罗的话，说什么幼稚的东西就该扔掉。"

"吉尔马丁先生的收藏可不一般。"

"我的也一样，"我回忆着，"我还有很多漫画书。我喜欢那些能教你一点历史知识的。《恶有恶报》那本是我最喜欢的。"

"可惜这话你没听进去。"

"我的读书心得是，"我说，"犯案的收获似乎还不错——直到漫画最后一格。她也扔了我的漫画书，你知道吗？我到现在还耿耿于怀。"

"伯尼——"

"所以我可以想象吉尔马丁先生的感受，而且我也没说一定就是他妈妈干的,不过我觉得他应该先查清楚再指责别人。有件事我可以向你保证,雷。我跟这事没关系。"

"你否认昨晚打了电话给他?"

电话的事他怎么可能知道?

"也许现在我什么都不能承认,也不能否认,"我缓缓说道,"也许我该先跟我的律师谈谈。"

"你知道,"他说,"说不定你真该这么办。要我说,伯尼,眼下我向你宣读米兰达警告,接着你跟我一起去中央拘留室,我们会拍下你的大头照、按下你指纹。然后你就可以打个电话给沃利·亨普希尔。要是他没在中央公园绕圈跑的话,也许能帮你决定昨晚的事哪些该记得。"

"别跟我宣读权利。"

"上次读的你还记得吗?无所谓,伯尼。我只是照章办事。"

马拉松大赛的日子眼看就要到了,想找沃利看来没那么容易。但我还能打给谁,多尔·库珀吗?

"我看也没理由不讲,"我缓缓说道,"我又没干坏事,干吗不讲清楚呢?"

他微微一笑,看起来比往常更像鲨鱼。

我先锁上门,然后把"十分钟后回来"的牌子挂在窗户上。在跟雷理论时,我可不希望有顾客打扰,再说我也需要一两分钟整理思绪。

要是真为了没犯的案子被拍下大头照、印指纹,还被扔进拘留室,那实在是可笑至极。同时,我说话也得小心,要不就等于是逃过吉尔马丁的刀山却下了纽金特的油锅。

我帮拉菲兹的碗换水时又争取了几秒时间。我心想干脆再喂它一次吧,而且我看它也不会跟我理论。只是今天它已经多吃了一顿,照这样下去,抓老鼠的日子恐怕所剩无几。

"好吧,"我告诉雷,"我准备好了。"

"你确定不想再花点时间重新整理一下架子上的存货?"

我没理他。"我打了电话给吉尔马丁,"我说,"这我承认。"

"哇,哈利路亚。"

"不过跟行窃可没关系。我真的已经退休了,雷,不管你有没有准备好接受这件事。听着,我最好从头开始讲。"

"显然是的。"

"卡洛琳和我昨天下班以后一块出去了。"我说。

"老习惯了啊,"他说,"饶舌酒鬼,对吧?"

我点点头。"最近有点压力,"我说,"而且我觉得我也没处理好。总而言之,结果我喝下的酒比平常要多。"

"哦,人之常情嘛。"

"没错,"我表示同意,"我不会喝成那样,至少没那么经常,而且我也不习惯。我会变得傻呆呆的。"

"傻呆呆?"

"你知道。怪里怪气,像个白痴一样。"

"我打赌那场面一定很精彩。"

"你要是在那儿就好了。总之,卡洛琳和我整晚都耗在一起。我们从饶舌酒鬼出来,又到意大利餐馆吃饭,然后就回到她阿伯巷的住处。我就是在她那儿打电话给吉尔马丁的。"

他点点头,好像我通过了考试一样。

"我也不知道是怎么开始的,"我继续说,"我想我还有点醉吧,然后就在电话簿里找滑稽的名字。我选了名字后大声念给卡洛琳听,一边念一边开玩笑。"

"你们俩拿别人的名字取笑,伯尼?"

"大部分时候都是我在说,"我说,"我承认是挺丢人的,可我能说什么呢?事情就是这样。说着说着冒出了杰拉尔丁·菲茨杰拉德这个名字。你还记得她吗?多年前的一个歌星。"

"真有这个人。"

"总之,我说她的名字听来像是完美关系的妙方。你听懂没?杰拉尔丁·费茨·杰拉德①。"

---

①费兹(Fitz)的发音跟"适合"一词的英文(fits)相近。

"杰拉尔丁·菲茨杰拉德,"他说,"那又怎样?"

"杰拉尔丁·费茨(适合)·杰拉德。"

"我刚才就是这样说啊。见鬼,这又有什么好笑的?"

"你得在场才能感受到笑点。我在电话簿里找不到杰拉尔丁·菲茨杰拉德,可我找到了杰罗德·菲茨杰拉德,我觉得挺好玩。"

"是啊,真是混乱。然后呢,你打给那个人了?"

一声小警铃响起来。"没错,"我说,"不过没人在家。于是我又翻了几页电话簿,想找个类似那样的重叠名。"

"威廉·威廉姆斯,"他提议道,"约翰·约翰逊。"

"呃,差不多,可你说的这两个都不是特别好笑。"

"不像杰拉尔丁·菲茨杰拉德那样让人笑破肚皮。"

"我知道如果你头脑清醒的话,听起来肯定没那么好玩,"我说,"可是我当时喝醉了。最后我终于找到了马丁·吉尔马丁,不知怎么的我觉得这名字够滑稽。我应该放聪明点,当时太晚了,打给谁都不好,何况还是没见过面的陌生人,可我还是拿起话筒然后拨了过去。他接了电话,我拿他的名字取笑了一番,那种高中生级别的玩笑,说来真不好意思。"

"他被你逗笑了吗,伯尼?"

"他似乎有些不安,我又跟他说笑了一阵,然后就挂断了电话。"

"就那样。"

"差不多就这样。"

"你怎么知道他跟他老婆去看戏了?"

天哪。"他们去看戏了吗?我知道他人在外面是因为我打了好几次才有人接。"

"哦,是吗?你为什么不停地打?"

"呃,因为重拨很容易,"我说,"卡洛琳的电话有个按钮,一按就自动重拨。"

"真省时间。"

"所以等我终于打通的时候,"我说,"我大概就说了什么很高兴他到家了,希望他晚上过得愉快。你知道,反正就是耍嘴皮子。可我没提看戏。"

他没再追问。"吉尔马丁说你是半夜以后打过去的。"

"要我说,是半夜之前几分钟,"我说,"不过算他说对了吧。怎样?"

"之后你干了什么?再打电话找别人?"

"没有,"我说,"事实上,打通一次电话以后,我就觉得这玩意儿太幼稚。再说时间太晚,我也累了。"

"你在卡洛琳家过的夜?"

"没有,我回家去了。"

"然后在自己家一直待到了早晨?"

不妙。"没错。"我说。

"你一点左右到家——肯定是,然后直到今天早上过来开店时,才又踏出公寓门口。"

"对，"我说，他正要说什么的时候我又补充道，"之前我还去买了些东西。"

"那又是什么时候呢，伯尼？"

"哦，不知道。我不记得留意过时间。我打开电视，看了一会儿ＣＮＮ，然后想到早上要喝的牛奶没了，就出门到熟食店买了几样东西。怎么了？"

"只是好奇。"

"呃，我也很好奇，"我说，"照你的话说，吉尔马丁挂了我的电话以后，就去找他的漫画书和玩具魔戒去了。"

"只是他的棒球卡，伯尼。"

"你是说他没把他童年所有的宝贝都集中在一起？算了。不管放在哪里，总之他找过了，而且东西无影无踪。对吧？"

"那又怎样？"

"东西当时就不见了，对吧？在半夜或者十二点半或者别的什么时间，对吧？"

"你的重点在哪儿，伯尼？"

"重点在于，"我说，"我跟他通电话时，他的棒球卡已经没了，所以就算我凌晨一点或者一点半去了熟食店又有什么大不了的？"

"如果没什么大不了的话，"他说，"你干吗好端端的要撒谎？"

"撒谎？"

"不叫撒谎叫什么？"他掏出袖珍记事本，看了看其中的一页，"你一点半离家，五点四十回家。四个多小时呢，伯尼。这家熟食店在哪里，河谷区吗？"

"想来我一定又去了别处，"我说，"在从熟食店回家的路上。"

"可是你这会儿才想到。"

"没有啊，从你开始盘问我就在想了，但我希望可以不用谈。我去见了一个人，雷。"

"哦，是吗？这人我认识吗？"

"不认识，而且你也别想看到她。听着，你世面也见多了，雷。"

"这个借口不错，是不是？"

"她已婚，"我说，"我们得偷偷摸摸地找时间约会。昨晚就是那种时间。"

"我以你为耻，伯尼。"

"呃，我也没以我为荣，雷，不过——"

"真可耻，找出这么个老掉牙的借口。你不打算把她的名字告诉我，对吧？"

"雷，你知道我不能。"

"过于绅士，嗯？"

"雷，于情于理我都——"

他伸出一只手。"行了，"他说，"昨晚你可没去找什么女人——不管已婚的还是单身的。你啊，你是半夜三更偷偷溜出去，拿了你从马丁·吉尔马丁——"

"是吧？"我插嘴道，"多搞笑的名字？不管喝醉没喝醉。"

"——那儿偷来的棒球卡带到销赃处卖掉。至于你闯进吉尔马丁家偷东西的时间，我猜是昨天晚上，因为就在昨天，你跟你的房东吵了一架。"他做了个鬼脸，"不要这样口吐白沫，伯尼。有话你尽管说。你打算告诉我你没跟房东吵架？"

"讨论书的时候我们是有些言辞激烈，"我说，"不过文艺沙龙难免如此。总之，他的名字叫斯托普嘉德。"

"波顿·斯托普嘉德。"

"说了半天他跟马丁·吉尔马丁和棒球卡有什么关系？"

"吉尔马丁结婚了。"

"呃，我发誓昨晚跟我上床的绝对不是他老婆。"

"他老婆的名字叫埃德娜。"

"这名字还可以，"我说，"埃德娜·吉尔马丁。听来一点也不好笑。"

"埃德娜·斯托普嘉德呢？这名字可会把你逗得笑起来吧？"

康沃利斯当年在约克城打算率军投降乔治·华盛顿时，下令乐队演奏一首名叫《天翻地覆》的歌。如果这会儿我手边有这首歌的录音带，我会放来听的。

"等等，"我说，"吉尔马丁的老婆原先是嫁给斯托普嘉德的？"

"不可能，"他说，"政府有条禁令。不过我想应该有办法钻漏洞，你不觉得吗？"

"什么漏洞？"

"规定不能娶自己亲姐妹的法律漏洞啊，可你又何必要钻呢？我看那也只有一个优点：不必年年吵着到底是要跟你父母还是她父母共度圣诞。"他摇摇头，"波顿·斯托普嘉德是马丁·吉尔马丁的小叔。"

"你胡说。"

"你听起来觉得全是新闻，是吗，伯尼？装得好。还有更多的新闻。昨晚斯托普嘉德夫妇和吉尔马丁夫妇一起上戏院，看那个奔腾什么玩意的戏。然后他们又一起吃了晚饭，席间提到你的名字。看来斯托普嘉德是在夸口说你卖给他的一本珍品书能让他赚一大笔，还说等你结束营业大拍卖的时候价钱会更好。"

"他真那么说了？"

"之后吉尔马丁和他太太回家去，接着他就接到了你的电话，不过当时他不知道对方是谁。他虽然不知道那人是你，不过首先就想到是有人闯了空门，而且首先去看的就是他收藏的棒球卡，果然没了踪影。"

"于是他就打电话报警。"

"完全正确，于是内勤就派了几个蓝制服过去，他们写下报告。报告今天早上跑到了我桌上,我原本大可搁着不管,只不过他又打了电话给我,这下我就闻到了怪味,知道事有蹊跷。"

"有人吃了变质的墨西哥饼。"

"他跟我说了电话的事,"他说,"照我想,任凭哪个小偷都该聪明到用个没法追查来源的电话来打。不过经验告诉我们这种事还是要查,因为笨到会打这种电话的小偷,有可能也会笨到从朋友的公寓打去——尤其如果这位朋友又是个矮子女同性恋,一辈子都在帮狗剃毛的话。"

"说来奇怪,"我说,"你跟卡洛琳就是合不来。雷,我已经承认电话是我打的了,这是什么了不得的事吗?"

"了不得的地方在于,我试着把你的名字念给吉尔马丁听,他马上想起他小叔提过。'我知道这人是谁,'他说,'他卖书,而且不怎么会卖。'我告诉他我也认识你,还说你干的不光是那一行。'他也做贼,'我说,'而且他在这行算是顶尖高手了。'"

"谢谢你的赞美,雷。"

"嗐,实话实说罢了。"

"可如果我是这么个高层次的贼——"

"顶尖高手,伯尼。你以前一向很行。"

"——那我干吗把我的才华浪费在一雪茄盒的棒球卡上?"

"照吉尔马丁所说,那更像鞋盒。"

"就算是个大木箱也不关我的事。看在上帝的分上,雷,不过就是一张张闻起来有口香糖味的小纸片嘛。咱们说的又不是埃尔金大理石雕①。"

"弹珠②,"他说,"我妈扔的就是这玩意儿,上帝保佑她的灵魂。我也有过一大袋。有没有埃尔金我不知道,不过我的收藏还真不错。"

"雷——"

"棒球卡可不再是小孩子们的玩意儿了,伯尼。大人也在买卖,近来成了投资人的最爱。"

"就像苏·格拉夫顿?"

"她收集棒球卡吗?我只看过她写的一本书,还不赖。背景是进行军事演习的陆军基地。"

"《K 代表配给》③。"

"差不多。"

"我知道一些稀有卡挺值钱,"我说,"有一张挺出名的。霍鲁斯·瓦格纳④,对吧?那卡值一千美元,说不定还更多。"

---

①指的是雅典的一些雕刻及建筑残件,十九世纪时英国伯爵埃尔金将其运抵英国。
②埃尔金大理石雕的英文是"Elgin Marbles",其中"marble"也有"弹珠"的意思。
③原文是"K" Is for Ration。K-Rations是军队里士兵吃的一种现成兵粮的名称。
④霍鲁斯·瓦格纳(Honus Wagner, 1874—1955),美国棒球运动员,是海盗队的游击手,曾连续十七个球季打击率在三成以上,拿过八次打击王、五次盗垒王。

"一千美元。"

"完好无损的话,"我说,"如果总用它朝墙上掷,那就会折价很多。"

他又看了看记事本。"霍鲁斯·瓦格纳,"他宣布道,"登上名人堂的游击手,匹兹堡海盗队。早在一九一〇年他们就把他的照片印在了卡上,只不过当时他们是把卡装在烟盒而不是口香糖盒子里。"

"可他不抽烟,"我回忆道,"而且他也不希望带坏孩子。"

"于是他要求他们收回卡片,因此那卡很罕见。不过你刚才把价钱定在一千块,可是低估了点。"

"呃,《B:窃贼》我也低估了。这卡值多少?"

"几年前他们拍卖过一张,"他说,"以四十五万一千美元成交。照吉尔马丁的说法,这卡依目前的市价可以让他赚一百多万。你真不知道吗,伯尼?"

"不知道,"我说,"而且我也不确定是不是该相信你这话。一百万?就一张棒球卡?"

"T-206卡。其他的霍鲁斯·瓦格纳卡——没印香烟广告的——卖不出这个价。"

"而吉尔马丁有张T-206卡?"

"没有。"

"他没有?那他嚷嚷什么?雷——"

"不过他有很多其他好卡,"他说,"有托普斯一九五二年的那套卡，里面附有米基·曼多的新人卡。而且他有很多泰德·威廉姆斯、贝比·鲁斯和乔·迪马乔的卡。要能有一张迪马乔的卡也挺好，这我得承认。"

"我要有机会拿到一张，"我说，"一定马上跟你交换埃尔金。"

"一言为定，伯尼。重点是，吉尔马丁虽然没有霍鲁斯·瓦格纳，不过他手头的那些加起来恐怕要比你老妈送到姐妹会清仓大拍卖的那批值钱得多。他总共为那些卡买了五十万美元的保险。"

"五十万。"

"他说实际总价还要多。所以我才希望是你拿了他的卡，伯尼。咱们可以做个小交易，你我都有好处。而且确实是你拿的，可怜虫，只不过你没搞清手里的是什么货色。你晚上八点到半夜之间闯空门得手后，连夜跑到哪个收购各种杂货的地方便宜卖掉了。你和我，伯尼，咱们可以跟保险公司合作，十万美元两人平分。我打赌昨晚你连这价码的十分之一都没要到。"

"我没拿那些卡，雷。"

"你拿了，"他说，"斯托普嘉德把你惹火了。你八成是跟踪他到了吉尔马丁家，他们全去看戏以后你就破门而入。你偷了吉尔马丁算是报复斯托普嘉德，而且你动作很快，拿了一样看似值点钱的东西就跑。你没花时间和心思搞清手头是什么货色，只急着出手，所以吃了个大亏。"

他叹口气,"你还有个机会可以不沾麻烦地跳出泥坑。你有卡片吗?"

"没有。"

"你能拿到手吗?"

"不能。"

"我就怕这句话,"他沉重地说,"唉,既然如此,我这儿有张卡要给你。见鬼,我把那玩意放哪儿去了?有了,就是'你有权保持沉默。你有权征询律师意见。如果你没有律师……'"

9

"趁我还记得的时候说一声,"沃利·亨普希尔说道,"我打了电话给你的治疗师。所以至少这事你不用烦心。"

"谢了,"我说,"什么治疗师?"

"佩辛丝·特里梅因。"

"你打电话给她?我托了卡洛琳打给她的。"

"卡洛琳要我打,我就照办了。我告诉她罗登巴尔先生得取消八点的约会,说他会尽快再打电话另约时间。"

"你是这么跟她说的吗?"

"对啊,我公事公办,说得干脆利落。我得承认她对顾客的态度比我认识的大多数心理医生似乎都亲切些。"

"她不算是心理医生,"我说,"她是诗派治疗师。"

"哦,是吗?你写诗出了问题吗,伯尼?"他看起来很困惑,然后又耸耸肩,"她好像更关心你的消化问题。提到了什么东欧春卷和墨西哥饼之类的。"

"哦。"

"可我帮她澄清了所有问题。我解释说警察以偷窃罪名拘留你,不过我就要去办取保候审,估计几小时之内就可以把你保释出狱。我说错什么了吗?"

"哦,不知道,沃利。你不觉得你有可能谨慎过头了吗?"

"伯尼,她是你的治疗师,对吧?显然你是什么背景、干哪个行当她应该都有数。要不你的心理治疗能有什么进展?"

"能有什么进展?"

"这会儿想想,她确实好像大吃一惊。说不定她是因为你真的被安上罪名抓起来才觉得不安的。"

"肯定是这样。"

"司法犯罪系统之外的人不会明白,这可是整笔交易的一环,不能少。总之,她会等你电话。"

"屏息以待,我敢说。沃利,她不是我的治疗师。她是跟我有过几次约会的女人。"

"哦。"

"我们才刚开始熟悉起来,"我说,"就她所知,我只是个吃坏了肚子的卖书人。我做贼的事她可完全不知道。"

"呃,这会儿她可清楚得很,"他说,"伯尼,真是太抱歉了。看来我真是捅了个大娄子。"

"算了。"

"你,呃,跟她上床了吗?"

"没有,"我说,"可我抱了希望。"

"见鬼。抱歉,实在抱歉。不过,一两天之内你打个电话给她,总可以找出什么理由的。"

"她也会的,八成是'忘了我的电话号码吧,浑蛋'。"

"我不知道,"他说,"跟她谈谈吧,她不像是那种会说脏话的女人。除此之外,你基本上是对的。"

"如果你没有律师,"雷像背诗似的,"我们会给你提供一个。"

幸好没有这个必要。我有律师。这年头没律师哪一行都不好混,而如果你的行业刚好又介于轻罪和重罪之间的话,这简直就是真理。你确实需要一个能算得上是你自己的律师,而且必须是付费的那种才行。我敢说法律援助部门的先生小姐为他们顾客提供的服务都值得夸赞,不过我个人还是偏爱比较昂贵的法律顾问。

再说,成功的职业罪犯和一个援助律师的组合简直就像是亿万富豪去领救济金。也许他有权如此,但这又何必?感觉寒酸嘛。

多年来我的律师一直是个名叫克莱因的人,办公室位于皇后大道,太太和小孩住在邱园区,有个住在海龟湾的女友,离联合国大厦不远。几年前有一天我被逮捕——错并不在我——打电话找克莱因时,才发现他已经作古。

哦，就这样没了。

于是我就打电话给沃利·亨普希尔。我跟他是在中央公园认识的，我们通常在晚上会面，身穿短裤运动衫，脚踩高科技跑鞋。我们往往会做伴慢跑一英里左右，像朋友一样聊这聊那，直到他步伐加快或者我的脚步放慢。当初碰到他时，他正在为马拉松大赛练习。自我们相识以来已经举办了好几次马拉松，而他从没有慢下来。

至于我，就远没有他那么投入了。连当初为什么开始跑步我都不太记得了，有可能是自我保护本能的自然延伸。如果有什么在追你，能迅速跑开还是不错的。不过，我可从没有过连续跑二十六英里然后洗澡换衣服的冲动，也不想把自己变成一条赛狗。终于有一天，跑步不再是我的习惯，而成了过去的习惯——正如阅读漫画书和收集棒球卡一样。我现在还穿跑鞋——它们在低速行进时也很好用；我也拥有几套短裤和运动服——只是没让它们派上用场（如果我妈和我同住，说不定她会清理掉）。

"抱歉用了这么长时间。"沃利说。当时是星期六早上十点十五分，雷·基希曼向我宣读我的权利之后大约十八个小时。我们坐在钱伯斯街一家埃塞俄比亚咖啡简餐店里。餐厅的前任老板想必是希腊人，因为菜单上还列有菠菜派和碎肉茄子蛋。

沃利一大早到市中心来以前就吃了早点，这会儿他正在享用巧克力甜甜圈和一杯咖啡。我也喝了咖啡，另外配上一大杯橙汁和一盘香肠炒蛋，还有两片烤裸麦吐司。出狱是最佳的开胃菜——就算麻烦仍未摆脱还破费了两百块也一样。

"他们想方设法阻挠，"他解释道，"把你在各个辖区调来调去的，让我忙到今天早上才把你弄出来。虽然很麻烦，不过是个好兆头。"

"你怎么知道？"

"由此看来，他们知道这案子没法成立。他们手头有什么呢？说起证据，他们是可以拿出两件。第一，星期四半夜有人从卡洛琳的公寓打电话到吉尔马丁家。可他们无法证明那个人是你，电话公司的记录只能显示接通的那一个，但看不出你在几小时里试打过多次。第二，他们拿到你家门卫的口供，说你一点过后离开大楼，直到黎明前才回去。呃，那又怎样？先不说我可以把那家伙逼到头昏脑涨让他翻供，首先他们根本没法说明你在那段时间里窃取了吉尔马丁的棒球卡，因为当时他已经报案说棒球卡失踪了。你应该没有时光穿梭机吧，伯尼？"

"以前有过，"我说，"不过从来就找不到能用的电池。"

"他们的论点是，你离开住处前卡片就已经在手上了，说你是趁着夜里把卡卖给了什么人。不过他们光提出论点可没用。他们能证明吗？"

"不能。"

"要是他们找到买主呢？"

"没有买主，沃利。"

"你知道，"他说，"我还想再点一个这样的甜甜圈。说到甜甜圈，埃塞俄比亚的可是天下第一。你也来一个？"我摇摇头。"还好我每星期跑七十英里，"他说，"要不我会重到三百磅。伯尼，由你先发制人也许有用。供出销赃人。"

"供出销赃人？"

"出卖他吧。"

"没有销赃人。"我说。

"我知道你可能觉得不道德，"他继续说，"不过现在的标准跟从前不同了。时下连黑手党徒都会互相出卖。下一步他们便打电话给经纪人，签下写书和拍摄迷你剧的合约。哦，对了，伯尼，如果轮到你——"

"电话我会打给你，沃利。"

"那是当然。"

"沃利，"我说，"没有销赃人，因为我根本没拿卡片。"

"随你怎么说，伯尼。听着，如果你没有销赃——"

"我刚才不是说了吗？"

"如果真是这样，希望你把卡片藏在了安全的地方。

他们关了你一夜,为的是要申请搜捕令搜查你的公寓。他们肯定什么都没找到——找到的话我们一定会知道。不管你把卡放在哪儿——"

"我根本没拿。"

"伯尼,我是你的律师。"

"真的吗?我还以为你是检察官呢。我没拿那卡。我连他有棒球卡都不知道,而且就算知道我也不会动心,我哪知道它们能值那么多钱?"

"我以为全天下人都知道。我起码有一打熟人收集棒球卡。大半是律师。很棒的投资。"

"现在我知道了。"

"他们到交易商那儿,周末都在看卡片展。我认识一个女人从来不出办公室。她就坐在书桌前,打开电脑对着屏幕进行买卖,一副在股票交易所上班的模样。她用信用卡付账,对方用联邦快递把卡片寄到她办公室。她带着卡片过街到银行,塞进保险柜。她最大的麻烦就是得决定该把工时算在哪个客户的头上。伯尼,如果你真的拿了卡——"

"我没有。"

"只是假设,行吗?如果你拿了,或者如果你只是刚好手头有,我也许可以跟保险商接洽,顺便帮你撤销指控。"他啜一口咖啡,"你真的没拿吗?"

"别告诉我这话真起作用了。"

"那你干吗打给吉尔马丁?"

"如果我刚偷过他的公寓,"我说,"我哪会笨到自投罗网去打他家的电话?问题是我曾经把他的公寓设成过目标,而且——"

"我还以为棒球卡收藏你全然不知呢。"

"我只知道他和太太当晚不在家。他们住在优质环境的优质大楼里。值得一偷也是理所当然。"

"有道理。"

"可我没去,沃利。我拒绝了诱惑,拒绝过程中又喝出了一点醉意。我打电话其实不是要查看他的行踪,而是想确定他和埃德娜已经安全到家,省得我还得拼命开他家的锁、把那里当成自己的家。等我终于联络到他的时候,我调侃了他一下,仅此而已。好像还算安全。"

"然后你就回家了。"

"没错。"

"然后你又出门了。"

"嗯。"

"干什么去了?"

"你不会有兴趣的,沃利。"

"伯尼,"他恳切地说,"我是你的律师。不管你跟我说什么都是对你有利的沟通。你不管隐瞒我什么都是日后潜在的绊脚石。比如说,如果你告诉过我佩辛丝·特里梅因和你有社交性往来的话——"

"我怎么告诉你啊？我连和你讲话的机会都没有。"

"呃，也许这个例子不太好。你半夜三更离开公寓到底干什么去了？"

"我溜进别的公寓，偷了些钱，然后回家了。"

"真希望你没跟我讲，伯尼。"

"可你刚才说了——"

"我知道我刚才说了什么。我还是宁可你没讲。我五岁时求过我哥哥告诉我圣诞老人的真相，他不肯，求了又求，最后他讲了——主要是想闭上我的嘴。他才讲完，我就希望他没说过。不过我也无能为力。我知道了世上没有圣诞老人，而且一辈子都得知道。"

"一定很难过。"

"没错。"

"所以我猜你不会想听尸体的事。"

"哦，天哪！"

"那我还是不说吧。"

他摇摇头。"无知或许是福气，"他说，"不过知识就是权力，好律师随时随地都把权力摆在福气之上。所以你还是说吧。"

"依我看，接下来事情的发展是，"他说，"他们会花几天调查又查不出个所以然，接着就会撤销所有指控。"

"好极了。"

"除非他们发现你从卡洛琳处回家后实际上去的是什么地方。果真是如此的话,我可真不愿意穿上你的鞋①。"他说着看看我的脚。"索康尼②,"他认出了当事鞋的品牌,"我差点就买了这么一双。还耐穿吗?"

"挺好。当然,它们也只有等我穿在脚上散步去的时候才有机会运动一下。"

"你一直就没再恢复跑步,嗯,伯尼?真不明白你怎么能停得下来。这会上瘾的,你知道。有人做过研究。"

"我知道。"

"你怎么戒掉这个瘾的?"

"没有啊,"我说,"我只不过是换了个东西上瘾。我找到了比跑步还容易上瘾的东西。"

"什么?"

"不跑步,"我说,"这绝对是最容易上瘾的事。相信我,几天不跑以后,我就戒不掉了。"

"我看对我可能行不通,"他说,"希望我永远不知道真相。"

"跟圣诞老人一样。"

"对。刚才我讲到哪儿了?"

---

① 英文中"不想穿上你的鞋"(to be in your shoes) 意为"处于你的情况"。
② 索康尼 (Saucony),著名的慢跑鞋品牌,享有"运动鞋中的劳斯莱斯"美誉,公司总部在美国。

"要是他们查出来，你可不想穿上我的索康尼。"

他点点头。"因为你没有不在场证明，而他们可能会有一两个人证，此外或许还有几样物证，再说浴缸里的那个人显然会提高危险指数。用某位前任总统的话说，这下你是掉进了粪坑。他的接班人可能会建议你停止呼吸。"

"我该怎么办？"

"乖乖坐着别动，"他说，"不要乱闯别人的屋子。"

"原本就没这打算。"

"呃，也不要犯下临时起意的盗窃案。为钱干这个不值得。说到钱，卡洛琳给了我一万美元。"

不久前我在卡洛琳的衣柜弄了一个秘密隔间。很小——不可能在里面藏第三只猫——不过倒是金钱和有价物品的完美去处。我一向坚信应该预留紧急基金，而且认定这笔钱不只应该藏在我能拿到的地方，她也得能轻松拿到才行。于是我就把一万块存放在卡洛琳的公寓，而眼下她也已经根据我的指示把钱转到了沃利手上。

"他们本想把保释金定为五十万，"他说，"因为棒球卡保的就是这数额。我把价钱杀到了五万，或者现金五千——这钱我已缴了，撤销指控后钱可以要回来。我的想法是，另外那五千我该留作律师费。"

"由你决定。"

"我已经定了，"他说，"很抱歉耐心女士的事我搞砸了，不过也许你可以解决。送花给她吧。"

"你觉得能有用?"

"她们就是喜欢有人送花,别问我为什么。账单由你付吗?反正最后也会算在你的账上。"

"我付。"

"很好。不用着急,伯尼。吃完这顿饭。我们保持联络。"

10

我原本应该直接到店里开门做生意的,不过在牢里待了一晚就另当别论了。我回到家里冲澡、刮胡子、换上干净衣服。回到市中心时已是中午过后,从拉菲兹的举止看来,已经有人喂过它了。柜台上的一张纸条消除了所有疑虑。

我把特价桌拖到外面,打电话到贵宾狗工厂。"我刚开店门,"我告诉卡洛琳,"谢谢你喂了拉菲兹。另外也要谢谢你打电话给沃利,谢谢你把保释金转交给他,总之就是谢谢你像童子军一样日行一善。"

"举手之劳,伯尼。"

"还要多谢你打电话给耐心女士。"

"实际上,"她说,"我是请沃利打给她的。"

"为什么?"

"我觉得这样会好些。记得吧,我已经打给她一次帮你取消约会了。如果从没见过面的女人连打两个电话给她,你说她会怎么想?"

"明白了。"我说,然后开始解释沃利帮我取消他认为的心理医生预约所采纳的特异方式。"没有责怪你的意思,"我向她保证,"你的想法没错,沃利也一样。只不过翻译过程出了差错。"

"我马不停蹄地把我自己的恋爱生活搞得一团糟,"她说,"说来好像已经够忙了。天知道,我竟然还有时间和精力去坏别人的好事。我还能说什么?我搞砸了,伯尼。"

"扯平了,"我说,"你喂了一只猫,可又把另外一只从袋子里放出来了①。"

"你打算怎么跟她说?"

"这我还没想好。不过,我已经送了花给她。"

"这又是干什么呢?"

"是沃利提议的。"

"是吗?也是,雇律师不就是为了采纳他的建议吗?"

"我也是这么想的。"

"你送的哪一种?混合花束?"

"不是,"我说,"我不知道该送鲜花还是盆栽植物。你知道,就是可以活久一点的那种。"

"等她甚至都忘了认识过你这个人之后,还能保留在身边的东西。"

"正是这个意思。我无法决定是买一束红玫瑰,还是

---

①英文中的"Let the cat out of the bag."意思是无意中露了口风。

一株植物——种在精致小陶盆里的非洲紫罗兰。"

"我希望是红玫瑰。"

"事实上确实如此,可为什么?"

"还有紫罗兰,对吧?你附上一首诗没?"

"哦。"

"听着,我得走了,有个女人带了只长毛匈牙利波利犬过来。你下午都在,对吧?"

"当然,"我说,"除非又被捕了。"

这话似乎言之过早了。一小时以后,我正按下收银机卖书给一个老顾客——圣文森特医院的急诊室医生。她每个星期天都会来,一次买一打,只买侦探小说,全都是硬汉派男作家的。"最有效的放松方法,"有一次她这样对我说,"就是冷眼旁观别人故事里的血腥和血块。"

我们还在闲聊她钟爱的小说时,雷·基希曼走进了店里。通常他行事都有分寸,我有顾客时他会耐心等候,不过今天有个地区检察官办公室的小子和他一起过来,于是他就霸道地打断了我们的谈话,"啪"地一声在柜台上放了张纸。

"抱歉,女士,"他说,"不过这张搜捕令是授权给我搜查此处的。"

"如果我知道你在找什么,"我平静地说,"也许可以帮你省点时间。"

"你可真是体贴周到,"他说,"不过我知道我要什么,也知道该上哪里去找,因为昨天我在这里看见了。"他领着助理检察官到体育书区,从那儿的架子上抽出一本书,然后又花了些时间再选两本。他把三本书全交给他年轻的同伴。小伙子拿到柜台上放下,一边用百分之百由教区附属学校训练出来的字体写下收据。

"'兹收到伯纳德·格林姆斯·罗登巴尔三本书,'"雷大声念道,"'书名如下:《敏特先生的棒球卡投资指南及藏品大全》;《运动卡价格百科全书》,第三版;以及《棒球卡入门》。'我昨天只看到敏特先生这一本。其他的你都塞在下面的书架上。"

"为的是混淆你的视听,雷。听着,如果你要这些书,买下来不是更简单?照我看,这可比申请搜查令来得容易。价格大全之类的书我通常都相当于白送,因为其实它们进我店门的时候差不多都已经过时得不会有人看了。如果你想要稍微入时一些的东西,我推荐第五大道和十八街交会口的巴诺①书店。他们的存货甚至还会有折扣,虽然我知道这离免费赠送还有一段距离,不过——"

"这些都是证据。"小伙子说道。照他递给我的收据看来,他的名字应该是 J. 菲利浦·弗林。

---

①巴诺(Barns & Noble),美国最大的实体书店,同时销售电子产品、DVD、游戏等。

"证据。"我说。

"事先知情的证据,"J.菲利浦·弗林说道,他举起书,"你有东西可以装书吗?"

我强压下一股冲动,递过一只购物袋。雷说:"还假装不知道棒球卡值得偷呢,伯尼。这个主题的书你手边不止一本,而是三本哪。"他摇摇头,仿佛人类背信弃义的本性让他失望不已。

"我有整整半个书架的书都是关于赤手空拳制胜法的,"我说,"但我还是不会一手抓着警察,一手抓着律师,然后把他们的脑袋互相撞。我知道你听了会大吃一惊,雷,不过店里还真有几本书我抽不出时间读呢。"

"哈,你马上就会有时间了,"他说,"而且依我看时间充裕得很。"

然后他便走了出去,J.菲利浦·弗林紧跟其后。我转向我的顾客,为谈话被人打断而道歉。

"警察,"她若有所思地说,"现在是星期六。再过十二小时咱们的城市就会变得到处都是刺伤和枪击案,可那两位英雄却在没收书本。我原以为他们一定是在搜查儿童色情类的书,不过那些书讲的是棒球卡对吧?"

"恐怕是的。"

"我还不知道棒球卡是违法的,"她说,"怎么,口香糖里有致癌物?"她举起一只手,仿佛要把这想法赶走。"真让人头昏脑涨,"她说,"哦,嗨,拉菲兹。你刚才是在躲那些坏蛋警察对吧?哦,你真是个小可爱。是的,没错!是的,没错!"

"喵。"拉菲兹说道。

店里没人或者顾客看起来踏实可靠时,我都习惯拿着一本书读。有人开门时小铃铛会叮叮地响,不过如果我真沉迷于阅读的话也不是每次都会听到。

四点半左右发生的就是这样的事。我回到史前时期,和女主角一起为那些不了解她的尼安德特人而沮丧,这时柜台对面刻意清清喉咙的声音把我拉回现实。我把眼睛从书页中的原始野兽上移开,望向波顿·斯托普嘉德猪一样的小眼睛。

"看来你是要我找钱。"我说。

"什么,前天没找的钱?哦不,当然不。当时你要找钱我没拿。你以为我会专程过来讨?"

"也许不会,"我说,"除非你原本就要到这附近驱逐孤儿寡妇。"

"你看错人了,罗登巴尔。"

"哦?"

"完全看错了。谁会在九月驱逐孤儿寡妇啊?要赶也该选在圣诞夜才对。"

"'听,城里的警察在唱歌。'"

"我最喜欢的圣诞歌曲，"他说着咯咯地笑起来，然后凑近柜台，"事实上，今天下午我还真是专程登门的，不过不是为了买书，而是道歉。那天话不投机，而且错在我。我把你想错了。"

"是吗？"

"干我们这行常有的风险，罗登巴尔。我得当机立断，而且通常我都看得挺准。不过谁也不可能每次都准，所以偶尔有那么一两次我会捅娄子。"

"难免。"

"事情是这样的，"他说，"我走进门来，打量起这家店，又打量着你，便立刻得出了结论。我对自己说，这个可怜虫千辛万苦地在夕阳行业里一年赚两千块，要是他租约到期，让市场规律提早结束他的痛苦，对他对大家都好。"

"经济安乐死。"我说。

"这个说法挺好。不过有个问题我弄错了。我当时完全是以貌取人，之后我才发现你根本不是一本正经在走败家运的卖书人，其实你是个贼。"

"呃，斯托普嘉德先生——"

"好了，"他说，"叫波顿就行。"

"呃。"

"那我该叫你什么呢？伯纳德吗？"

帮我叫辆出租车吧，我心想。我说："呃，嗯，大伙通常都叫我伯尼。"

"伯尼,"他说,"伯尼。这我喜欢。"

"那我就留着这名字吧。"

"窃贼,"他说这个字眼的样子就像迈阿密海滩某个老祖母在念"医生"或者"律师"或者"专家"一样。"这里,"他说着胡乱甩了甩手,似乎在否定什么,"这可不是表面看来的穷途末路的商店。恰恰相反,这是精心设计出来的烟幕弹。恭喜你,伯尼。"

"呃,谢谢,"我说,"不过——"

"据我听到的消息,你可不是普普通通的无名小贼。看来你干这行称得上是个天才。能对付得了你的锁目前还没出世——照那位警察所说——而且我还真得说,他的声音听来可不是只有一点点崇拜呢。"

这人在拍我马屁。可是为什么?

"所以,你想到房租要提高自然会火冒三丈。店铺对你有用是因为它是维生工具,开销又不高。不过万一房租接近市价,那么除非你进行全面改造,否则想维持收支平衡恐怕比登天还难。还有个办法是靠其他的收入来源,不过这样的话肯定有人会知道钱从哪里来。这可不妙,对吧?"

"对。"

"你需要的,"他说,"是以你目前的租金再续约一段足够长的时间。你没孩子吧?"

"据我所知没有。"

"'据我所知没有。'这话我得记在心里。没孩子，那你就用不着把生意传给后人。你说续约三十年够你干卖书这行的吗？"

"依我看谁都会觉得够。"

"好吧，"他说，"交易如下：你的租约我跟你续签三十年，一个月八百七十五。怎么样？"

"简直像在做梦。什么条件？"

"棒球卡。"

"棒球卡？"

"比钱币和邮票都好。比法国印象派好。比曼哈顿房地产好，也比纽约股票交易所好得多。"

"甚至比女性侦探小说家还好？"

"你心知肚明。哦，那东西风险太大了。你得知道自己在干什么。买到垃圾，十年以后你手上就只剩下旧的垃圾。投资品，你可以大捞一笔，也可能狠赔一笔，这要看风向了。如果你看中杰克逊的新人卡。之后他却受伤，眼看事业不保。这时你会面临什么？"

"什么？"

"你会发现自己没带船桨就进了一条河，伯尼。杰克逊人气是够，不过他还需要在大联盟打上五到十年才能累积足够的战绩让 他成为棒球卡市场的超级巨星。或者，假设你在诺兰·雷恩所谓的最后那季买下他的棒球卡。结果他决定多打一年，而在那期间他担纲投手又来了个全场无安打。这样一来你存货的价值可不会折损，你说是吧？"

"应该不会。"

"另外还有所谓的蓝筹股，"他说，"比国库券安全而且利润丰厚得多。贝比·鲁斯。米基·曼多。乔·迪马乔。或者我个人的最爱——泰德·威廉姆斯。"

"你不可能看过他打球，"我说，"除非你看起来比实际年龄老得多。"

"没看过，他比我大多了。不过我用不着看他挥棒击球，只要看他的成果就行。他是目前为止最后一个在大联盟里击出四成打击率的球员。"广告台词说完后是噼里啪啦一串统计数字——平均打击率和安打率。如果你想知道，请查棒球百科全书。"泰德棒球王，"他充满尊敬地说，"短跑王。我们再也看不到这样的人物了。"

我不知道该说什么。

"他在军中待了四年，你知道，二战的时候。想想那是多大的代价。"

"想想对英国来说是多大的代价。"

"他打球生涯里的四年黄金岁月。要是那段时间他没在为国效力，而是在芬威球场挥棒击球的话，想想他的战绩会有多辉煌。不过由此倒是可以看出这人怎么样。"

"爱国志士？"

"笨蛋一个。不过反正已经是覆水难收，或者叫过眼云烟,总之回不去了。"

"青春小鸟。"我说。

"随便叫什么。总之,如果他有那四年时间的话……"

"也许他的棒球卡会更值钱。"

"他棒球卡的价值被严重低估了,"他直截了当地说,"只有曼多卡的几分之一,而且如果要我投资的话,威廉姆斯可是要好上两倍。一九五二年那套托普系列的曼多新人卡如果成色几乎全新的话,要花你三千。好吧,咱们再来看看一九三九年《球类游戏》系列中短跑王的新人卡吧。早发行十三年,而且更加稀少,然后就算完好如新那卡也值不到五千块。可别引我讲个没完没了。"

"我不会。"

"我从小就收集棒球卡。"

"我也是——直到我妈把它们全扔了为止。"

"我老妈知道我的东西她不能碰。后来我长大了,开始做起生意,把棒球卡收好后忘了个精光。最后我结了婚有了孩子。在这个时候我姐姐埃德娜嫁了人。"

"嫁给了马丁·吉尔马丁。"

"我的孩子长大懂得欣赏后,我就把我的旧棒球卡拿给他玩。后来我跟马丁提起来,这才知道他是大收藏家,也才发现这些卡的投资潜力有多大。"

"于是你就抢走了孩子的卡。"

"我跟马丁借了本书,"他说,"把孩子的卡对照着查过,没有一张罕见棒球卡或者太值钱的。那些卡保存得都很不好,有几张贴了胶带,其他的都皱巴巴的,不是磨损了就是折过了。不过倒是有一张,如果情况没那么糟的话,还可以值个五十块。"

"哦。"

"我买的时候花了多少钱呢?那时候好像两毛五就能换到整整一盒,包括口香糖在内。你知道,现在他们都懒得给你口香糖了。他们发现小孩反正不吃,全扔掉。总之,这张卡就当我是付了五分钱买下的好了,这会儿市价是五十块——至少要是我好好照顾它的话应该就值这个价。"

"下次你就知道了。"

"我正是这样对自己说的。'这次,'我说,'你要好好照顾你的卡。'然后我就开始收集棒球卡。以前那堆垃圾我让孩子留着,开始买进高档货,然后……"

然后电话响了起来。

"巴尼嘉书店。"我说。

"嗨,伯尼。"

一个女人的声音,耳熟,不过听不出是谁,于是我便随手抓了一个名字。

"呃,嗨,多尔。没想到你会打来。"

"多好的称呼！你才是多尔①呢，伯尼。它们真是太美了。"

"是吗？"

"玫瑰花太漂亮了。"

哦，我心想，搞错了女人。"佩辛丝。"我说。

"非洲堇很美，可我得警告你，我是植物克星，它们在我手里都活不了。"

"据说跟它们说话会有帮助。"

"我知道，可我从来不知道该说什么。你说这株会喜欢诗吗？我可以念诗给它听。"她叹了口气，"我也不知道要跟你说什么。连着两个晚上，连续两次取消约会，两个不同的朋友帮你取消——要不就是你会模仿人声？"

"我只会模仿吉米·斯图尔特②。"

"我可等不及了。两个不同的借口，先是墨西哥饼（burrito），然后是盗窃案（burglary）。两个词都在字典的同一页，不过这你当然知道。你取消约会靠的全是这一页，对吧？"

"佩辛丝——"

"我们可以再约一次，"她说，"不过八成又会有一个好心人打电话跟我说，你被妖怪吃掉了，或是在哪儿逍遥浪荡，或者被做掉了，或者有个傲慢的西部牛仔浇了你一

---

① "多尔"的英语为 doll，有"漂亮姑娘"的意思。
② 吉米·斯图尔特（Jimmy Stewart, 1908—1997），美国电影及舞台剧演员。

盆冷水。玫瑰真漂亮。"

"那就好。"

"我刚才非常沮丧。我常常搞到这步田地。很多诗人都这样,算是职业病吧。不过后来花送来了,我又开心起来了。所以我也很难继续生你的气。你真的是贼?"

"我可以解释。"我说。

"说这种话的人通常都没法解释。不过我给你一个机会,明晚路德罗街的双轮诗咖啡店有场读诗会。你知道地方吗?"

"应该知道。"

"我有两个客户会去读诗,我答应过去。我也可能朗读,不一定。读诗预计十点开始,不过早到无妨,晚了也没关系,甚至根本不去也无所谓。"

"佩辛丝——"

"重要的是,"她说,"你不能再找来一群朋友打电话通报借口——不管是哪个字母开头的。总之明晚也许我会看到你,伯尼,也许不会。"

"会的。"

"不过,如果你不能来的话,"她说,"请帮个忙,不要送花。"

"开始我只做小买卖,"他说,"就像我刚做房地产的时候一样。人总是会犯错,要不怎么摸索身在其中的感觉？你得先愿意踏出一步弄湿脚，然后再吞口药丸、拉好袜子、跳上马背继续旅程。"他皱皱眉——这我可不怪他。"伯尼，"他说，"你没必要听我这些废话。"

"挺有意思的。"

"谢了，不过咱们还是打开天窗说亮话吧。说来咱们其实可以互助互利，互取所需。我有个店面，你只要付出相当于本森丘屋顶鸽笼一半的租金就能继续使用三十年。你手上有什么，我们俩可是心知肚明。"

"什么？"

他咧嘴笑笑。"马丁的棒球卡。"

11

"一九五〇年，"我告诉卡洛琳，"查莫斯芥末公司推出特卖活动。每买一罐他们的芥末就能拿到一张礼券。寄出礼券可以换到三张棒球卡。"

"我从没听过查莫斯芥末。"

"你没在波士顿长大。查莫斯只做地区经营，几年前有个财团买下这家公司，不过当年它的生意一定很红火。如果你在芬威公园买个法兰克福热狗，加的肯定是查莫斯芥末。"

"除非你说一声'不加芥末'。"

"卡片总共四十张，"我继续说，"上面是同一个球手，泰德·威廉姆斯——当时波士顿唯一比查莫斯芥末还红的就是他。上面印了他摆出不同姿势在做不同动作的照片。大半都是在挥棒，因为这事他最拿手，不过也有他追捕飞球、跑垒、手捧帽子倾听美国国歌，还有帮小孩签名的模样。"

"我想我明白了。"

"要拿到所有四十张卡,你得买下一吨芥末才行。"

"十四罐,"她说,"这样你还可以多拿到两张来换德怀特·古登。"

"他那时候可还没出生哪。问题是,你寄礼券不一定每次都能换到不同的卡片,和现在到糖果店买棒球卡的情况一样。我想,有些棒球卡印得比较多,而且编码在后的卡片是到促销接近尾声的时候才发行。意思就是要你尽量多买芥末。"

"精明。"

"不过效果并不显著,因为邮差送上门的卡片总是重复,孩子们容易失去耐心。而且我估计他们的父母也对不断地买芥末感到厌烦了。当时又没什么人投资这种东西,于是整个活动只好不了了之,因此编码三一到四十的棒球卡只有几张流到收集人手上。所以要集齐整套棒球卡可以说是难之又难。"

"而且代价不低,我看。"

"还好,"我说,"这套卡只在当地发行,而且又锁定单一球员,对于想拥有完整收藏的人来说,泰德卡其实可有可无——大多数棒球卡百科全书甚至根本没列出来。而且照斯托普嘉德所说,卡片本身又挺丑。照片全是黑白的,印刷甚至连差强人意都算不上。而且这个系列实在太长。一打卡片锁定单一球员或许还算有趣,可是四十张也未免太多。所以这套卡一向不受欢迎。"

"身价多少呢?"

"不好说。如果你要整套的话,还真得四处猎寻,一次搜集一两张。而且你还要注意卡的状况,因为很多棒球卡的印刷质量很差。我逼斯托普嘉德讲个数字,他说四十号卡是稀有珍品,叫价大约一千。普通卡卖价大概是十到二十,三一到三九号卡一张有可能卖到一百。"

"所以整套的价值应该是——"

"三千左右。在波顿·斯托普嘉德来看是零碎小钱,不过重点不在这里。重点是,马丁·吉尔马丁有这套棒球卡,斯托普嘉德却没有。"

"而且斯托普嘉德想得到?"

"迫不及待。不过吉尔马丁不肯转手。吉尔马丁其实也没把泰德·威廉姆斯看在眼里,可他就是不肯放手,斯托普嘉德觉得他简直就是占着茅坑不拉屎。"

"所以他要你把这套棒球卡交给他。"

"加上吉尔马丁其他的棒球卡,跟我交换条件优惠的店面租约。真希望我有那些见鬼的卡片。我会在一秒钟内跟他成交。"

"真的吗,伯尼?我以为吉尔马丁的收藏值一百万哪。"

"这是吉尔马丁的说法。棒球卡只保了这个价钱的一半,意思就是保险公司有可能会付五十万的百分之二十或者二十五,以逃过理赔责任。如果我让雷居中斡旋,他可以捞到一半,这样我还有多少可拿?五六万?"

"我没意见。"

"我自己把货拿去销赃也许更有赚头,"我说,"没准能有六位数。嗯,正如斯托普嘉德所说,新的租约第一年就有可能帮我省下相当于这个数字的钱。所以我当然愿意成交。"

"你告诉他你没棒球卡的时候,我看他八成不信。"

"难说。"

"哦?"

"我看他其实不在乎,"我说,"如果我想续订租约,我只要送上价值五十万的棒球卡给他。卡片不是马丁的也没关系。甚至连查莫斯芥末那套卡是否包括在内他也不在乎——有的话当然更好。不过棒球卡的来历他不关心,而且就算不是棒球卡也没关系。只要总价能上五十万,苏·格拉夫顿的头版小说他也可以接受。你知道斯科特·菲茨杰拉德说了什么?"

"他是杰拉尔丁·菲茨杰拉德的哥哥吗?"

"他说'真正的有钱人跟你跟我都是不同族类',真正贪心的人也是如此。原先斯托普嘉德以为我是老实的穷卖书人时,他一心一意只想把我赶出他的领地。可是等他发现我是登记在案的罪犯以后,他就忙不迭地想交我这个朋友。因为他觉得我有利用价值。"

"是吗?"

"希望如此,"我说,"因为我想保住店面,几个星期以来这是我头一回有了希望。"

我又在喝巴黎水。我们坐在饶舌酒鬼,不过我不想喝下有可能减缓我反射神经或者让我本已颇为可疑的判断力变得更加模糊的饮料。"倒也不是说我不想在家度过一个平静的晚上,另有安排什么的,"我解释道,"我只是想多几种选择。"

"我了解,伯尼。"

"在牢里过了一晚,"我说,"还真能把人搅得头昏脑涨。耐心女士打电话到店里时,我叫她多尔。她没怪我,以为我是热情洋溢。"

"如果你叫她格温多林就行不通了。"

"没错。"

"伯尼,你怎么会以为是多尔?"

"不知道。"

"你当时在想她吗?"

"我可没意识到。当时我正跟波顿·斯托普嘉德聊天。如果说我在想谁的话,泰德·威廉姆斯的可能性比较大。"

"你说她们——"

"不会,"我说,"我不觉得。"

"我还没说完呢。"

"'她们该不会是同一个人吧?'你想问这句,对吧?回答是不会,我不认为是。"

"想想看,伯尼。"

"我没兴趣想,"我说,"因为不可能。根本是两个不同的女人。"

"你怎么能这么肯定?"

"我见过她们,卡洛琳。"

"是啊,不过是同时吗?"

"没有,"我说,"恐怕永远也不会,而且就算有这么一天的话,要找出区别也不难。首先多尔是黑发,耐心女士是暗金色头发。"

"听说过假发吗,伯尼?"

"耐心女士比多尔高四英寸。"

"高跟鞋,伯尼。"

"行了,好吗?耐心女士看上去像是从格兰特·伍德或者哈维·邓恩的画里走出来的人物。她既高又窈窕,长得就像《哦,拓荒者》[①]里的那些角色——长脸、有棱有角的五官。多尔是心形脸,五官非常均匀而且——"

"哦,只不过是我一个想法嘛,伯尼。"

"完全是两个不同的人。"

[①] 维拉·凯瑟(Willa Cather, 1873—1947)的作品,描写早期西部拓荒者的生活。

"你说了算。不过请你不要再恶声恶气，好吗？我今天很累。"

"抱歉。"

"我大半夜睡不着，在担心你，然后我又得帮一只长毛匈牙利波利犬洗澡理毛。你知道这是多大的挑战？匈牙利波利犬和可蒙犬是狗世界里的嬉皮王。"她捧起玻璃杯，发现里面空空的，瞪了它一眼，"再喝一杯，要不就回家。我想我还是回家好了。"

我搭地铁到上城。我没看报纸，而且也没人看我。我四下环顾，有点希望可以看到多尔·库珀偷偷躲在哪个门口，不过没瞧见。我走回家，朝我的门卫点点头，他也马上点了点头。把我的行踪报给警察的点头之交会不会是他？我觉得就是他，同时决定把他今年的圣诞红包包得少一点。

公寓和我离开时一模一样。我原本寄望于小精灵或许会趁我不在时偷溜进门大扫除，不过他们没有，可话又说回来，雷·基希曼也没再次来个大搜查。我打开电视，第二轮广告时，我打电话到"湖南奇迹"订晚餐。很快送货小哥就捧了一整袋芝麻凉面和木须肉等在我门口。我付了账单和小费以后，他露出灿烂的笑容，忙着往我所有邻居的门底下塞菜单。

我决定在家安静地度过一晚。

*　*　*

　　电话铃响时,差不多快十一点了。

　　我接起电话,一个女人的声音说道:"罗登巴尔先生?"

　　"是我。"

　　"我连你记不记得我都没把握,不过前晚你帮了我一个大忙。"

　　"谈不上大忙,只不过是陪你走回家。"

　　"你记得。"

　　"无法轻易忘记你,多尔。"

　　"没错,你还帮我起了个新名字。我都忘了,因为之后根本没人那样叫我。你刚才那句话听来像米基·斯皮兰[①]写的一句话。'无法轻易忘记你,多尔。'你应该抽根没滤嘴的香烟,戴顶宽边软帽,再放个蓝调之类的音乐做背景。"

　　"一个女歌手,"我说,"大声唱着《暴风雨天》。"

　　"或者《轻而易举爱上你》,就像你刚才说的一样:'无法轻易……忘记你,'你可以听到她在背景里唱着,'轻而易举……爱上你'挺不错的感觉,是吧?"

　　"挺好。"

　　"抱歉。你知道我在干什么吗?我在拖时间。我得再请你帮个忙,但怕你回绝。我可以跟你谈谈吗?"

[①] 米基·斯皮兰(Mickey Spillane, 1918—2006),美国侦探小说家。

"我们不正在谈吗?"

"我是说面对面。我在西端大道和七十二街交会口的咖啡店。如果你过来的话,我请你喝一杯。或者我也可以到你那儿。"

我四下看了看。小精灵没来过,而我也没帮他们料理家务。"我马上到,"我说,"我怎么认出你?"

"呃,我基本上还是一样,"她说,"两天来我没老多少。我的打扮是不一样。我穿了——"

"红色合成皮热裤和感恩而死[1]的T恤。"

"我会坐在后面的雅座,"她说,"你自己过来看吧。"

---

[1]感恩而死(Grateful Dead),美国摇滚及迷幻乐队。

12

退色牛仔裤，可可色高领毛衣，外加配上拉链口袋的黑皮飙车族夹克。指甲上没涂指甲油，手上没戴戒指。我在她对面坐下，告诉服务员我要杯咖啡。他拿过来，还主动为多尔续了杯。

"我有几个问题，"我说，"你怎么知道我的电话号码？"

"我查了电话簿。"

"你怎么知道我名字？"

"你告诉过我，伯尼。记得吗？"

"哦。"

"你告诉我你叫伯尼·罗登巴尔，在格林尼治村开了家旧书店。我没法打到那里，因为我不知道店名和地址，不过你是曼哈顿电话簿唯一登记的B.罗登巴尔，再说反正我知道你住在七十一街和西端大道的交会口，因为你告诉过我。"

"哦。"

"你帮了我一个忙,"她说,"而且礼貌周到,我本想如果我没刚好在这附近撞见你的话,也要打个电话。然后马丁告诉了我你的事——"

"马丁。"

"马丁·吉尔马丁,"她说,"你肯定知道是谁。你偷了他的棒球卡。"

"等一下。"我说。

"好的。"

"我知道马丁·吉尔马丁是谁,而且我没偷走他的棒球卡。你等一下。"

"我正在等,伯尼。"

"很好,"我说,然后合上眼睛,睁开眼时她还在那里,耐心地等,"这事让我很困惑。"

"是吗?"

"你是怎么认识他的?"

"他是朋友。"

"好极了,这下明白多了。"

"算是挺特别的朋友。"

"哦。"我说。

有点调皮,我想,因为她脸红了。"马丁的事不知道你清楚多少。"她说。

"不多。我知道他住在哪儿,知道他住的房子什么样,因为我去看过,但我发誓我没踏进门半步。我没跟他碰过面。他太太我见过一次,不过不是正式碰面。她弟弟我倒见过,因为原来他就是我的房东,说来世界可真小。你提起他名字的时候世界越发小了。"

她啜了口咖啡。"马丁很迷舞台剧,"她说,"他什么都看,而且不只是百老汇。他是冒牌者俱乐部的会员——那是格拉梅西公园的一家演员俱乐部。外百老汇剧院的戏单有一半都把他列为赞助人或者资助者。他特别慷慨。"

"原来如此。"

"马丁五十八岁,他已经老得可以有我这种年龄的女儿了,可是他没有。他晚婚,而且他跟他老婆都不想生孩子。"

"所以他就像你的父亲一样。"

"不是。"

"我想也不是。"

"遇到他时,"她说,"我在城中一家叫哈伯与克罗威尔的法律事务所上班。"

"你提过。"

"我知道。我之前说我还在那里上班,那不是真的。"

"马丁把你带到了外面的世界。"

她点点头。"当时他是我们的客户。我一心想朝戏剧界发展，上表演课，四处应征。哈伯公司这方面很在行。他们代理剧院很多人的事务，还雇了许多年轻的男女演员做文书工作和接待员。"

"还有法律助理。"

"我从来没当过法律助理。我是接待兼总机。直到——正如你所说——马丁把我带到外面的世界。他对我很好，对我的事业有兴趣，他带我到冒牌者俱乐部吃午餐，把我介绍给大家认识。而且他说，年轻人想混进纽约的戏剧界，没个专职工作支撑很难应付。这话绝对是真理，相信我。"

"你说得一定没错。"

"而且他说要帮我付房租，每个月提供我足够的生活费。不会是锦衣玉食，不过保证生活无忧，一方面还可以观察我在戏剧界有没有立足的机会。"

"而你要做的只是和他上床。"

"我们已经上过床了。"

"哦。"

"他有魅力，伯尼。身材修长，一头灰发非常高雅，彬彬有礼很有绅士风度。我对他一见倾心。他跟我调情的时候，我觉得非常荣幸，根本没有想到拒绝。"她垂下眼睛，啃着拇指指甲，"虽然当时我算是有了人。"

"波顿·斯托普嘉德。"我猜道。

"恶心死了，"她说，"你脑子里都在想些什么？"

"呃。"

"波顿·斯托普嘉德是池塘里的浮渣,伯尼。摸到像波顿·斯托普嘉德那种人会长疣的。"

"抱歉,我提起了他。"

"我也抱歉。马丁觉得波顿是个笑话。他得忍受波顿是因为他娶了波顿的姐姐。我只跟波顿碰过一次面,不过相信我,已经够受的了。"

"什么时候的事?"

"六月的某一天吧。我在P.J.巴瑞早期的一部戏里有个角色。你知道那是怎么回事吧?没薪水,不过你可以想办法找人看你表演,经纪人之类的。当然,百分之九十的观众都是演员们各自的亲戚朋友。不过是不错的经验——尤其如果剧本好的话。而这出真是棒透了。"

"马丁把全家带去了?"

"他带了他太太,"她说,"也带了波顿和他太太。这家戏院每出舞台剧他都可以免费拿到四张票,因为他是他们的赞助人之一。"她开始看向别处,然后又撞上我的眼神。"我能演那个角色也许跟这有关。"她不动声色地说道。

"哦。"

"散场以后,我跟他们四个还有一起演出的另外几人共进晚餐。所以我才有机会琢磨出对波顿的看法——是什么我已经跟你说过了。"

"池塘浮渣,我想你是这么说的。"

"这还有待查证,所以我用的词算是客气了。以我的幸运程度,很可能这么说完后立刻就会发现他是你最好的朋友,不过他当然不是,对吧?他是你的房东。"

"没错,而且池塘浮渣是大家给过他的最好的评语了。你刚才说除了吉尔马丁你另外有人?"

"是的,"她说,"不过我提出分手了。"

"在你开始跟马丁上床的时候。"

"不是。"

"在他开始为你付房租的时候。"

"事实上,比那还要晚点。"

"什么时候?"

"这个星期一。"

"哦。"

"还是星期二呢?不对,是星期一晚上。我把他的钥匙往他身上一扔,气呼呼地冲出门去。风光退场,不过我应该留下钥匙不还的。伯尼,我能问你一件事吗?"

"当然可以。"

"你有没有拿马丁的卡?听着,如果你担心我装了窃听器,那就不要大声回答。眨一次眼表示拿了,两次表示没有。"

"不管你有没有装窃听器,"我说,"答案都是没有,反正这话没人当真,所以我也没指望你相信,不过这就是我的答案。"

"我信。"

"真的?"

"我原本就没认为是你拿的。马丁一说棒球卡不见了,我立刻就想到是谁了,那时你的名字都还没人提起哪。我觉得是卢克搞的鬼。"

"老好人卢克。"

"难以置信。你认识卢克?"

"不,从没听说过。不过我八成可以猜出他是谁。你的男朋友,对吧?"

"从星期一开始就不是了。"

"也就是你把钥匙扔到他脸上的时候。"

"准确地说是把钥匙扔过房间。"

"跟我说说卢克的事。"我提议。

"真不知从何说起。他是演员。高中一毕业就到了纽约,十五年来一直想闯出个名堂。他拍过广告,在几部肥皂剧里演过小角色,在西德尼·吕美特最近的一部电影有两句台词,跟《酸葡萄》的剧组巡回演出过三个月。当酒保赚钱付房租,还在几家没牌照的搬家公司打杂。大家都叫他吉卜赛搬家工人。"她皱皱眉,"而且他喜欢把自己想象成浪漫的反派人物。有一次他下午两三点跳下床去,穿上西装打好领带。我问他要上哪儿去。超市,他告诉我。我说,你打扮成这样就为了到阿戈斯蒂诺超市?他说这样可以赢得较多的尊敬,然后就猛地抓起公文包出门去了。

"二十分钟以后,他拎了一袋杂货回来。有一棵莴苣、几棵马铃薯,我忘了还有什么,总之是价值几块钱的杂货。然后他啪嗒一声打开公文包,只见里头放着两片一英寸厚的鲜美沙朗牛排。他说重点是要抓住购物的诀窍。"

"杰西·詹姆斯①以前不就是这样的吗?"

"我得承认,"她说,"当时我觉得那样挺酷。后来开始跟马丁交往以后,才觉得他们俩的对比真是挺有趣。"

"我可以想象。"

"他简直就是个恶棍。他的各种骗人把戏我尽量不闻不问,不过我知道他一直都在贩毒,自己也嗑药,兴奋剂和镇静剂都有,靠卖药给熟人付药钱。"

"比卖给不熟的人安全。"

"起初他觉得马丁替我付房租是好事。他觉得我也在搞我自己的花招,所以我们算是同流合污。他每次都把马丁称作'老家伙'或者'你的饭票',等他发现我是真心对待马丁、把他当成感情支柱以后,就恼火起来了。"

"吃醋了。"

"嗯,算是吧。"

"然后你们吵了一架,你提出分手。"

"那是星期一的事,而马丁星期四晚上就找不到棒球

---

①杰西·詹姆斯(Jesse James),美国十九世纪火车大盗。

卡了。我敢说是卢克拿的,这事都怪我。"

"什么意思?"

"我跟他提起过马丁的公寓,还有里面的摆设。马丁上个月有天下午带我去看过。那个星期他和他太太到东汉普顿跟朋友度假,他中途过来了一天,我们出门吃午饭,然后他说想带我看看他住的地方。不过不是你想的那样。"

"嗯?"

"我们……什么也没做,"她说,"我做不到,在他太太屋里我不行,仅仅站在里面我都觉得不自在。不过公寓很漂亮,河景壮观、摆设精致。当晚我跟卢克一起的时候,忍不住把看到的全告诉他了。"

"包括棒球卡。"

"就在他的办公室里,"她说,"在一个香杉木衬里的玫瑰木盒子里。马丁以前抽烟的时候习惯在里面摆雪茄,现在只要一打开,还有一丝淡淡的上好哈瓦那雪茄的香味。盒子锁都没锁,就这样摆在书桌上。星期四的时候还在那里,伯尼,可他掀开盖子的时候里头空空的。"

"有人留下盒子拿走了棒球卡。"

"我敢说是卢克。他听说棒球卡的时候比我跟他讲到从客厅窗户可以看到桥还兴奋。他开始谈棒球卡多值钱,有多容易出手。看来他小时候好像收集过,而且——"

"大家都有过。"

"呃,我可没有。总之,马丁的收藏叫他起了恋旧之情,同时也大发贪念。这会儿他有个机会可以狠狠报复我和马丁,顺便还能大赚一笔——"

"何乐而不为。"

"正是。"

我想了想,然后说:"嗯,你、马丁,还有卢克就是这样扯进来的。现在至少我有了记分牌,而且谁都知道没有记分牌就分不出谁是球手。问题是,手边没有镜子。如果没有镜子,我怎么知道自己穿的是几号球衣?"

"你把我搞糊涂了,伯尼。"

"糊涂的是我。我在这儿干什么?你为什么打电话给我?打算要我干什么?"

"哦,简单,"她说,"你要帮我拿回马丁的卡。"

"我知道人们是怎么谈论巧合的,"我说,"那是上帝保持匿名的办法。不过我一次能接受的巧合只有那么多。咱们回到星期四晚上,好吗?"

"好吧。"

"马丁·吉尔马丁和他太太,以及波顿·斯托普嘉德和他太太——顺便问一声,她长什么样?"

"没什么特别的。我跟她只见过一次面,几乎没注意。我记得她整晚都没开口说话。"

"总之,他们四个一起去看了《奔腾年代》。这出戏他们究竟喜不喜欢?我问了马丁,可我还不如去问玛丽·林肯[①]觉得《我们的美国表亲》[②]怎么样。"我耸耸肩,"算了,不说这个。总之他们去看戏,然后终于回家去了,而我则打了个欠妥的电话到吉尔马丁家。时间是午夜刚过。"

"那么所谓的巧合呢?"

"估计是我在下一个路口的IRT线地铁站停下买报纸的时候。有个魅力无穷、全身上班族打扮、戴着红色贝雷帽的年轻女子,挑中了我要我陪她走回家。"

"这种事情你一定经常遇到,伯尼。"

"第一次,"我说,"多年来我一直习惯在回家的路上顺便买份《纽约时报》,不过从来没碰到过美女求助。"

"我看你早该碰到的。"

"这个女人,"我继续说,"只不过刚好是马丁·吉尔马丁的女友。而且闲来无事的时候好像还兼任偷了马丁棒球卡那家伙的女朋友。"

"我知道你为什么说是巧合了。"

"如果上帝真想隐姓埋名的话,"我说,"他应该戴上手套,因为这事可到处都印了指纹。不过,我不明白的是,你是怎么及时发现棒球卡的事,又在转角报摊逮了我一个正着的?而且又怎么知道打电话过去的是我?这事有

[①] 玛丽·林肯(Mary Lincoln, 1818—1882),美国前总统林肯的妻子。
[②] 《我们的美国表亲》(*Our American Cousin*),一八五八年由英国剧作家汤姆·泰勒创作的一部喜剧。

人知道还是因为警察查了纽约电话公司把来源追查到我朋友卡洛琳的公寓。而且你怎么知道我要搭地铁回家？要不是几个混混跑得比我快，我原本是会搭出租车的。再说你又是怎么认出我来的？不明白。我全都不明白，而且……等等，多尔。你上哪儿去？"

她起身离开了座位。"付账，"她说，"我说了咖啡我请，记得吧？"她把手放在我的手上。"过一会儿你就知道了，"她说，"我全都可以解释。"

到了外面，我们沿着横穿城市的一条很长的路步行来到百老汇，站在街角看人们买报。"当初我看到你时，还不知道棒球卡的事，"她告诉我，"我不知道你是谁，也没怎么在意。我只知道你看起来不像斧头杀人狂。而且我帮你做了性格测试，我等着看你会买什么报。"

"如果当时我拿的是《纽约邮报》呢？"

"如果你拿了《纽约邮报》，"她说，"我就挑别人。不过我有十成把握你是时报型的。当天晚上我说的都是实话。我上完表演课，才下了公共汽车，而且街上那种感觉我不喜欢。西端大道向来就叫我不自在。我知道这条街跟其他所有地方一样安全，不过我就是觉得不对劲。"

"那你为什么要住在这一带？"

"我不住这儿。我住在第一和第二大道之间的七十八街。"

"谁住在西端大道三〇四号呢?"

"卢卡斯·桑坦格罗。"

"又名男友卢克。"

"前男友。"

"你想找个《纽约时报》型的家伙陪你走回卢克的住处。为什么?要他嫉妒?"

"我说过了。一个人走我会害怕。"

"这么多人之中你挑了——"

"伯尼,"她说,"你四下看看。而且别忘了当时还晚了一小时,又是星期三。外头人比较少而且大都看来……呃,就像那头那个讨钱的,还有那两个穿了军大衣的怪人,而且——"

"我明白你的意思。"

"我有些衣服留在卢克家里,"她说,"我打电话找了他几天,想跟他约好时间拿回来。可我只听到他的答录机在说话。这也不一定表示他不在,因为有时候他会先让机器接,等弄清楚对方是谁才自己接起来。所以我决定干脆直接过去。如果他在家的话,也许他会绅士地让我拿走我的东西。"

"如果他不在家呢?"

"也许我还是能进得去。多数时候他不会费事把门锁两道。我原想说我也许可以拿信用卡顺利开锁。"

"不是每次都和电视里演的一样容易。"

"我现在知道了,"她说着,用手夸张地啪嗒一声拍在前额上,"忙了半天还是打不开。我的三张信用卡全试过了,然后又试了现金卡,真是不应该,因为卡片肯定被弄坏了。昨天早上想取现金的时候,机器把卡吞了。"

"见鬼。"

"他们发了张新卡给我。仅仅是造成了一些不便而已。相信我,站在卢克门前没法进去可真让人丧气。我为什么要扔钥匙?怎么就没扔个烟灰缸呢?"

"或者就扔给他一堆怒火。放弃开锁以后,你干什么去了?"

"回家了。"

"直接回去的?"

"当然,我跟艾迪说了声晚安,然后就走了。"

"谁陪你走到公交车站的?"

"没人。我坐的出租车。"

"为什么不开始就搭出租车?"

"我搭了。"

"我以为你是乘的公交车。"

"我把经过简化了一点。我上完表演课乘公交车回家,试了卢克的号码,还是应答机的声音,于是我就换上比较像样的衣服,乘出租车直接穿过公园。我在卢克那幢楼的正前方下车,要门卫按铃找他。没回应。'那我直接上去好了。'我说,可是他不肯。"

"艾迪拦你?真没想到他还注意到你了。"

"他不在那里。我是十二点过几分到的,他的轮班从十二点开始,不过他去晚了。值班的家伙是个年轻的海地人,做事很刻板。而且到下班时间却不能走,他也很不高兴。他就是不肯让我进去,于是我就走到百老汇叫了杯咖啡——另外一家咖啡店半夜打烊——"

"我知道。"

"——而且一路过去的时候我还真是起了鸡皮疙瘩,觉得好像有人盯梢。大概是因为我想闯卢克的公寓所以神经紧张吧。然后你出现了,陪我走到家门口,或者其实该说是卢克家的门口,然后我就进去,然后我又出来,然后便回家去了。第二天我发现马丁的棒球卡不见了。'他们甚至知道是谁拿了,'他说,'那个无耻的狗娘养的还打电话过来吹牛,所以他们有办法追查电话来源。'我简直没法相信卢克有那么笨。然后我才发现是你打的。"

"谢谢了。"

"我不是说你笨。你打那电话自然有理由,而且何不顺便开个玩笑?你不可能知道马丁的卡搞丢了。"

"这你说对了。我连他有卡都不知道。"我们一路谈着,已经走向西端大道,抵达转角时我们转向上城,就像原先讲好了似的,朝三〇四号走去。"照你这么说来,"我说,"似乎根本没有任何巧合嘛。只是艾迪刚好上工迟到,卢克刚好离开他的公寓,而我则刚好是第一个走过去买《纽约时报》的家伙。"

"没错。"

"真希望我能弄清楚你的故事能信多少。你的名字真叫多尔·库珀?"

"现在是了,不过只有你我知道。名字是你取的,记得吧?在那之前,我告诉你我的名字叫格温多林·库珀,一字不假。"

"你能证明吗?"

她在包里摸来摸去,掏出两张卡。"这里,"她说,"化学银行的新提款卡。合并以前叫作汉诺瓦制造,我喜欢到简称为'汉制'的银行去。还有这张,我的金卡。不过也损坏了。看到这个角了吧?我想压平它,结果越弄越糟。看来只要不往机器里插卡应该就没事。"

我把卡递还给她。"你告诉了我真名,"我说,"为什么?"

"跟你告诉我你的名字是一样的道理。我们是两艘在黑夜里擦肩而过的船。为什么非撒谎不可?"她咧嘴笑笑,"再说了,伯尼,我希望你能跟我联络。"

"怎么联络?你又不在电话簿里。"

"当然在。东七十八街的G.库珀。"

"可我怎么会想到去查那个地方,对吧?因为在我的印象里,你住在西端大道三〇四号。"

"你可以打到我上班的地方。"

"哪里,法伯吗?"

"哈伯,"她说,"与克罗威尔。"

"你已经不在那儿上班了,记得吗?"

"偶尔还会有人打到公司找我。他们会帮我留口信。我先前说我是律师助理,因为这个职位比接待员好听得多,再说我现在什么都不是,为什么不干脆选个好听的来说?"

"你完全可以说你是律师。"

"差点就这么说了,"她说,"可我怕你会打退堂鼓。有些人不喜欢律师。"

"真的?"

"我知道这很难让人相信。伯尼,算我撒了个小小的谎,好吗?我是在磨炼演技。即兴表演,你知道的。我们在课堂里专挑这种戏码。可我也没有真的要撒谎,就像你没提你是个贼一样。"

这时我们已停下脚步,离三〇四号半个街区远。她朝楼房意味深长地点点头。"听着,"她说,"我有个好主意。现在就过去,我敢说可以大摇大摆地通过门卫。"

"除非又轮到你的海地朋友值班。"

"当初我其实可以就这样从他面前走过,不过那次我想让他先按公寓的铃。这回不用了。我们可以假扮成这儿的住客直接进去。"

"然后呢?"

"然后你就可以帮我打开卢克的门。"

"卢克可能不会高兴。"

"他肯定不在,"她说,"你知道我怎么想吗?他前几天偷了马丁的卡,然后城外有人给了他一个工作机会。他忙不迭地接下了。不过如果你担心他人在里头不好撬锁的话,我们可以按铃确定一下。"

"当然,好主意,"我说,"按吧。"

"如果他在里面,我就说我是过来拿衣服的。很容易对付。"

"之后我们可以顺便走访纽金特府上。"

她皱皱眉。"纽金特?琼和哈伦·纽金特吗?"

"正是这两位纽金特,住在9G。"

"你怎么认识他们的?"

"我不认识。"

"那你为什么提他们?"

"是你提的。"

"明明是你提的,就在一分钟之前。'之后我们可以顺便走访纽金特府上',你是这么说的,还记得吧?"

"一清二楚。不过两天前的那个晚上你可是当着我的面跟纽金特的门卫提起他们的。"

"是吗?"她挠挠头,"我怎么会提?我跟他们又不熟。"

"那也比我强,"我说,"因为我根本不认识他们。你问了艾迪他们什么时候会从欧洲回来。"

"天哪,"她说,"没错,我是问了。不过那是在你离开以后,对吧?"说完她想了想,自己答了:"显然不对,要不我们也不会有这段对话。纽金特是对年长的夫妇。他们住在卢克楼上,要爬两段楼梯。"

"住在 9G,如果我没记错的话。"

"你是说我连公寓号码都提了?你肯定以为——"

"我是在邀请你去洗劫他们的公寓,"我帮她说完,"我当时正是这么想的。不过如果你当真不知道我是个贼——"

"我怎么可能知道?通常如果有人告诉我他是卖书的,我都不会怀疑。"

"那你为什么提纽金特呢?"

"因为我在想他们回来没有,仅此而已。琼·纽金特是个艺术家,而且我们有几次在走廊遇上时,她问我愿不愿意当她的模特。上次我们在电梯巧遇,她说她和哈伦要去欧洲,回来后会再跟我联络。"她耸耸肩,"不过,如果这意味着我得进入这幢建筑而且有可能撞上卢克的话,我可不敢说我愿意。"

"尤其如果你还怀疑是他偷了棒球卡的话。"

"不只是怀疑,"她说,"我有把握,所以我才更想赶在他回来之前把我的东西全拿走。只怕他的住处被搜查后我的东西全会跑到证物箱里。"

"有可能。"

"我不喜欢这样。"她把一只手放在我胳膊上,"你看怎么样,伯尼?你愿意当个好好先生,让我瞧瞧你撬锁的本事有多厉害吗?"

13

十分钟后,我们坐在百老汇的胖球餐厅,计划着要犯下的罪行。这可把我们跟其他顾客区分开了,因为他们看来早就过了计划阶段。

开始我告诉多尔我不想介入。我远离盗窃一年多,然后只是动了动念头要进公寓行窃,结果就在监狱里过了一晚。

"我是想帮忙,"我说,"你有些衣物留在卢克的公寓,当然想拿回来。不过依我看,除了非法闯入以外,还有其他几种选择。你可以等他回来以后打个电话过去,要不也可以跟马丁借笔钱上街采购。"

"衣服就算了。"她说。

"确实。衣服就算了,再买新的。"

衣服的事你就当没听过,她说。进入卢克公寓的首要目的是找回马丁的棒球卡。如果卢克出城是因为接到电话说要给他工作,他没准连棒球卡都没机会出手就匆匆走了。不过也可能他并不急着套现，或许打算等风头过去再说，同时想想怎样卖才最划算。

她觉得只要能顺利进入卢克的公寓，我们就一定可以找到棒球卡。而且如果我们能把卡还给马丁，就能洗清我盗窃他公寓的罪名。到时指控取消，岂不是很好？

"呃，好当然是好，"我告诉她，"不过照我的律师所说，反正他们原本就有可能撤销指控，因为他们没有足够的证据，更别说定罪了。你知道你这是在让我干什么吗？我等于犯下一桩案子来洗脱我根本没犯的另一桩案子。这似乎不太值。"

事实上，她继续说，说不定我还有利润可捞。她很肯定会有赏金。毕竟，马丁是个很慷慨的人。棒球卡收藏对他来说是至宝。我为此冒险自然百分之百可以期望他会重重犒劳我。

我对赏金能有多高表示怀疑。不管马丁付我多少他都得自掏腰包，而当初他可已经为那些棒球卡付过一次钱了。他总不至于愿意再为它们掏腰包吧？

"你知道，"她说，"他向保险公司报失了，我估计他们已经在处理赔偿问题了。要是我私下跟他谈谈，告诉他你怎么费心找回棒球卡，也许他就不会告诉保险公司卡已经找回来了。"

"我想我明白你的意思。"

"严格地说也不算偷，"她说，"应该说是顺其自然、不加干涉，对吧？如果保险公司理赔五十万——这很公平，因为卡片真的被偷了——马丁想买回他的收藏就得再花出这么多钱。要是他能花上——比如说——二十五万从你手上购得类似的棒球卡收藏，他就是赢家。"

"我也会是。"

"当然。我们两个都是。"

"我们两个，嗯？"

"五五对分，"她说，"我需要靠你打开卢克的门，你需要我从中与马丁协调。伯尼，一人可以分到十万多。"

"这种分配比例我可不敢苟同。"我说。

"还有什么比五五分账更公平的吗？"

"可这真的是五五分吗？你我对分马丁付的款项，从这个角度看也未尝不可。不过整个生意的油水可是五十万——"

"马丁分一半，咱们分另一半。"

"前提是你把你和我算成一伙的，多尔。"

"我觉得咱们合作会很成功的，伯尼。"

"这我相信，不过还可以换个角度考虑，也就是说你和马丁已经成了一伙，于是你们这伙可以弄到五十万美元的四分之三。"

我们坐了二十分钟，为了一盒保险公司还没理赔、我们也没见过的棒球卡争吵不休。她很不情愿地做让了步，最后我们达成的共识是：钱分三份。马丁跟保险公司不管拿到多少都会付我们每人三分之一。

"不过别想着今晚动手,"我说,"人们通常都浪漫地认为行窃就该在夜里,其实这个时间最危险。越晚越糟糕。现在已经过了半夜,不管是谁,就算什么都没干也会显得形迹可疑。"

"可是——"

"你四下看看,"我说,"这儿有一群良好市民在喝咖啡吃甜甜圈,可就因为现在是三更半夜,他们看来就像一堆杂碎和垃圾。"

"他们就是啊,伯尼。"

"瞧,我说的吧。"

"可是——"

"明天下午,"我说,"牛仔裤和夹克穿在你身上挺好看,不过明天可别穿出来。好好打扮一下,两点和我在书店碰头。咱们直接从那儿过去。"

第二天早上,我十点十分到达书店。我首先打电话给卡洛琳。"我在店里,"我告诉她,"你说了会过来帮我喂拉菲兹,可你还没抽出空来,对吧?"

"我还在喝我的第一杯咖啡。"

"它看起来像个饥民,"我说,"不过我已经能做到不相信它了,先问清楚再说。我会喂的,你不用过来了。"

"我本打算十一点左右过去的。你怎么开了店?星期天你从来不开的啊。"

"呃,也许这么多年来我犯了个错,"我说,"星期天关门也许让我损失惨重。"

"你真这么想?"

"不,我跟人约了两点在这儿见面。"

"你早了四个小时。"

"那又怎样?总得找个地方待着吧。你要是愿意的话就过来陪我吧。"

"我不知道,"她说,"你昨晚确实待在家里的对吧?所以现在双眼发亮,精神百倍。我不知道能不能受得了。"

"受得了什么?"

"你的好心情啊。"

我想了想。"你昨晚没有老实待在家里。"我说。

"我原本是这么打算的,"她说,"可结果我去了DT胖猫酒吧。心想喝上一杯我会睡得比较好。"

"你睡得好吗?"

"等他们打了烊,我心甘情愿地回到家,睡得不错,"她说,"我今天不过去了,伯尼,不过明天一定跟你碰头。喂猫去吧,它一定饿坏了。"

我将它的餐碟盛满,又倒好水,冲了它用的马桶,然后回头看着它吃。这才想起自从昨晚吃过木须肉以后我一直没再进食,于是我到熟食店买了两个面包圈和一杯咖啡。把特价桌搬到外面摆好后,我便坐到柜台后面开始吃早餐。拉菲兹过来在我怀里坐了一会儿看我吃,不过吃东西这种事只有自己是主角时它才提得起兴致。它跳到地板上,坐在那儿好像在等待什么东西出现。

我吃完一个面包圈,把包装纸揉成一团。那声音吸引了拉菲兹的注意,它立刻有了反应——和普通的猫一样。我让它朝我这边看。它扭开头的一瞬间,我又把包装纸揉了揉,噗的一声扔过它的头顶。不过没有越过去,因为拉菲兹已经跃向右方,噌地一跳抓住它,然后左拨右弄地玩耍起来,愚蠢地追着纸团在走道里来回乱跑,拍打着纸团。最后它认为纸团已经死了,不会起死回生,这才掉头走开。

"拿回来,"我说,"给我再扔一次。"

我发誓它瞪了我一眼,而且我发誓接下来那个没说出口的想法大约是:见鬼,你以为我是谁,该死的拉布拉多犬吗?

这是它的游戏,规则由它定。我拆开另一个面包圈,又把包装纸揉成团玩弄起来。

卡洛琳一直没出现,于是她跟大多数人有了一个共同点。我花了几个小时揉皱一张张纸,试图扔过拉菲兹的头顶。两点一刻,前门开了,是多尔。

她打扮得像朵花一样——身穿海军蓝洋装,脚踩高跟鞋。洋装无比完美,让她看起来和美国济助协会那些有闲、有钱、有地位的年轻会员一样值得尊敬,同时也不容置疑地声明她是她所属族类的雌性成员,而且显然属于哺乳类。

"漂亮,"我告诉她,"这身打扮无可挑剔。"

"还行吗?我试穿了皮热裤跟酷死牌T恤,可你知道吗?上回我洗的时候T恤缩了水,穿起来胸部太紧了。"

"那可不行。"

"是的,"她说,"你看来也不错,伯尼。你平时应该多打领带穿外套的。伯尼,你店里的地上怎么全是纸团?"我四下寻找拉菲兹,可它躲起来了。我哗啦啦又揉了一张纸,它便露出头来。"仔细看好。"说着我便把纸团扔到它左边,这小淘气噌地跳起来,啪的一声把纸团拍下来。

"你养了只猫。"她说。

"不算养的,"我说,"它只是在这儿工作。不算宠物。"

"那它算什么?"

"员工,如此而已。"

"那这是在干吗,员工福利吗?星期天可以跟老板玩接球?"

"我们没在玩,"我说,"我是要锻炼它的反应能力。"我俯身捡起散落在四周的纸团——不是第一次了。"它不肯衔过来。"

"它不是狗,伯尼。"

"它就是这么说的——如果它能讲话的话,我是说。"我又扔了个纸团过去。"你瞧,"我说,"我发誓它可以当游击手。它刚才那一扑,就连奥齐·史密斯[①]都望尘莫及。当然,奥齐会转身扣住,传到一垒,不会把球干掉。所以人家奥齐在打大联盟,可拉菲兹就只能在书店里捉老鼠。"

"它的尾巴怎么了?"

"你知道它们总爱追着自己的尾巴玩吧?所以,你知道它的反应能力有多快了吧?有一天它真逮着自己的尾巴了。"

"然后把它干掉了?"

"没有,它猛地一跳把尾巴抛到一垒去了。有什么好笑的?"

"你啊。"

"我只是有点紧张,多尔,"我信誓旦旦地说道,"只要到了那儿我就能定下心来。"

乘出租车到上城也没能让我们俩定下心来。上帝赐给了我们一个显然相信自己最大的出路在于投胎转世而且越快越好的司机。我们俩谁也没多说话——除了默默祈

[①]奥齐·史密斯(Ozzie Smith,1954—),美国棒球大联盟史上的最佳游击手。

裤——直到我们稳稳地停在西端大道三〇四号的正前方。我无法想象门卫会刁难一对打扮入时、乘出租车抵达的男女,不过值班的家伙其实也没怎么注意我们。他的注意力全集中在一个小老太婆身上,她想知道当天早上吵得鸡飞狗跳的情形究竟是怎么回事。

"走廊里全是警察!"她说,"而且是星期天早上!我们这幢楼向来挺好的呀。"

他上班前他们就走了,他告诉她。我们在等电梯时,那个老太太说道:"她究竟干了什么,杀了她丈夫吗?愚蠢!难道她以为丈夫像马路上的树一样随处都是吗?"

电梯门开了,我们乘到七楼。多尔问我,那女人在说什么。家庭暴力,我说,听起来是在说这个。不过话又说回来,那女人有可能是疯子。她唠唠叨叨地一直说走廊里有警察,可我一个也没看见。要是门卫都无所谓,我们又为什么要操心?

在七楼踏出电梯时我转错了方向,多尔抓住我的胳膊把我拽上正途。卢卡斯·桑坦格罗的锁像老情人一样向我认输,几秒钟后我们就置身室内了。

"看来你宝刀未老。"她悄悄说道。

我伸展了一下手指。"只要你学会了,"我也耳语道,"就永远都忘不了。就像溺水一样。"

"你是说游泳。"

"或者摔下自行车,"我说,"都是同样的道理。"我戴上塑胶手套,把门上了两道锁,拴好链锁,然后打开灯。多尔指指我的手套,做了一个戴手套的动作。

"抱歉,"我说,"我没多想,所以只带了一副。反正你之前来的时候也不可能戴着手套,所以这里一定到处都是你的指纹。再添几个也无所谓。"

"我想你说得没错。"

"再说,你总不至认为卢克还打算在这儿撒灰找指纹吧?"

"话是不错,不过——"

"所以我们赶紧找到要找的东西,然后迅速离开。"

说起来容易做起来难。她先往衣柜走去,胡乱摸了一通,把衣服从衣架上扔下来,把顶层架子上的盒子翻开,表现得相当不错。我想,如果要很匆忙地搜查某个地方,这种方法是最好的,不过不是我的风格。我更喜欢轻手轻脚,尤其在别人屋里的时候。

"这些是我的,"她说,手捧着两件毛衣和一条牛仔裤,"可谁在乎呢?"她把东西扔向一把木椅,双手放在臀上,转过身盯着打开的衣柜。"动手啊,伯尼!我还以为你会搜查五斗柜呢。"

"搜过了。"

"你怎么不干脆拉开所有的抽屉,往地板上一倒。贼不是都这样干的吗?"

"有些是,大概。不过你眼前这个不是。"

"好吧,你是专家,"她说,"可我看好像——"

"别着急,"我说,"吸口气。"

"我知道东西在这儿,"她说,"我之前一直觉得只要打开门,走进来,棒球卡就会放在眼前。我以为会看到马丁的玫瑰木盒躺在卢克的咖啡桌上。不过他留下盒子没拿,对吧?"

"那他是怎么带走棒球卡的呢?总不至于塞进口袋吧。"

"不知道。也许是装进购物袋了。"

"拎着袋子走出马丁的公寓大楼?"

"有何不可?他可以直接——伯尼,公文包!他用公文包装的。"

"希望棒球卡没沾上肉味。"

"肉味?哦,对。我跟你说过他拎着包到超市顺手牵羊。我敢说他就是这么做的。他穿上那套唯一像样的西装,刮了他那张老鼠般的脸,把东西装进公文包,然后——"

"怎么了?"

她跑向衣柜。"他的西装呢?见鬼。狗娘养的。"

"怎么了?"

"他的西装不见了。你没看到西装,对吧?那狗娘养的把西装带走了。"

"你说了他可能在城外得了个演戏的差事。也许他们要他带套西装去,配合角色需要。"

她摇摇头。"选角不当。如果那个角色得穿西装的话就该另请高明。他把公文包带走了吗?这才是问题的重点,对吧?"

"他习惯把西装放在哪里,多尔?"

"衣柜,"她说,"公文包不都是放衣柜里的吗?"

"有可能。他另外还有什么行李?"

"不知道。我们从来没有一起出过门。他其实就只想上床。床!"

"床怎么了?"

"床底下,"她说着扑向地板,我站在一旁看着她摸索着掏出了什么东西——一个橄榄色的帆布袋、一个红棕色背包、一只淡蓝色的降落伞布大袋子。另外还有两只运动鞋、一个网球拍、一只袜子。没有公文包。

"见鬼,"她说,"我放弃了。东西不在这儿——要是原先有过的话。"

"你觉得他原本没有?"

"我不知道该怎么想。我先前挺有把握的,可现在有点搞不清了。而且就算他真有过棒球卡,这会儿也都不在家里。"

"难说。"

"难说?这不过是一间小小的公寓,伯尼,而且咱们把边边角角都搜过了。你干吗这样看我?"

"坐下,"我说,"让我给你展示如何搜索。"

重点是,你不能横冲直撞,得按部就班,一个一个房间来,每间都要仔细检查。用这种方法不一定得多花时间,不过会用得比较合理,而且完工的时候有把握没有漏搜。

在合理范围之内,我是说。如果你多花点心思和工夫,确实可以把东西藏到除了闲得发慌的专家外没人找得到的地方。当然,如果用狗,它们可以很快就找到毒品或者爆炸物。

不过依我的判断,卢克并没有请木工来挖建上好的藏匿处:比如护壁板里,或者某个橱柜的假背板后面。他的冷冻柜里有三大瓶药,糖罐的糖底下是一大塑料袋的干草药,我看他八成还是采取了传统方法。大部分人都是这样。

我花了半小时解决,完工时,我可以发誓这间公寓既没有公文包也没有数量可观的棒球卡。那半个小时里我一声不吭,多尔几次试图和我说话,我没理,于是她也就安静下来了。等我终于放弃,耷拉着肩膀认输时,我发现她正以一种近乎惊诧的表情瞪着我。我问她是怎么回事。

"你以前干过。"她说。

"什么意思?"

"我是说我叹为观止,你显然是个高手。你以为我是什么意思?"

我耸耸肩。"我不知道我该怎么想,"我说,"太让人沮丧了。最理想的偷窃是你对要找什么、东西放在哪里都一清二楚。进去的时候它就等在那里,你只要拿了离开就行。"

"我原以为这次就是这样。"

"我知道。我也一样。其次理想的偷窃是:你进门时没带任何期望,不管找到什么都像发现新大陆一样惊喜。不过这次可是最糟糕的那种,因为……呃,不对,这话不对是吧?最糟糕的是被逮个正着。"

"这话说不得,伯尼!"

"倒数第二糟糕的,"我说,"是你想找某个特定的东西可就是遍寻不着,而且就算真找到别的什么你也会因为希望落空而高兴不起来。这个,拿去。"

"这是什么?"

"一百二十美元,"我说,"他在冰箱的空果酱罐里塞了钱,这里是一半。另外还有零钱,不过我没碰。来吧,拿着。咱们是同伙,记得吗?"

"拿了好像挺奇怪的。"

"不拿感觉挺笨的。我看我们这会儿也该离开这鬼地方了。你检查过帆布袋和大袋子了对吧?还有红棕小背包?"

"我把手伸进去摸了一下。怎么了?"

"要仔细搜,"我说,"我刚才彻底检查,原因之一是我对要找什么没有十足的把握。"我拿起帆布袋,拉开长的那条拉链,两手伸进去摸索一遍。"说不定他把公文包连同卡片什么的全塞到了某个寄存柜里。说不定他把箱子交给了某个衣帽间职员,拿了寄物条后扬长而去。"

"寄物条会不会在他皮夹里?"

"有可能。"我说。我把帆布袋扔到一旁,抓起尼龙袋。"检查背包,"我对她说,"那里面跟这个蠢东西一样有很多夹层。要搜就干脆搜个彻底。"

说着我便动手检查,她也一样,结果你猜怎么样?

"伯尼,"她说着把背包扔到地板上,手里拿着什么转身朝向我,"伯尼,这是什么?"

"瞧瞧,"我说,"嗯,是棒球卡对吧?看上去都挺旧的。正面是黑白照,而且印刷很差,不过卡况不错,你说是吧?"

"伯尼——"

"是'三垒站姿!'正是咱们的英雄站在三垒。认得这个家伙吧?"

"你说哪个?"

"嗯,反正不是三垒手或者裁判。另外那个家伙,稳稳踩上三垒,手放在臀上,一脸的斗志昂扬。我从没看过他打球,不过我认识他。"我把卡翻过来,"'查莫斯芥末',闻得到芥末味吗？闻不到,不过我发誓确实有那么一点哈瓦那烟草味。"

"是马丁的烟盒。"

"毫无疑问,"我说,"这卡来自泰德·威廉姆斯特别系列。是特制品,所以值不了太多钱,不过张数很少。而且马丁拥有这张卡——至少在你的朋友卢克登门造访前是他的。"我悲伤地看着那张厚实的卡片,然后塞进前胸口袋。"这有一半是你的,"我说,"不过我看暂时最好还是保持完整为好。棒球卡原先都在这里,多尔。这就是证据。卢克偷了它们,带到这里。"我叹了口气,"然后那狗娘养的又把它们带到别处去了。"

14

"这就是了,"我说,"一九五〇年查莫斯芥末公司出的泰德·威廉姆斯系列。'很长——有的人会觉得过长——的一套卡,制造发行都限于波士顿当地。球季接近尾声,公众兴趣也跟着降低,所以后出的棒球卡市场反应冷淡,或许也反映出主角在球场上温吞的表现吧。'"我抬起头。"我猜短跑王坐了一年冷板凳,不过我不知道究竟发生了什么。不久前我才看到一本棒球记录大全。咱们可以查一查。"

"非查不可吗?"

"也不是,"我说,"能有什么区别呢?我只是想到如果要查的话挺容易,因为我们就在这里。"

当时我们在莎士比亚,这是一家距卢卡斯·桑坦格罗那间被搜得七零八落的公寓六七个路口的书店。我们沿着百老汇向北,一路走过等着挤进查巴①的周日人流,这会

---

① 查巴(Zabar's),纽约著名的美食城。

儿正在查阅一本棒球卡百科全书。此书声称自己内容完整,这我相信。这玩意儿重得像汉克·阿伦[①]的球棒。

路上遇到的每一个书报摊都提供杂志那样的运动卡价目大全,不过全都限制在一九四八年以后由名气较大的全国性制造商发行的系列。我们的卡符合这个时间段,不过由于太过地域性而且罕为人知,所以杂志没拨空间给它。雷·基希曼在我店里找到的书或许列出了查莫斯系列,不过雷跟那个扑克脸的乡巴佬助理检察官已经把书没收了。

没收也好,反正已经过时了。而且我可不想再往店里跑一趟。弄不好会再喂一次猫。

"咱们的卡在这儿,"我说,"'三垒站姿!'三十四号,卡况还不错就好。"

"值多少?"

"一百二,如果状况为NM的话。VG只值三十块。NM代表Near Mint(几乎全新),VG代表Very Good(很好)。"

"咱们这张呢?"

"我看是几乎全新。我不知道他们怎么给这些玩意儿分级,不过我是这样分的。"

"其实说白了,"她说,"谁在乎呢?我们今天一阵忙活,就得了一张标价三十到一百二的纸卡片。如果咱们想

[①] 汉克·阿伦(Hank Aaron, 1934—),美国棒球运动员,绰号"铁槌",是全垒打与击球跑垒得分纪录的保持者。

卖呢？能有多少进账？"

"哦，这个我不清楚，多尔。"

"二十块？"

"二十块肯定可以赚到。"

"五十呢？"

"可能不行。按理说价值比这还高，可是交易商看到它可不会惊出一身冷汗。这只不过是大多数收藏家没兴趣的系列卡里头的一张罢了。如果我们把卡带到波士顿——"

"哦，这不错，"她说，"咱们这就搭公交车跑到波士顿，火速卖掉这张该死的棒球卡赚上五十块。"

"我可没说要去，只是假设。"

"我知道。抱歉，我发脾气了。咱们出去好吗？趁他们还没逮住你说你偷东西前把书放回去吧。"

真不知道她是怎么想的。"这书我要买下。"我说。

"天哪，为什么？"

"大概是因为我口袋里的钱烧得慌。你知道，卢克那个空果酱罐里的两百四我分到一半。总之，我喜欢书。而且这本能给我带来回忆。我小时候收集过棒球卡，我跟你提过吗？"

"嗯，"她说，"提过。"

* * *

我们一路走到她的住处。

我有没有说过这是美丽的一天？完美的九月午后，我们漫步经过中央公园。我们穿过中央公园西边大道走进公园时，景色从诺曼·梅勒——或者是诺曼·贝兹——变成了诺曼·洛克维①。很多人家在草坪上铺了格子布，打开野餐篮。情侣有的手牵手漫步，有的紧贴着坐在板凳上或者不知羞地躺进彼此怀里。孩子们在蹒跚学步，小婴儿咿咿呀呀，小男孩将棍子用力扔出去再命小狗去捡。（如果你用猫来试那只是在浪费时间。）

现在，我很清楚那一切都是幻象，甚至当时我就意识到了这一点。骑自行车翘起前轮的小孩中有一半很可能是拿枪威逼其他小孩才抢到车的。平静地瞪视着不近不远处的家伙有一半是吸毒吸到没法眨眼。情侣中有几个会在天黑前杀掉对方，而其他人则会尽其所能散播疾病、增加人口。看似和谐的家庭问题重重，学步的小孩很可能是乱伦的产物，所有的狗身上都有跳蚤。

不过那幻象还是起作用了。我们信以为真，走在那些林荫小道上，然后离开小道轻快地踩上绿草地。我们不再是一对不知悔过、一味抱怨所得与所费工夫不成比例的不知悔改的罪犯。相反，我们成了一对迷人的情侣，步履轻

---

①这三个诺曼代表的风景各有特色。诺曼·梅勒的小说描写现代社会的色情与暴力；诺曼·贝兹是希区柯克电影《惊魂记》中精神分裂的男主角，影片基调诡异玄怪；画家诺曼·洛克维的画作呈现的是浪漫理想化了的美国风情。

巧，嘴里哼着歌，满心全是爱意而非违法犯罪的勾当。

我们一路走着，然后停下来坐在一张绿色长凳上。对面的另一张长凳有个披了条大围巾的老妇人正在喂几只灰色松鼠吃糖浆爆米花。我们看了一会儿。然后我便开始说话，说的什么不重要；多尔则在听，听进去没有也不重要。我不知所云地说了一阵后便伸出一条胳膊搂住她，她扭头抬眼看我。

然后我们吻起来。

我们搂在一起，屏住呼吸，直到我们必须停下吸气。我越过小径观望，发现老妇人正在盯着我们。她满脸笑意地看着我，把最后一颗糖浆爆米花丢给松鼠，朝它们或者我们咂了咂嘴，然后一摇一摆地走开。"哦，伯尼。"多尔说。

我站起来，她也开始起身，不过我用一只手按住她的肩膀。"你在这儿等着。"我说。

"你要上哪儿去？"

"马上回来，等我。"

"嗯，好的。"她说。

仿佛有神明指引，我沿着小径绕过第一个转弯口，走了不到五十码，便遇上一对年轻的亚洲夫妻和他们的两个孩子。他们刚吃完野餐把东西搁进草编篮收拾好——除了那条餐毯。男人和女人正在合力甩动毯子，准备叠起来。孩子们在盯着看，一脸的好奇和讶异。

"好棒的毯子,"我对年轻的父母说,"我出五十块买了。"

我把毯子披上肩膀离开时,可以听到小女孩在问,这人干吗拿走他们的毯子。"这人中奖了。"她哥哥说道。"查尔斯!"他们的母亲呵斥了一声,"你听到他说什么没?他是从哪儿学来这种事的?""是啊,哪儿呢?"查尔斯说,我走到了听不到他们谈话的地方。

多尔还在那里。"毯子,"我进入视线时她说道,"伯尼,你真是个天才。"

然后她便起身揽住我的手臂,我们一起上前把毯子铺在树下。

我们离开十九街和第五大道交会口的公园,抛下诺曼·洛克维的世界走向诺曼·施瓦兹科普夫的——或者可能是诺曼·李尔①的世界。我的莎士比亚书店购物袋里还装着棒球卡百科全书,多尔也还捧着她从桑坦格罗的公寓抢救出来的衣物,不过我们把餐毯留给了以后会需要的人士。此刻我们虽已回到城市现实,但仍保有田园景致所赐的光环。因此过街时我们才会手牵着手——去公园之前我们可没来这套。

①诺曼·施瓦兹科普夫是二次大战时一位美国将领;诺曼·李尔于二十世纪七〇年代带头开始写作讨论暴力及种族和性别歧视的电视剧,因而声名大噪。

我们在第二大道一家意大利餐馆前停下。他们在人行道上摆出几张桌子,我们在其中一张前坐着,喝着咖啡、合吃一个乳酪火腿三明治。三明治是多尔推荐的,因为馆子是她挑的。我们现在是在她的地盘,离她的公寓只有几个路口。

账单送来时她一把抢去。"不许争,"她说,"毯子是你付的钱。"

"那是我花过最值的五十块。"

"你真好,伯尼。"

"你也不坏。"

"真希望……"

她让这个念头不了了之。"如果愿望是马的话,"我说,"贼就会骑上去①。只可惜它们不是,所以我们不骑。今天下午是天赐的礼物,多尔。"

"我知道。"

她住的七十八街的楼房是幢意大利式的棕石建筑,与其说在第二大道附近还不如说离第一大道更近些。她走向台阶时说:"到了。要不要上来坐一会儿?里面很乱,不过如果你受得了的话,我也可以。"

走到门廊处,她在皮包里摸索着找钥匙,我看了一眼那一排门铃。5R门铃边有个小牌子,上面写着G. 库珀。

---

①美国有句俗话说,如果愿望是马,猪就会骑上去。意思是说许愿和达成愿望是两回事,要不然猪都可以骑马四处游逛而不用自己走路了。

多尔把钥匙插进锁孔,一边问我想不想掏出工具展示一下本领。

"我连工具都用不着,"我说,"这玩意儿拿根冰棒棍就可以打开。"我从皮夹里掏出一张塑料日历卡——是一个名叫迈克尔·古德肖的人送我的新年礼物,他活在我终将从他手里买下寿险的美梦当中。这个塑料卡比大多数信用卡更有弹性,而且就算弄坏了也无妨。

不过我没弄坏。我开门的速度至少跟多尔用钥匙开锁一样快。"太马虎了,"我说,"这门锁牢是牢,不过得装上钢条才真管用,否则连三岁小孩都能刷卡进来。随便哪个锁匠都能帮你装。不用费事找房东。自己雇个人就行。"

如果你住在五层的无电梯公寓,那么你会习惯走楼梯。不过我不住五楼也没这习惯,而且今天可是从早忙到晚。在楼梯转角处我没停下喘口气——虽然很想。

她家的门装了三道锁,其中一把是狐狸牌警察锁。看来够安全,可我们俩都没心情测试。她将三道锁全打开,让我进屋。里面有两个房间,其中一间是厨房兼餐厅,放着一张锡板桌和两把藤椅,另一间是英国人称之为坐床室[①]的地方,我想意思是指或坐或卧都行,随你喜欢。我觉得应该是想干什么就干什么,包括甩猫[②],只不过会缩手缩脚。

"坐,"她说,"我来煮咖啡。还是你想喝杯酒?"

---

①原文为"bed-sitter",指兼做起居室和卧室的房间。
②英语中常用"room to swing a cat"来形容空间狭小。

我告诉她这主意不错。今天该偷的东西我已经偷了,喝点酒又有何妨?她从厨房捧来两杯红色的液体,一杯递给我。"干杯,"我说,"我看小精灵登门造访过。希望他们上我的公寓去了。"

"你说什么?"

"你说你的住处乱七八糟。依我看来,好像精灵进来打扫过一样。"

"哦,"她说,"呃,其实这儿再乱也只是这样。我习惯整洁。"

"早先我就注意到了,"我说,"在西端大道那儿。"

"那是我故意想把那里弄乱的,"她说,"他拿走马丁的卡让我很生气。"

"我们出门的时候你更生气。"

"我知道。真该把他的药和毒品都冲进马桶。"

"一不做二不休,干脆在墙上乱画一气不是更痛快?或者放火把床烧掉岂不更好?"

"哟,我怎么没想到呢。"她说。

她打开电视,我们肩并肩坐在小床上看起来。(也许英国人把这称为坐床室的原因就在于此,床在那里,而且你就坐在上头。)我们看了《六十分钟》的结尾,然后转到一个公共电视频道看了一部由约翰·嘉德纳的间谍小说改编的英国迷你剧集。里面的人物全穿着虫蛀过的毛衣开衫住在坐床室里,让你知道英美文化的差别。

剧集终于结束了,然后她又换台。电视上面带着招牌微笑的女主播正说着"上西区裸尸身份认定。十一点播报"时,她正走到厨房去拿酒。

多尔捧着酒回来问道:"刚才说什么?提到什么裸尸吗?"

"上空酒吧无头尸,"我引用众人热爱的邮报头条说道,"十一点要播。现在几点,九点吗?"我看看我的表。"十点?已经十点了吗?"

"我的表是这么说的。"

"难道刚才那个节目演了两个小时?我还以为那个小时过得特别长呢。哦,见鬼。"

"怎么了?"

"我迟到了。见鬼。"

"什么事迟到?"

"我在下东区有个诗歌朗诵会,"我说,"十点开始。"

"听起来不像胡编的借口,"她说,"谁也不会这样编。别忘了你的书。"

"哦,对。谢谢。"

"不客气。对了伯尼,我今天玩得很高兴。"

"我也是,多尔。"

她伸出一只手,捏了捏我的手。我们之中的一个人本可以说点什么的。可谁都没有。

我起身离开,抵达四楼楼梯转角时听到她的门砰的一声关上了。

15

在很短的一段时间里，曾经有过第二大道地铁站。二十世纪七十年代时他们挖了好几英里，后来经费用光，便扔下不管了，直到大部分零售商都关门大吉。然后他们便把所有挖开的壕沟填满，回家了，还是搭出租车走的。

我就是这样进城的。如果有地铁就又快又省钱，不过这样我就没机会告诉哈什马·土克提如何找到路德罗街了——虽然我也不确定这条街在哪儿。他新近才从塔吉克斯坦来到这里，这位哈什马·土克提看到什么都会咧嘴笑，仿佛他还没法相信自己有这好运气。"我是塔吉克斯坦人，"他告诉我，"估计你把我当成乌兹别克人了。"

"这不可能。"

"你知道我的国家？"

"我可以从地图上认出来。形状像兔子。"

这话说得也许不恰当，不过千真万确。"我们的民族自尊心强，"他咧开嘴愤怒地冷笑起来，"很强。"他说着狠狠踩下油门，我们飞过八个或十个路口，然后遇上了红灯，他又以同样的方式猛地踩了刹车，然后忽然转身朝我咧嘴一笑。"告诉我，"他说，"兔子是什么？"

"一种有伟大力量和智慧的动物。"

"哦。"他说。

我知道路德罗街和德兰西路交会，所以路德罗应该是南北向。因此我想那条街或许是止于或者起自运河路，然后起自或者止于休斯敦街，不过我不是很确定——

你不必知道这些。我们沿着第二大道开上休斯敦街，找到路德罗后沿途爬行，直到我看见双轮诗咖啡店——小小的一个昏暗的店面，塞在一幢烧毁的楼房和一片空地中间。哈什马·土克提看着这幅景象笑了。

"跟我们的城市一样，"他说，"跟杜尚别①一样。"

"真的吗？"

"现在那儿在打仗。楼房被烧，窗户破裂。我们的民族自尊心强。"

"听说过。"

"伟大的斗士，"他露出了牙齿，"跟兔子一样会斗。"

也许你还记得，所谓双轮诗，就是一种老派的法国

---

① 杜尚别（Dushanbe），塔吉克斯坦首都。

诗,由两行诗句轮流结束所有诗节,并在最后一段诗节共同负责收尾。(一定还有个更好的方法解释,不过那显然超越了我的能力。)狄兰·托马斯[①]写过几首双轮诗,包括《不要踏入静谧的良夜》。近期玛莉莲·海克也巧妙运用过这种形式。

那天晚上我在这家以诗体为名的咖啡店没听到双轮诗或者算得上传统诗作的东西。有些意象咄咄逼人——"我将在你的嘴上涂抹经血!"有些押韵得如雷贯耳——"母亲,你的卵巢实在不敌包法利夫人的。"而且偶尔会听到依稀耳熟的字句——"我恨你有多少?他妈的待我细细数来……"

房间又小又暗。墙壁和天花板都是黑色的,唯一的照明是由竖在空猫食罐里的黑色蜡烛提供的。里面没几个人,我轻而易举就找到了耐心女士,在她旁边的位子坐下。

我不知道我们在那儿待了多久。我看过几次表。如果光线好些,我有可能伸手掏出皮夹,瞧瞧我的记事本。有几个诗人以刻意平板的单调声音朗诵作品。其他的则抑扬顿挫非常戏剧化。有个前额很高、直发披肩的家伙唱了几首诗,一边弹着吉他伴奏。他只会几种和弦,不过话说回来,他也只用上两首曲子——《得州黄玫瑰》和《佛蒙特月光》。

[①] 狄兰·托马斯 (Dylan Thomas, 1914—1953),威尔士诗人、作家。

天下没有不散的筵席。负责会程的女人终于宣布今晚的节目结束,不过欢迎有兴致的人留下参加非正式的讨论会。听到这里,我的心猛地往下一沉,不过耐心女士已经起身,所以我就跟着她往外走到街上。

我们才踏出双轮诗咖啡店的门口就有辆空出租车开来。天知道他在那里干什么。照我看他是迷了路。我伸出一只手指点迷津,然后我们便上了车由耐心女士说出她的地址。

她住在公园路和麦迪逊大道之间的第二十五街,在一家二手缝纫机店的楼上。我们一路无话。感觉她遥远而漠然。在她的公寓里,她泡了壶药草茶然后倒满两杯。尝起来像是能治百病。

"抱歉,伯尼,"她站在窗边往外瞪着一面空白的墙,说,"谢谢你去捧场,可是我实在不该大老远把你拖去的。糟糕透顶,是吧?"

"没那么糟。我原以为你要读诗的。"

"没那个心情。在那个房间读诗感觉不对。"

"嗯,黑色蜡烛。"

"说来有意思,我一直认为黑蜡烛是烧黑火焰的。不过当然不是这样。"

"嗯。"

"那些诗很恐怖,对吧?"

"嗯——"

"不过颇有疗效,"她说,"他们能把所有的感情表达出来,挺难得的。上台表演是疗程的关键。这样他们还真得勉为其难地敞开心扉。经过这样一晚,有些人可会脱胎换骨。"

"这我相信。"

"不过诗作本身,"她说,"实在让人听得想哭。"

"也不都那么糟糕。弹吉他的那个人——"

"那些诗不全是他写的。好几首是艾米莉·迪金森①的。她的诗几乎每一首都可以配着《得州黄玫瑰》的调子唱。而随便哪首日本俳句都可以和着《佛蒙特月光》唱。"

"真的吗?"

"当然。'俳句真无聊,浮夸胡乱编,塞进垃圾桶。'你也来试试,伯尼。"

"'日本人干吗,自认在写诗,只是打拍子。'"

"就这意思。没什么了不起,真的。'浮夸与情境,草原狗菜花,佛蒙特月光。'"

"这首我还挺喜欢的,佩辛丝。'草原狗菜花。'"

"不知道,"她说,"也许我该写下来。"

---

① 艾米莉·迪金森(Emily Dickinson, 1830—1886),美国诗人。生前只发表过十首诗,默默无闻。死后近七十年开始受到文学界的关注,被现代派诗人视为先驱。与同时代的惠特曼一同被奉为美国最伟大的诗人。

*　*　*

我搭出租车从佩辛丝的公寓回家。到家门口时,我听到电话铃在响,可是一进门就没了。我挂好外套。早先在双轮诗咖啡店时我已经解下领带,在那儿就算不打领带我都觉得自己的穿着过于正式。我从口袋里掏出领带皱起眉头瞪着它,心想不知道褶皱能不能变平。我挂好领带给它一个机会,然后电话铃再次响起。

是多尔。"感谢上帝。我一直在打。"

"怎么了?"

"你一定没看《十一点播报》。"

"没有。"

"打开电视。你能看到四台吧?快打开,就现在,我等着。"

"哪个台?CNN?头条新闻?"

"一频道。你知道,全天候地方新闻频道。打开。"

"别挂断。"我说。

首先我看着展现职业性同情的记者访问布朗克斯区波士顿路上一家出租公寓失火后的生还者。然后镜头切到一名肤色较淡的黑人女子,她站在一幢颇为眼熟的建筑前面,正在报道说,经匿名人士通报,警方在上西区一间豪华公寓发现的裸尸业已指认出是卢卡斯·桑坦格罗,三十四岁,住在西四十六街四一一号。据大楼邻居指称,死者为待业演员,和住在该公寓的屋主哈伦·纽金特夫妇并无任何关系——更何况这对夫妇目前还不在国内。

"死亡看来是单发子弹射杀的结果,"她说,"不过是否自杀目前还无法确定。我预感另有内情,查克。"

"谢了,诺玛,现在我们来看明天的天气——"

我关掉电视走回电话。"哇。"我说。

"咱们到那儿的时候,"她说,"他们八成已经把他装到尸袋里拖走了。"

"你确定?"

"难道你不记得那位老太太问走廊都是警察在搞什么吗?你记得她说了什么吗?"

"她说什么有个女人杀了她丈夫。"

"所以是她搞错了。当时他们还没认出尸体的身份。"

"他们给的地址——"

"四十六街偏西一个偏远的地方,是出租楼房。几年前他刚搬到纽约时在那儿待了几个星期。西端大道的公寓从来就没有登记在他名下,是他跟签订长年固定租约的二房东承租来的。所以他才有办法住在那种地方。伯尼,我们该怎么办?"

"你要干什么我不知道,"我说,"我打算睡觉。我本想先冲个澡,不过我看还是明天早上再说。"

"可是——"

"你心绪大乱,"我说,"因为他是你男朋友。可我从来没见过这个家伙。"

"他的公寓里到处都是我的指纹。"

"你刚说了那间公寓登记在别人名下。也许警察根本不会找上门。"

"会的,"她说,"他们会在出租楼房找到人谈,然后发现他其实已经不住那里,然后他们会打电话到演员公会的办公室要到正确地址。妈的,其实他们一查电话簿就知道了。卢卡斯·桑坦格罗,西端大道三〇四号。警察都该想得到。"

这点我可没那么肯定,不过现在不想谈。我告诉她,如果有人通报说她跟死者是男女朋友的关系的话,她有可能被牵扯进去。果真如此,她只要告诉他们真相的简化版即可。"你跟他没那么熟,"我说,"他是跟你交往的众多男子之一——"

"天哪,听起来我像是个荡妇。"

"——而且你最近跟他分了手,一个星期前见了最后一面。就算你在他公寓留下指纹,那又怎么样?他们根本不会清查他的公寓,他们有可能判断是自杀。"

"他为什么会自杀?"

"谁都会自杀,原因我不知道,"我说,"只是好像整天都有人来这招。也许只是他刚好觉得活下去不是个办法。"

"是啊,他公文包里有价值五十万的棒球卡,所以才沮丧地一枪把自己送上西天。他从哪儿拿的枪?"

"也许他本来就有。"

"今天下午你在他公寓搜了个遍,"她说,"看到枪了吗?"

"没有,"我说,"不过话说回来,你总不能寄望他在楼上9G举枪自杀以后还能把枪放回他收袜子的抽屉里吧。"

"这我倒没想到。"她柔声说道。

"是啊,因为你心绪太乱,没办法想清楚。我心绪不乱,不过我可真是累坏了。今天太漫长了。"

"从我在你书店跟你碰头已经差不多过了十二小时了。"

"而且当时我已经工作了半天。我是十点左右开门的。"

"那你是几点起床的,八点吗?"

"差不多。"

"也该让你上床睡觉了,"她说,"我想我只是希望你跟我保证没什么好担心的。"

"就这个?那简单。没什么好担心的,多尔。你也睡去吧。明早再谈。"

我脱了衣服,决定还是应该冲个澡——虽然现在已是深夜,而且我已经忙碌了一天。之后我穿上浴袍,开始查看我的外套口袋里的"三垒站姿!"。卡片背面列出了所有泰德·威廉姆斯一九四九年以及那之前打过的三垒安打,细数各是哪年击出的,是芬威公园还是巡回比赛的战绩。不过上面没有指出哪几个是卡片正面那种三垒站姿,哪几个是滑垒成功。

见鬼,我想着。好奇的脑袋想知道……

我叹了口气,拿出梯凳站上去,拧开衣柜内板上的小螺丝钉,露出里面的夹层。我是可以把我的工具探针放进这个秘密隔间窝藏好,不过我决定不这样做。近来我已经习惯随身携带工具了。不带在身上我会觉得赤身裸体,总之我决定未来一小段时间内还是要继续为它们提供口袋空间。

我也可以把哈伦·纽金特的八千三百五十美元拿出来。钱还在星期五早上我放的地方。我迟早会把这笔钱移到卡洛琳的窝藏处,以防哪天她得再次保我出狱。不过这事可以等等。

于是我拿出哈特曼店最棒的腰带专用皮做的棕色公文包——转角处有铜固定。箱子完美地展示了铜的魅力,包括一对搭扣,上面各有三位对号锁。

我提着箱子走进客厅在沙发上坐下。行李锁的作用总体来说都是展示大于安全。只要你的力气足够扯掉百事可乐的瓶盖圈,就能抡起铁锤把锁敲掉,或者拎把螺丝起子扳开锁。温和一些的人可以直接对号开锁。说来毕竟也只有一千种可能，而这又花得了多长时间呢？不过确实很单调，你得先从0-0-0和0-0-1和0-0-2开始，不过只要你入了门，其实也没什么难的。如果你稳稳当当地以蜗牛的速度每五秒组合一组，一分钟就有十二组，十分钟一百二十组，然后——只需要多久？一个半小时吧，你就可以到达9-9-9了。

由于这种锁的机械构造很简单，要撬也不难，我现在便是这样做的。完工以后，我把两道锁的号码重新设成4-2-2，也就是我小时候家里的门牌号码（从前的从前，我的棒球卡便放在那里）。现在我打开了锁，为的是把"三垒站姿！"和它的同伴搁在一起。

我知道，我知道。这会儿你们正在纳闷公文包到底是从哪儿来的。多尔和我下午不是刚花了不少时间徒劳无功地找它吗？

唉，虽然要我承认有些痛苦，不过刚才我的确没有向各位坦诚相告。我这一天开始得其实比诸位——还有多尔·库珀——误以为的时间要早一点点。要知道，我讲述的时候漏掉了几件事……

16

我正在某个地方——天知道是哪里——撬锁。如果我是伊拉克人,我有可能已经请来了众锁之母,因为每当看似已经把锁打开,却又会在更里面一层发现一道更精密的机械装置。终于,最后一套锁针倒下,让我得以进入并非房子或者公寓而是门锁本身的内在圣地。我已大功告成,我已攻入锁内,而且我可以在它迷宫式的、从未有人类造访过的众多厢房之中四处漫游,而且——

防盗警铃响起。声音非常大,尖锐刺耳。键板在哪里?组合数字是多少?我该如何出去?

我翻身坐起来,眨眨眼,怒视着闹钟。没有键板等着我去对付,没有组合数字需要输入。只有一个按钮需要按,于是我按上去,可怕的铃声止住了。

不过它的任务已经完成。我醒来了,而且无望再回到梦中那诱人的机械装置中。类似这样的梦你可以等上一辈子,然后等它终于降临时,啪嗒一声,你就像被一个想在一小时内赶到高尔夫球场的产科医生揪出母体一样。如果我把头再次安放枕上,如果我能在脑中继续思考锁的事——

没用。

清晨六点,正是我周日开始工作的时间。我穿上运动衫和尼龙跑步短裤,套上短袜,伸手拿起我的索康尼跑鞋,然后把它搁在一旁,从衣柜抽出一双老旧的新百伦450[①]。这双鞋我后来一直没穿,因为觉得它破破烂烂的,不过论舒服可是没话说。

我往腰包里塞了几样东西,又找到一条毛巾头带系着,再拾掇起一条蓝白相间的格子手巾塞在腰包的腰带上。然后我出了公寓,把门锁上,钥匙放进腰包再拉上拉链。

外面的天空逐渐明亮起来,不过我的心情并没有。上路时我脚步轻快,不过这已经是上限。要是有谁想移动得比这还快,就干脆坐出租车吧。

到了七十二街,我强迫自己左转,走向河边公园路和哈得孙河的交叉口。接着我又走了二三十码,然后迈开步

[①] 新百伦(New Balance),美国著名的运动鞋品牌。一九○六年在美国马拉松之城波士顿成立,现已成为众多成功企业家和政治领袖爱用的品牌,在美国及许多国家被誉为"总统慢跑鞋""慢跑鞋之王"。

子开始小跑。

又来了,我告诉自己。你在跑步。笨蛋,你在跑步!

不过没跑多久。大约跑了半个街区,我又换回到原先的轻快步伐。踏上公园路的柏油路面时我又小跑起来,不过最后五十码的距离是走的。

一个健康而且还算活泼的年轻男子能让自己的身体堕落到何种程度,说来还真是超乎想象。而他的脑袋可以同时容纳两种水火不容的想法更是叫人大开眼界。就在我绕着公园气喘吁吁地跑着时,讶异地想到我曾经自虐到每天都会来这样一遍毫无意义又可怕至极的仪式。而且,就在这么想着的时候,我有一部分脑细胞竟然盘算起何不重操旧业回到那种可怕的循环里。我真的在对自己说:只是每天轻轻松松地跑上两三英里。比如说,一个星期三次吧。只要活动到冒汗,保持血液循环,加强心血管活力之类的程度。这又有什么不好呢?

汗珠凝结在我的眉毛上、积聚在我的腋下、弄湿了我运动衫的前襟。不过,目的恰恰在此,不是吗?我卷起袖子加入这场闹剧,完全是为了要流出大滴的汗珠,但并没有打算把自己逼上冠状动脉阻塞之类的结局。这会儿我可以降低一个层次,换回到原先的轻快步伐,等到最后那段——

"嗨，伯尼！真想不到，嗯？"

"沃利。"我说。

"今天是我的每周长跑日，"他说，"我看从这儿跑到克洛斯特再跑回来应该能凑得上半个马拉松。而且回来的路大半都是下坡。"

"轻而易举。"

"就是这样。说来我真想跑两个来回哪，跑全整整二十六英里路。不过这样有可能过早达到巅峰状态，太冒险了。"

"你没这打算。"

"马拉松在十一月的第一个星期天开始，当然不行。你说你明年会参加吗，伯尼？你办得到的，你知道。只要每个星期加长一点距离，很快二十六英里对你来说就像在公园散步一样简单。伯尼，你在走呢，怎么回事？"

"没事。"

"你为什么突然不跑了？"

"为马拉松作准备啊，"我说，"你说就和在公园散步一样容易，我这会儿就是这样做的啊——在公园散步。"

"脚步加快点，"他催促道，"咱们轻轻松松地顺风跑到八十一街。然后你就可以走路回家。听起来怎么样？"

听来糟透了。"太棒了，"我向他保证，"不过我不想过早到达巅峰状态。"

我想他是听出了这话内涵的智慧。他起步离开，劲头十足地朝上城跑去,而我则顺着路走出公园,回头往七十二街和西端大道走去。我走得并不轻快,不过体内控制流汗的部分稍后才会收到信息。汗水还在哗哗地流,我的短裤和运动衫都湿透了。

很好。

也许,我想,也许我可以完全避开跑步这档子事。也许我可以在更衣前先把衣物丢进水槽泡个湿透就行。之后我只要往自己头上浇杯水就成了几乎可以乱真的完美杰作。

唉,算了。

到了西端大道我往北转去,接着往南,然后又慢跑起来。终点遥遥在望还真能刺激我衰老的肾上腺素,最后那段我不知不觉地加快了速度。抵达三〇四号的门口时,我的心脏怦怦直跳,嘴里呼呼地喘着粗气,一边还用蓝色毛巾一个劲地擦脸。

我气喘吁吁地经过门卫钻进电梯。

卢卡斯·桑坦格罗的门没有造成多少问题。只有一把锁,我轻而易举地把它撬开。不过他锁了两道,所以如果想刷卡进入的话我跟多尔一样无能为力。

进到里面,我迅速查看一遍,确定我没和任何人——不论是死是活——共用这块领地。这个过程比星期四晚上在9G时简单。7B不同于9G，它是个不那么高级的单室公寓。只有一间浴室，而且没有哪个人粗心大意到把门锁上，更别提死在里面了。等我确定上述事实后便回到客厅，戴上先前塞进腰包的手套。

然后便开始工作。

离开卢克的公寓时，我身穿西装。他的衣橱里头只有一套——炭色细纹三钮西装，翻领一看即知是买自——或者就我对卢克的了解看来，是偷自——布克兄弟商店。卢克和我身材差不多，不过裤臀裤腰稍嫌紧些，外套两肩稍嫌大些。

也许我恢复一星期跑步三次的话，我想着，而且在不跑步的日子进行举重训练，锻炼上半身——

我找到一件合身的衬衫，新近烫好的。他忘了告诉他们"不要浆洗"。他有半打领带挂在一根钉子上，我不知道这些东西他是打哪儿偷来的，而且干吗如此费事。我选了一条红黑条纹的。

他的鞋子我穿着太小，不过我最恨跑鞋配西装——虽然沃利·亨普希尔对此好像很满意。他衣柜里的三双鞋我全试穿过，最终决定黑色廉价便鞋应该是其中最舒服的一双，只希望我不需要穿太久。

他的公文包在床下，和其他行李放在一起。公文包是唯一上了锁的，也是唯一看似装了东西的。我撬锁打开箱子，即使不能说大吃一惊至少也是心满意足，因为里面满是棒球卡。我原想或许可以往里塞进我的运动鞋和跑步装备，只是找不到半点空间。

盖上公文包之前，我挑了一张棒球卡，为它在红棕色背包的口袋里找到暂时的家。我在公寓里迅速查看了一遍，没有逗留多久。我的工具放在外套的一个口袋里，便于随时抽取，离开公寓之前我还脱下塑胶手套塞进另一只口袋。我一手提着公文包，把帆布袋搭在肩上。袋子里装着我的运动鞋、跑步衣和腰包，袋子上标有"善变沃姆巴"的字样，那是新墨西哥州土姆克卡里的一家礼品商店。

走廊里有位房客——那个女人在等电梯——不过即使她转向我这边，也只能看到正在锁门的男人。门不是我家的，我也没用钥匙，不过她无从得知。我完事之前，电梯已经把她带走了。之后我从前胸口袋掏出一条丝帕，将门把上的指纹抹干净，最后走向走廊一扇通往楼梯的门。

我上了两阶楼梯来到九楼，确定走廊空无一人后，走到了纽金特夫妇家的门口。刚才进卢克家时我没按门铃，这次我将按钮长按不放，不管是谁在里面，都有充裕的时间穿上袍子走到门边。没人过来，于是我便径自入内。这次我没费事让自己的眼睛适应黑暗。我收好工具，戴上手套，打开一盏灯。

这套公寓自我上次造访以来的五十个小时里没有什么改变。我环顾四周,然后直接走向客房。画架上的小丑看起来和原先一样沮丧,这我不怪他。

浴室的门仍旧锁着。我敲敲门,再敲敲紧临的墙壁。我轻拍开关板,摆弄了一下开关——那个客房或者浴室的灯都开不了的开关。

我从口袋里抽出工具环,选了恰当的一把,将固定着开关板的两颗螺丝拧开。我拎起板子搁在一旁。这玩意儿只是道具,后头的墙内根本没有开关盒。开关本身就附在板上,跟着板子脱开,露出约四英寸高三英寸宽的长方形开口。我伸手进去轻拍这小隔间的后壁,手指沿着表面摸去。我戴了手套,所以花了比光着手去摸还要久的时间才辨别出我碰触的是一片瓷砖没上釉的那面。

这玩意儿是干吗用的?隐藏处?不太可能,因为开口处的内里没有隔板。不管藏什么东西进去,都会落到墙底拿不出来。

我向瓷砖稍稍施压。顶端有铰链拴住,我一按便往后退去,有一股浴缸里死人的味道。浴室的门很严实,封住了里面的气味,可我推开瓷砖时打破了封条,两天的腐化已经把他烘得熟透。我鼓足勇气,远远地把手伸出去,打开门锁。

我逼着自己进去,拉开浴帘看看那个人,只是为了加强一下记忆。他跟我原先印象中的差不多,只是更刺鼻了。我还是看不出浴缸里有没有枪,而且我也还是没心情移动他的身体看分明。我将浴室门开着,走向主卧室,在那儿待了一会儿。接着我回到浴室,拉住门来回摇晃,目的不在于通风,而是要让那气味漫进公寓其他地方。没人愿意花大量时间来做这种事——我也不愿意。很快我便离开浴室,关好门,一手穿过秘密通道把门锁上。

我抽出手臂,将铰链拴着的瓷砖移回原位,再把道具开关板装回去,拧好螺丝钉。然后我再次走进主卧室,把我两个晚上以前小心翼翼归回原位的各种手表珠宝全掏出来。这次我将东西全部放进公文包。接着,我从哈伦·纽金特的衣柜里挑出一双擦得锃亮的鞋子——艾伦艾曼的黑色工作鞋。这双鞋穿在脚上比卢克的廉价便鞋——其实早先进入纽金特公寓后没多久我已经踢掉它们了——要舒服得多,而且也跟西装比较配。我把便鞋放进衣柜里鞋架上先前放工作鞋的位置。

我关上所有的灯,然后踏上甬道,锁好门,回家。

我淋浴、刮脸、洗干净运动服,然后穿上另一套衣服,这次穿的是我自己的。我穿上蓝色外套和灰色长裤,把卢克所有的衣物和哈伦·纽金特的鞋子全部塞进两个塑料购物袋。其实完全可以把它们全挂在我的衣柜里,不过何必冒险呢?衬衫有洗衣店的标志,西装也很可能附有印记。如今他们有办法做 DNA 测试，天知道会查出什么来。再说，我也不是真想再穿上这些玩意儿。西装不合身，衬衫领子的风格太惹眼，领带也惨不忍睹。皮鞋挺有诱惑力，是我这双脚有史以来套上的第一双三百美元的鞋子，说来我确实有意留下不送走。不过这双大了半号，所以要放弃其实也没什么难的。

我把公文包藏在衣柜隔板的后面，和图克姆卡里的大袋子放在一起。我把工具塞进一只口袋，手套放到另一个口袋里，系上比我从卢克住处偷来的那条更加正式的领带，然后锁上门离开。

我在七十一街上向东走，在百老汇的转角处找到一部公用电话，拨了九一一。"嗨，"我说，"是这样，我才送货到西端大道和七十四街的路口，那边有家公寓发出的味道真难闻。我当过兵，这种味道只要闻过可一辈子都忘不了。有人死在里头。看你要赌多少。"总机问我叫什么名字。"不，我不想扯进去，"我说，"非得填表写个名字的话，就写乔治吧。公寓号是 9G，乔治的第一个字母，大楼地址是西端大道三〇四号。我试了跟门卫通报，可我看他没听进去。有可能是英文程度不太好。西端大道三〇四号，9G。有人死在里头，我赌我赢了。再见。"

头一班进站开往上城的地铁是快车，我坐了一站到九十六街，穿过旋转门出去，开始走下百老汇街。我碰到的第一个乞丐是女的，第二个是大块头男人。我各给他们一美元。第三个是个跟我身材相当的男人，我把我手里的两只购物袋递给他。"这是什么？"他追问道，"喂，这是什么东西啊？"

"祝你穿了身体健康。"我告诉他，然后转身回到地铁站。

十点时我到了店里，帮拉菲兹练习捕鼠技巧。几小时后我又回到卢克的公寓，装出一副第一次出现的模样。他果酱罐里的两百四十美元我分文没动。这回我把钱带走，不过你应该还记得我和多尔对半分账。

这就叫道德。

等我回到家里，两百四十美元中我的那一半绝大部分已经没了。我花了二十块买棒球卡百科全书，五十块买毯子。接下来，随着时间的推移坐出租车买咖啡的钱也越花越多。这会儿是凌晨两点，我已经清醒了二十个钟头，那么我该一头栽在枕头上睡着了吧？没有。我还坐在沙发上看棒球卡、翻百科全书。

有些孩子永远长不大。

17

"这个组合很有趣,"卡洛琳看着她的三明治说道,"腌牛肉,火鸡还有——"

"烟熏鳕鱼。"

"还有凉拌生菜丝和俄罗斯沙拉酱,全都夹在面包卷里。很好。我看我是从来没吃过。名字跟什么人有联系吗?"

"他们称之为波厄托·科波特金,"我说,"别问我为什么。通常都配裸麦面包,不过我是想说——"

"配面包卷好多了。你的三明治呢,伯尼?"

"我喝咖啡就行了,"我说,"我跟人约了午饭,还有一小时。"

"你用不着帮我带三明治的,伯尼。其实打个电话来就行了,我可以自己去吃。不过你来了我还真高兴,因为昨天我一整天都没出门。说来有意思,可我每回在潘多拉或者胖猫酒吧耗了四五个小时以后,第二天总是惨不忍睹。"

"真是怪事。"

"唉,店里烟雾弥漫,"她说,"很多常客都抽烟,而且通风很差。"

"肯定是这个原因。"

"而且晚上在那里待久了我难免会吃块派或者一大块糖,总之是类似的甜食。你也知道,我吃了甜的东西第二天就头昏脑涨。"

"嗯。"

"所以我整天都待在家里,重看金西·米尔虹的书。是高中小孩跟他体育老师的老婆搞婚外情的那本,后来他听了她的话杀掉她丈夫。我不小心说漏嘴讲了结局,希望这本你已经看过了。"

"《T 代表同情》① 吗?刚出来我就看了。"

"你还记得金西跟女生班的体育老师打篮球的那一幕吧?"她滚动着眼珠,"她肯定是同性恋,伯尼。你昨天过得怎样?卖掉什么书没?"

"呃,说来话长。"我说。

"哦,"她说,"还真复杂不是?原先你有没有想到死

---

① 马龙·白兰度演过一部电影《茶与同情》,英文中"茶"(tea)与字母 T 同音。

者会是卢克?"

"我知道一定有什么关联,"我说,"一开始就有太多巧合。如果有具尸体只是刚巧躺在多尔·库珀提过的公寓里,我看他可不会只是顺道进去洗手的家伙。再说,他看起来很眼熟。"

"我记得你提过。"

"我本以为我可能以前在附近跟他打过照面,其实是最近才见到的,而且没隔多远。小丑就是他。"

"嗯?"

"琼·纽金特画架上的那个。多尔提到纽金特太太找她当模特儿的时候,我脑子里灵光一闪。马上就想到了小丑,可我唯一记得真切的只是他看起来很伤心。"

"如果你前额有个弹孔的话,看起来也会很伤心。"

"小丑看起来伤心,"我说,"可是除此之外,我实在想不出他的模样。打扮成那个样子,你就只看得到戏服。"

"所以你又跑回去再瞧一眼?"

"我回去是要拿棒球卡,"我说,"或者其他什么多尔希望能在卢克公寓找到的东西。"

"而你去的时候不希望有她作陪。"

"是的,我觉得一人正好,两人太挤。从卢克的住处到纽金特公寓可是容易至极。我已经置身那幢大楼,而且也知道门锁不成问题。"

"除了浴室那个。"

"当时我还在伤脑筋,"我承认,"就因为显然不可能。我可以想出两种场景,不过都说不通。第一,他闯进公寓脱掉所有衣物把自己反锁在浴室里,两臂交叉打个结朝自己的前额开一枪,然后把枪吞掉。"

"难道不会是掉了枪又跌在上面?"

"当然,为什么不可能?或者有可能是他打开窗户,把枪塞上窗台,关好窗户,然后滑下浴缸死了。问题是,自杀无论如何都说不通——就算你能说出他用的手法。"

"于是只剩下他杀。"

"同样不可能,因为门是从里头反锁的。杀他的不管是谁,都得穿门离开浴室。"

"窗户呢?"

"窗户就更不可能了。这等于是在说有个人形苍蝇溜过那扇小小的浴室窗户,攀绳子沿着大楼的墙壁飞下——呃,我宁可相信他是开枪打死自己然后把枪吞下当点心吃了。不对,凶手是从门出去的,不过那门上了锁。"

"凶手是鬼?"

"有可能,另外一个可能是门锁暗藏玄机。我越想越觉得答案一定是这样。上次我帮拉菲兹冲马桶的时候,想到要装个宠物出入口。你知道,在门底下装个搭扣板之类的,这样就算门关着动物也可以自由进出。如果有这么个玩意儿,我就不必记着不能关上浴室门了。"

"纽金特夫妇有这种玩意儿吗?"

"没有。"

"因为我没法相信杀他的是猫,伯尼。凡事总得有个限度。"

"不是猫,"我说,"虽然猫和狗的确有可能把枪移开,把自杀弄得看起来像他杀。不过他们没养任何宠物,而且就算养了也无关紧要,因为浴室的门没装宠物出入口。不过有个别的东西,然后我又刚巧想到电灯开关。"

"刚巧。"

"引爆点是,"我说,"我在自己的浴室啪的一声打开开关。电灯没亮。"

"因为那是道具开关?"

"不,因为灯泡烧了。"

"需要几个小偷才能把它换掉①?"

"一个就行,不过换灯泡时我想起了纽金特公寓的开关。不能打开这个或者关上那个的开关现在也不是那么稀奇。很多人重新装潢时都会换掉天花板的灯,而且开关板留着不动比补平墙洞省事多了。不过,我还是开始琢磨开关板后头暗藏着什么玄机。"

"结果你找到了墙里的洞。"

"是的。"

"而这就表示可能有人枪杀了卢卡斯·桑坦格罗,跨

---

①英文里有关换灯泡的笑话版本很多,比如说需要几个常春藤盟校的学生才能换好灯泡。答案是需要两个,一个换,一个帮忙转椅子。

出房门后将它关上,然后拧开螺丝取下开关板,伸手穿过开口把门锁上。"

"勉强可以,"我说,"如果我的胳膊再短一点的话可不行,而且要是再粗一点也穿不过去。"

"所以咱们要找的是胳膊瘦长的家伙。问题是怎么会有人不嫌麻烦地搞这招呢?我不明白。"

"我也不明白。"

"为了布置自杀现场吗?如果要设计密室自杀案,为什么不把枪留下呢?"

"啊,重点就在这里,"我说,"不管罪犯多聪明,他总会犯下那么点小差错。"

"可是——"

"的确说不通,"我表示同意,"可这又怎样?反正不关我的事。"

"真的?"

我摇摇头。"发现道具开关板的事我很高兴,因为不可能犯罪的事不解决我会坐立不安。我想知道作案手法。不过我不需要知道作案原因或者凶手是谁。"

"或者卢克在那间公寓里干什么。"

"全都不用知道。我在他身边放了几件珠宝,还随手翻了卧室几个抽屉,带走一些首饰。为的是给警察提供一个简单的答案。当初他洗劫公寓时有个同伙,同伙杀了他。虽然我不认为这就是案发真相,不过我也不在乎。"

"你不在乎?"

"眼下我要担心的事已经够多了,"我说,"比如得确保他们撤诉。另外还得想个法子保住我的店。"

"你的店,"她说,"这么多事情忙忙乱乱的,我都忘了。伯尼,你的问题已经解决了!"

"解决了?"

"你有棒球卡对不对?你只要把卡交给波顿·斯托普嘉德,跟他交换长期租约。他不是开过这个条件给你吗?"

"算是。"

"所以这会儿你才穿得如此隆重。你就要跟波顿·斯托普嘉德吃午饭去了,对吧?"

"不是,不过也差不多。"

"差不多?这话我可不懂。你要去找波顿·斯托普嘉德吗?"

"有办法的人都不会这样。"

"可是——"

"我最好赶紧走了,"我说,"我可不想让马丁久等。"

"马丁?马丁·吉尔马丁吗?"

"在他的俱乐部,"我说,"挺隆重的,不是吗?回头我会告诉你的。"

冒牌者俱乐部位于格拉梅西公园对面的一幢五层希腊

式复兴派建筑内。我走过欧文广场赶赴一点钟的午餐之约,只迟到了三分钟。我跟柜台后面那位制服职员报上姓名,他告诉我吉尔马丁先生正在休息室等我。

我走下半级铺了地毯的楼梯,走进一头是吧台另一头是台球桌的温馨镶木房。只见两人手拿球杆站在球桌旁,另有一人则瞄准桌面准备来个前途不甚光明的一杆。几个人站在吧台那边,另有八或十人三三两两地围坐在阴暗的木桌旁。这些人全都超过三十五岁,全都穿了外套打领带,而且其中之一是马丁·吉尔马丁。

说实话,要找他也没什么难的。他独自坐着,拿着一张报纸和一杯酒,而且我踏进房间时他饶有兴趣地抬眼看过来。我走向他问道:"吉尔马丁先生?"他则立起身来说:"罗登巴尔先生?"然后我们就握了手。我说很抱歉迟到了,他说完全没关系,我一点也没迟。他是个高雅的男人,身材纤细、一头银发;棕色西装,深蓝色衬衫配上有对比效果的白色领子,外加一条淡蓝色领带,看来十分赏心悦目。他穿的是工作鞋,而且跟我前一天早上从哈伦·纽金特处穿回家的那双实在很像——虽然那双是黑色。吉尔马丁这双是富有光泽的核桃棕。

"实在太抱歉了,"他说,"我跟你说了得穿西装外套,可我忘了提我们这儿保守到还规定得打领带。看得出他们逼你打上了挂在衣帽间的吓人玩意儿。"

"事实上,这是我自己的领带。"

"而且相当不错,"他彬彬有礼地说,"我们可以在这儿吃,不过楼上的餐厅比较安静而且也私密些。怎么样?"

我说很好,于是他便领我上楼,走下通往餐厅的甬道,沿途指着各种的摆设向我说明。天花板颇高,地板上铺着厚厚的地毯,家具则是由深色木头和红色皮革组合而成的。墙壁挂满肖像,一个个都镶上了繁复的框,而且几乎全是男女演员。

"仔细瞧瞧壁炉两边各挂着的一幅肖像,"他说,"虽然画框是相配的,不过画本身出自不同的画家。我看你八成认不出画中人吧?"我没认出来。"我们亲切地称他们是俱乐部的名誉创办人。左边是詹姆斯·斯图亚特,右边是他的儿子,查尔斯·斯图亚特。你也许还记得他被称为美王子查理①。"

"登上英国宝座的冒牌者②。"

"没错。詹姆斯自封为詹姆斯三世,不过史学家称他为老冒牌者,称他儿子为小冒牌者。所以说,虽然斯图亚特父子不是演员,但他们毋庸置疑有资格加入我们。其他肖像除了一个例外,全是演员圈子里的人。"

"另外那个非演员是谁?"

"其实总共四个,不过他们全在同一张画上。你进门

---

① 查尔斯·斯图亚特,詹姆斯·斯图亚特之子,英格兰王位觊觎者,通称小觊觎王位者或美王子。
② 英国史上有这种说法是因为斯图亚特父子并非嫡系传承。

时也许注意到了,就挂在衣帽间的正对面。"

"四名围站在麦克风旁的年轻黑人男子?"

"他们其实没有演过戏,"他说,"不过还是有资格当这儿的会员,因为他们全是专业的娱乐界人士。他们的艺名叫唱盘乐团,出过一首非常畅销的单曲叫作《伟大的冒牌者》。"他微微一笑,把餐巾抖了抖铺在腿上。"那么,"他说,"你想点什么喝呢?也许我们该看看菜单了。"

喝酒吃开胃菜时我们一直都很有教养地聊着。服务员上了主菜之后,话便开始少了。我在想我们也许就要切入正题,可是一会儿之后他却谈起他看过的一出戏,由这个话题引领我们迈向咖啡。而现在时机已到,显然得由我起头。

"抱歉今早打到你家里,"我说,"我没有你办公室的号码。"

"我家就是办公室,"他说,"不过我的电话不止一部。这儿,我给你一张名片。"

"谢谢,"我说,"这是我的。"

"哦,"他接过去,拿在手里一翻,"兔子曼伦韦尔[①]。二十世纪三十年代中期出的钻星系列之一。我不记得他有没有跻身棒球名人堂,也不敢说我看过他打球。我的年纪

---

① 曼伦韦尔(Walter Maranville, 1891—1954),美国棒球手,因其速度和身材被人称为"兔子"。

不够大。"

"我原想你也许认得这卡。"

他点点头。"时间对它可真不留情,是吧?希望时间对兔子本人没这么残酷。这卡被折过,还撕掉了一个角,而且,嗯,看来真是一团糟,对吧?"

"几乎全新的话可以值大约两百块,"我说,"不过瞧它现在这副德行——"

"顶多五块十块——假设有人会要这么个糟糕的样本的话。"他递回卡片,深吸一口气,再呼出来,"你是怎么弄到手的?不过我想这八成是职业秘密。"

"算是吧。"

他啜了口咖啡。"现金。"他说。

"你需要现金。"

"我需要现金可又不能让人发现。我资产很多,可是没一样可以神不知鬼不觉地转换成现金。卖掉墙上的画就会留下交易记录,而且挂过画的墙面会留下痕迹。如果我卖掉房产……嗯,以现在的市场来看等于是白送,而且唯一可以出清的办法就是偿还抵押。总之我没办法弄到半点现金。而且,正如你已经指出来的,我还真是需要现金。"

"多少?"

"理想的数字——一百万。"

我在想需要一百万会是什么样的滋味。我知道有人想要一百万,不过这可是两回事。

我说:"所以就想到了你的棒球卡。"

"我收集棒球卡已经很多年了。我的职业就是买和卖,你知道的。原本我买进这些卡只是出于爱好——免得心思总挂在繁重的事务上。你信不信,棒球卡每年带给我的收益要超过股票和画?房地产就更别提了。"

"我相信。"

"不过棒球卡真正的神奇之处,"他说,"在于出手容易。你带着一盒卡片进去,出来的时候手里全是现钞。"

"就像邮票或者钱币一样。"

"应该是吧,不过我觉得卡片好像隐秘性更高一些。这点我绝对可以保证。才过几个星期,我就瞒天过海把所有的存货出得差不多干干净净了,赚了将近六十万。"他倾身向前,"我应该强调我这么做可没半点违法或者不道德没良心的成分。那些卡片原本就是我的。当初买的是我,自然也应该由我来卖。"

"而且不用让人知道。"

"而且没人知道。我的收藏原本存放在我书房一个玫瑰木的雪茄盒里。保护高级雪茄不腐不坏的香杉衬木拿来保护长方形卡纸不受虫子侵害也同样有效。我把最珍贵的卡片放进人造丝袋,其他的就散置在盒子里。"他抬起一只手,一名服务员赶忙过来帮我们添咖啡。"我通常是一次从盒里拿上二十、五十或者一百张卡。卖掉以后,我会到另一家棒球卡店买下新近的普通货来取代。要不就是换上更早期但是卡况比较差的,比如那张你带来的倒霉兔子曼伦韦尔。"

"所以雪茄盒一直是满的。"

"没错。我早上从盒里抽掉几十张,晚上又会放回同样或者更多张数进去。你也知道,时下所谓的整套卡可是包括大联盟每个球手一张卡。以前就不一定了。一九三三年的迪龙系列总共只有二十四张卡。重头卡是卢盖雷那张。价钱比其他二十三张加起来还多一点。"

"你有过那张吗?"

"有过,是VG状况的。同年出的古迪系列出了两百四十张卡,不过露脸的球员远远不到两百四十名。当红球员不只一张卡。盖雷两张,贝比·鲁斯是四张——我有其中三张,去年夏天我卖了它们,一共赚到两万八。我把贝比换成了赞恩·史密斯、凯文·麦雷诺和巴基·皮萨瑞里。"他摇摇头。"贝比·鲁斯起家是在波士顿红袜队,这你也许还记得。他是棒球界最最厉害的投手,可是你总不能四天之中有三天把贝比这样的打击手闲置在候补区,所以他们就让他打外野。后来红袜队的老板索性把他卖给纽约队。他想拿这笔钱赞助百老汇的演出。结果洋基体育馆因为鲁斯之故兴建完成,取名叫鲁斯馆,波士顿的球迷对那个该死的笨蛋老板一直耿耿于怀。不过我想我大概可以理解他当时的感觉,我自己就卖了贝比三次,把他换成赞恩·史密斯、凯文·麦雷诺和巴基·皮萨瑞里之流的人物。"

"这钱你也拿去赞助百老汇的演出了吗?"

听了这话他笑了起来。"这就像卖掉家养的母牛换来魔豆①一样,是不是?其实不是这样的,舞台对我来说代表着很多意义,不过我没当它是交易场所。我太太和我相信资助的力量,而且说来我们在支持剧院方面真是大方过了头。我们的奉献偶尔是以投资的方式进行,不过通常都没有想着回报。"

"我明白了。"

"总之我慢慢卖掉存货,"他说,"刻意把小麦换成麦糠,在我的雪茄盒里制造出类似波将金村庄②那样的东西,存了一堆没用的卡片。好东西全没了。"

"除了泰德·威廉姆斯。"

"你看到了是吧?"他眼睛发亮,"不能卖掉泰德·威廉姆斯,否则红袜队的球迷会把我吊死。"

"你留下威廉姆斯不是因为这个。"

"没错,当然。威廉姆斯卡容易识别。这个系列非常稀有,可价码低得不成比例。而且你也知道我内弟这个人。"

---
① 出自童话故事《杰克与魔豆》中的情节。
② 波将金村庄,格利高里·波将金是俄国的一个将军,一七八七年叶卡捷琳娜二世视察克里米亚时,波将金为了显示克里米亚的重要性,在荒芜的第聂伯河岸边临时搭建了一个村子。后来波将金村庄这个词就成了为媚上而弄虚作假、虚张声势的代名词。

"他是我房东。"

"而且你也应该知道他对短跑王有多热衷。要是我卖了那些卡,到头来八成收入会落到某个会跟波顿开价的交易商手里。说来棒球卡是复制品,不过我的威廉姆斯卡波顿见的次数够多,认得出模样。他至少会买下整套,拿来和我的做对比。如果我拿不出来,他就会知道我已经卖掉了。也就是说,他会知道我是被迫卖掉套现的。"

"那正是你不希望传出去的消息。"

"没错。总之留着泰德·威廉姆斯那套会比较保险,也容易些。可是其他值钱的我全卖了。而且,正如我所说,我完全有这权利。交易是秘密进行的,不过保留秘密并不违法。"

"然后呢?"

"然后我半夜三更接到一个电话,"他说,"当晚我和我内弟在一起,那真是让人筋疲力尽——"

"可以想象。"

"然后你打电话过来,时间很晚、我又累,不知怎么我就直接跑到书房掀起了我的雪茄盒盖子。发现棒球卡全都不见了踪影。"

"不对。"我说。

"我没到我书房吗?我没打开雪茄盒?棒球卡没有不见?"

"你早就知道它们不见了,"我说,"就算我打的那个电话把你吓着了,让你忽然觉得家里遭了贼。深夜接到无聊电话会有这种反应挺奇怪的,不过倒也不是无法想象。也许你会巡视一遍确定你的宝物都还完好无损,问题是宝物早就跟玫瑰木雪茄盒分道扬镳了,因为你早就把它们拿去卖了。你为什么要冲进书房察看赞恩·史密斯和巴基·皮萨瑞里呢?"

他啜了口咖啡以拖延时间。"你这个年轻人很聪明。"他说。

"没那么聪明,也没那么年轻了,不过事情显然就是这样。你早就知道雪茄盒里已空无一物。我那通电话不过是给你提供了绝佳机会昭告天下罢了。你可以说你冲进书房,打开那只名贵的玫瑰木雪茄盒,然后发现卡片失踪了。"

"我为什么要那样做?"

"可以领保险金啊。你已经把卡卖掉了,可我看你应该还没取消保险,对吧?"

他沉默了好一会儿,茫然地看着墙上某个死去演员的肖像,整理思绪。然后他说:"这跟凶杀案不一样对吧?预谋与否根本无可查证。诈骗保险金如果是临时起意也不会因此减轻刑罚。"

"没错。"

"我得说明我可不是一开始就计划好的。我原先只想暗地里以尽可能高的价钱卖掉卡片。结果不错。"

"然后呢？"

"大约三分之一的存货出手后，保费到期了。那种收藏品要买动产保险也不是很贵，而且我如果要他们降低保费来体现我缩水的收藏其实省不了多少钱。于是我就付了全额保费，心想卖掉剩下的卡之后我自然会通知保险公司。"

"可是你没有。"

"是的，我没有，甚至反而铺好地基准备作案。那种感觉你没法想象。哦，天哪，我这是吃错了什么药？你当然可以想象。"

"我自己也试过铺地基。"

"这倒是的。伯尼，我午餐后通常不喝白兰地。晚餐之后会喝，可午餐后没这习惯。不过如果我可以说服你加入我——"

"这主意不错。"我说。

"真没想到我能走到今天。你知道，我这人诚实正直。在生意场上我确实会想办法抢先一步，可我一直都是奉公守法的好公民。不过话又说回来，诈骗保险公司跟偷取盲人杯里的铅笔感觉可不一样。"

"我明白你的意思。"

"我不知道怎么进行是最妥当的。想来卡片总不可能自动失踪，总得看上去像是失窃了。我们住的建筑安全设施一流，而且我也知道这种门锁大半窃贼都没法破解。"

"大半。"我说。

"怎么制造失窃的假象呢？如果我早认识你的话，也许会向你请教专业意见。我原本打算假装锁了门可是其实没锁。不过我不确定这样布置现场是否足够有说服力。房子里看上去不是应该被翻箱倒柜过吗？你经手过的屋子看来都是什么样的？"

"差不多跟我进门时一样。"

"真的吗？也许我是思虑太过周详，也许我是不愿意大胆一搏。总之结果就是这样。有一天我走到雪茄盒那儿发现它没上锁。我掀开盖子发现里头空空如也。"

"那是什么时候的事？"

"星期一下午。我在这儿吃午餐，两三点回到家。我不记得上一次看棒球卡是什么时候的事。因为好的货色全都卖掉了，实在没什么理由再去查看。这会儿还真不好说当时看到那只空盒子的时候我的脑子闪过了什么念头。"

"我可以想象。"

"这不一定。我开始怀疑自己神志不清。我会不会卖光了卡片又忘得一干二净？因为，你知道，我原本打算全部处理掉的。"

"找谁帮你保管呢？"

他一脸不解。"谁都不用，看在上帝的分上。我可没打算让人知道底细。再说我又何必找人帮忙保管呢？只要卡片一出家门，我的意思就是要它们从这个星球上消失。它们应该会进到焚化炉或者垃圾桶吧，我想。那时我还没想清所有细节。"

"可结果它们却消失在了空气里。"

"有人拿走了卡，"他说，"不过对方是谁、原因是什么？我又该怎么处理？报警吗？说来可没有半点遭窃的迹象。我的保险包括神秘失踪和盗窃案，这种失踪还真是神秘万分，但是我敢报失吗？我进退两难。觉得我还是应该想办法制造盗窃现场，虽然当时棒球卡已经不在屋里了。"他叹了口气，"然后我们便和埃德娜那个可怕的弟弟共度夜晚，听他在夸耀战绩，说他只花了市价的几分之一买下一本珍品书。"

"《B：窃贼》。"

"就是这本。我只听到最后两个字。于是我脑子里一直想着盗窃案，我们回到家时电话响起，是你打的。虽然那时我当然还不知道你是谁或者你以什么为生。你没提名字——"

"礼貌欠佳。"

"而且就算你提了，而我也刚好知道，也最多会把你当成波顿的房客。说来我是有可能想起来，毕竟罗登巴尔这个姓氏不常见。这是哪里的姓？"

"我父亲那儿的。"

"啊,原来如此。"他举起他那杯白兰地,依次欣赏着它的色泽、香味和口感。"正如我刚才所说,我对半夜跟我通话那人的身份一无所知,不过看来是机会从天而降。埃德娜问我怎么神色不对。我不是演员——虽然我有这儿的会员证——不过当时我只要做我自己就行了。我奔进书房,打开雪茄盒的锁,'发现'里面的东西失踪了,于是就打电话报警。"

"他们马上追踪了电话来源。"

"我连能使这招都不知道。电视电影里他们追踪的方法都是没完没了地拖住罪犯,不让他挂电话。现在我看电脑有办法把每件事都留下记录。他们的确追踪了电话,而且也很神奇地追查到是个记录在案的窃贼——结果这个人就是波顿先前夸口说败在他手下的那个书店老板。挺讽刺的,是吧?不过可真是给你造成了大大的不便,这点我要道歉。最后他们真的抓了你?"

我点点头。"我在牢里过了一晚。"

"天哪!"

"不是你的错,"我说,"职业风险。"

"你这样想可真有竞技精神。不过你真没犯下什么应该坐牢的事吧?"

"呃,"我说,"事实上,要真追根究底的话,也不尽然。"

* * *

更多的咖啡,更多的白兰地。"你今天早上打电话过来,"马丁·吉尔马丁说,"我完全摸不着头脑。"

那我的目的就达到了。当时我告诉他我运气不错,找回了他的卡,不知道他是否能告诉我他保的是哪家公司,我也好询问有关归还卡片领取报酬的事。除非他觉得或许这事我们可以私下解决、两相得利。窒息般的一段沉默,然后他无比优雅地邀我共进午餐。

"之后我想了想,"他继续说,"我的情况好像也没那么可怕。毕竟,如果你真的找上保险公司,可能发生的状况有两种。他们可能会要求看卡片,然后算价钱,再把它们跟我当初投保时提供的清单做个比较,最后认为你是想要敲诈——你不是已经拿走了我收藏品里的上好货色,就是根本没得手。总之他们应该会拒绝和你打交道。"

"有可能。"

"或者他们也许会找专家估价。毕竟它们一文不值。查莫斯芥末系列值好几千,而且还有别的泰德·威廉姆斯卡我留着没卖,就算整批卡总共值一万块吧——我觉得这数字不太对,不过姑且先这么算。等他们算好价钱后,他们会找你商量购卡事宜。之后他们会把卡片交到我手上。'这儿,吉尔马丁先生,'他们说,'我们很幸运,你的收藏原封不动全找回来了。祝你快乐。''很抱歉,'我答道,'不过这些根本不是我的卡。''以我们的立场来看它们是,而且我们认为当初你投保的时候作了假,所以保险理当就此作废。如果你提出诉讼,我们会告你作假诈欺,不过还是祝你快乐。'"

"他们有可能来这一招。"

"如果真的这样,我就只能得到一盒子垃圾而不是六位数的保险金。我确实随时都可以提出诉讼,看他们是否愿意庭外和解,不过我有可能决定不惹这麻烦,更别提那些负面的宣传效果了。"他皱起眉头,努力在想解决办法。"最好的办法应该是付你一笔赏金。我刚才说那些卡身价多少来着?最多一万?那么,就算是两倍的价钱好了。两万块。"

我看着他。

"不行,我也以为这样真的可以解决。眼下我缺少现金,连付这笔钱都有困难。保险公司赔偿后我确实会有现钞,不过说起支付赔偿,他们还真有可能拖拖拉拉。再说,这笔钱我还另有用途。如果我没这需要,当初也不会想到骗保险。一年内我手头的钱应该会多得不知道怎么花。不过,眼下如果你愿意收下我的保证书——"

"你知道,我真的希望我可以。不过周转不灵的不只你一个。"

"是经济出了问题,"他颇有感慨地说,"大家都深受其害。不过我能说句话吗?"

"请讲。"

"这话听来也许像是白兰地在作祟,而且也许事实就是如此,不过我忍不住要想,你我有个机会可以互利互惠,好处多多。"

"我懂你的意思。"

"表面上听来挺可笑,不过——"

"我懂。"

"嗯,"他说,"僵局还没解开。如果你方便告诉我你到底想要什么的话,也许可以解决问题。"

"很简单,"我说,"我想保住我的店。"

18

我出门和马丁·吉尔马丁共进午餐时,在门上挂了个小纸牌。上面写着"回来时间"几个字,下方是个钟面。我把时间设在了两点半,回去时只见有个顾客等着。我没见过这个人,虽然她看来有点像我八年级的公民学老师。我开锁时,她发出那种印成文字应该是"咳哼"的清嗓声音。我看着她,而她则先是指着她的腕表,然后戳向我的纸牌钟面。

"三点了。"她说。

"我知道,"我说,"最近什么都比较慢。我这就弥补一下。"我取下牌子,把时针移到三,分针移到十二。"这样,"我说,"行吗?"

有那么一瞬间,我以为她会把我送到校长室,不过接着拉菲兹蹭上她的脚跟迷住了她,准备离开时她已经选好了两本小说,还有原本在橱窗里吸引了她的视线、还让她等了半个小时的美国民俗织毯绘本。赚头不错,而且接着又来了好几桩这样的买卖。六点钟打烊时，我已经往老旧的收银机上敲了十几回。更妙的是，我还跟一名告诉我他要搬到澳大利亚、偶尔光顾我这小店的客人买下了满满两大购物袋的平装书。他说多少就是多少，我连书都没看一眼就完成了这笔交易，结果有一半都是极有收藏价值的书——爱斯出版的上下册科幻小说，戴尔出版的附带侦查路线图的侦探小说，以及其他会让平装书收藏者心花怒放的好货色。另外还有半打二十世纪六十年代出版的情色小说；我认识阿拉巴马州韦屯卡一个口袋书商，光是这几本他付我的价钱就会比我买这一整批付出的还高。

这个还算不错的下午最终以一个某女士打来的电话结束，她告诉我她得把她母亲送到养老院，问我是否愿意过去看看书房。她的描述听来颇为诱人，于是我便约好了登门造访。

好事连连，到饶舌酒鬼时我已经吹起口哨来。我点了巴黎水，引来卡洛琳询问的眼光。

"不是你想的那样，"我说，"我午餐喝了两杯白兰地，酒劲差不多要过去了，我可不想往快熄灭的火上再加油。我今天过得不错，卡洛琳。我买了一些书，也卖了一些书。"

"呃，开书店就是这么回事啊，伯尼。午餐怎样？"

"午餐挺好，"我说，"事实上，棒极了。我想我应该可以保住店铺。"

* * *

"我不明白。"她说。

"有什么不明白的?这是保住店铺的最佳方案。"

"我不是说这个,伯尼。关于棒球卡,前前后后发生的那些事。照多尔所说——"

"我看'照多尔所说'的权威性恐怕永远赶不上'照霍伊尔所说'或者'照艾米莉·波斯特所说'。"

"这我知道,伯尼。不过就算这样,如果她是马丁的女友——"

"她不是。"

"可是——"

"我原本就觉得那是她编的。我去她公寓前就挺有把握,去了之后更觉得毫无疑问。我无法想象年近六十的男人会愿意上那么多层楼梯造访情妇。没有电梯的五楼,只有一张单人床,这可真是个不错的爱巢!"

"那她又扮演了什么角色呢?"

"不知道。"

"而且那些卡怎么会在卢克的公寓里?她跟卢克又是怎么认识的?"

"问得好。"

"哪个问题?"

"两个都好。"

"还有纽金特夫妇,伯尼,他们又扮演了什么角色?

卢克在他们的公寓干什么？是谁杀了他？"

"你问住我了。"

"你不关心吗？"

"不是很关心。"

"不过你有些想法了，对吧？"

"没有。"

"可你总不能就——哎哟。"

"怎么了？"我转过身，看到了这个问题的答案，就像西方天空漫起的乌云一样罩住我们的桌子。"哦，"我说，"嗨，雷。"

"别管我，"他说，从另一张桌子前拉过一把椅子，"我只是想上这儿来坐坐混一天。昨天你们这附近还真出了件有趣的事，我就想着说不定你有什么点子可供参考。"

"格林尼治村出了事吗，雷？"

"我敢说出了不少事，"他说，"不过我刚才提到的'附近'指的是你家那一带。也就是相对于这一带而言你开店的地方——相对于东区而言你大肆行窃的地方。"他扭头朝女招待抛了一个微笑。"哦，嗨你好，玛克辛，"他说，"来杯纯姜汁汽水。你知道我喜欢怎么喝。"

"什么意思，雷？"卡洛琳问他。

"什么什么意思？"

"你的纯姜汁汽水怎么喝？"

"里面加大约两盎司半的威士忌，"他说，"如果这事归你管的话。"

"那为什么不直接那样点?"

"因为警察公然喝酒有损形象。"

"可你又没穿制服,雷。谁会知道你是警察?"

"看他一眼就知道,"我告诉她,"你刚才在讲一个故事,雷。上城出了事?"

"是的,"他从容地说道,"而且你脱不了干系,我不知道我是怎么知道的,反正我知道了。有人打九一一说闻到怪味,你也知道言下之意是什么。屡试不爽,从来都不是因为有人忘了把林堡干酪①放回冰箱。于是几个制服警员就过去查看,不过大楼住户全都一问三不知,而且走廊里也闻不出半点味道。门卫找来管理人,他有钥匙,就让他们进去看了。"

"我想我知道他们找到了什么,"我说,希望能节省大家一点时间,"昨晚新闻里报了。有个人死在浴室里,对吧?"

"怪味就是从那儿来的。门被卡住了,所以他们得破门而入,人确实在里头。上星期三或星期四就死了——法医是这么说的。"

"是个西班牙名字,如果我没记错的话。"

"桑坦格罗,"他说,"西班牙或者意大利,反正差不

---

① 林堡干酪,比利时原产干酪的一种,气味浓烈。

多。这不重要。"

"不重要?"

他点点头。"就像你不希望你妹妹嫁给这种人一样,不过表妹就无所谓了。不重要。你可能不知道的是——因为我们也才听说——他就住在那幢楼里。还有件事你也不知道——因为我们瞒着没讲——就是他在偷那所公寓。"

"是吗?"

"总之有人在偷,"他说,"而且妈的肯定不是我。会是你吗,伯尼?"

"雷——"

"主卧室抽屉拉开了,东西扔了一地。几件珠宝散落在浴缸里,就在他身边。这人前额有个弹孔,而公寓四处找不着枪。听来像是什么,伯尼?"

"内讧。"我说。

"这个桑坦格罗可不是什么好人。我们有他的记录,大都与毒品有关,不过人都会变的,对吧?就说他在楼上洗劫公寓吧。就说你是纽金特吧。"

"什么?"

"纽金特,住在里面的那个家伙。你是纽金特,你回到家,看见有这么个西班牙佬还是黑鬼什么的,正抓了一把手镯耳环往身上塞。于是你就提枪朝他轰去——在民主国家这可完全合法,因为他是个贼。怎么回事,伯尼,是我说了什么吗?"

"一有人说到朝贼开枪我就神经紧张。"

"理解。总之,我的问题是这样。就说你是个贼好了。"

"这话你已经说了很多年了,雷。"

"就说你是个贼吧,而且你正在洗劫这家公寓。你为什么要把衣服脱掉呢?"

"嗯?"

"他光着屁股全身赤裸。这事没上新闻吗?"我不记得有没有。"光着身子死的,跟他出娘胎时一个样,"他说,"我是听说过女人光着身体大扫除,也听过贼留下各种各样恶心的纪念品,不过你可听说过哪个小偷寻宝以前会脱光衣服的?"

"从没听说过。"

"我也没有。无法想象他光着身子爬了两阶楼梯,或者那副样子乘电梯。不过衣服他又是怎么处理的?他身上没穿,也没堆在什么地方,他是怎么做的,通通叠好放进抽屉了吗?如果你是纽金特,而你又开枪杀了他,你会拿着他的衣服跑路吗?"

"如果我是纽金特,"卡洛琳说,"而且我又杀了他,话说这事我可绝对干不来,因为基本上我这人没有暴力倾向——"

"很好,卡洛琳。"

"我会拿起电话报警。'我刚刚保卫了我的家,'我会说,'所以请你们派人过来把这尸体抬出去好吗?'我确实会这么做。我不会跑出去把门锁上,祈祷我不在的时候他会自动消失。"

"小精灵会来处理,"我说,"等他们清理过我的住处以后。"

雷瞪我一眼。"这我想过,"他说,"不是那套小精灵之类的鬼话,而是你刚才说的,卡洛琳。为什么不报警?我转念想到,说不定那枪没登记。有人在你的地盘上翻箱倒柜,你有天大的权利干掉那浑蛋,可你最好确定一下你有持枪执照。不过呢……"

"不太说得通,"我帮他讲完,"而且不是听说纽金特夫妇出国去了吗?"

他点点头。"预定明后天回来。问题在于,他们是什么时候登机的?"

"这样,"卡洛琳说,"假设我是纽金特吧。在去机场的路上,我突然想到会不会忘了炉子上有锅东西在煮?于是我又打道回府,偏巧碰上了贼。我就抽出我没登记的枪开火,接着我又出门去赶飞机,所以实在腾不出时间去报警。不过我扯下了那人的衣物,又把他扔进浴缸,衣服我带走,赶搭下一班飞机到……到哪里?"

"塔吉克斯坦。"我提议道。

"不提纽金特了。"雷说。

"已经忘了。"

"就说另外有个贼杀了他,比如说就是你吧,伯尼。"

"我?"

"只是方便讨论,行吗?"

"行。我杀了他。不过你可不能引述我的话,因为你还没向我宣读我的权利。"

"哦,看在上帝的分上,"他说,"这会儿只是讨论而已,行吗?"

"你看着办,雷。"

"他住那幢楼里,知道纽金特夫妇出城去了,于是一闭上眼就看到了钞票。不过他需要找个能让门唱歌跳舞的人才行,比如罗登巴尔太太的小儿子伯尼。"

"他为什么不干脆把锁弄坏,雷?"

"也许他不会吧。弄坏会留下痕迹,既然现在没坏,想来他没用那招。总之你就住在他附近,他认识你,所以他就告诉你有这肥水可捞,然后你们俩就成一伙的了。"

"正是我的风格,雷。"

"我说你的时候,"他说,"指的不是你。明白吗,伯尼?我知道你总是独来独往,也知道你不会开枪杀人。忘了是你,好吗?另外有个该死的贼跟他结伙,是另外那个该死的贼帮他开了锁,然后他跟另外那个该死的贼一起闯进门,然后你就开枪打了他。"

"又回到我身上了,对吧?"

"只不过是因为用'另外'那种说法实在太麻烦。不过如果你听了心烦的话——"

"行，没关系。我为什么要开枪打他？"

"为了不跟他对半分账。比如说你还真捞到了大鱼，而且就跟德航那件案子一样，钱多得让你实在舍不得分赃。"

"好吧，"我说，"他怎么会光着身子？"

"免得警察认出衣服。"

"说正经的。"

"好吧，也许你们俩都光着身子。"

"是他引诱我的，雷。然后我才发现我都干了什么。我自觉罪孽深重，不过我没自杀，反而把气都出到了他身上。他在淋浴，想洗掉我们不伦欲望的痕迹，我在书桌抽屉里找到一把枪，于是把他送上了西天。"

他叹口气。"不太说得通。"

"哦，雷，你怎么会这样说？而且我们怎么会有这场对话？别误会，你每次顺便来小坐，卡洛琳和我都非常高兴，问题是你想做什么？"

"我不知道。"

"好，这下可说清楚了。"

"我不知道，"他重复道，"就说是警察的直搅吧。"

"我正想这么说，"我开口道，"不过你是想说直觉吧。"

"随便吧。不知怎么的，我觉得这事你知道的不只是表面,而且你就算不知道也能查出来。而且我觉得这事有可能对你对我都有利可图。"

"此话怎讲,雷?"

"这我可不能告诉你。人的感觉就是这点麻烦——至少我现在的感觉是这样。细节说不清楚。我不知道我能从中捞到多少好处——是我能分到的那些呢,还是有讨价还价的余地。不过你和我呢,伯尼,多年来可一直是互助互惠的。"

"而且你这人还真是多愁善感,雷。所以那天你把我扔进牢里时才会哽咽得说不出话来。"

"是啊,我得强忍着不哭。"他站起来,"想想吧,伯尼。我敢说你会理出个头绪来的。"

"雷说得没错,伯尼。"

"天哪,"我说,"我从没想到你会这样说。我得写下来要你签个名。"

"他觉得你应该理出个头绪,而且他根本就不知道你去过那儿。你怎么能撒手不管呢?"

"容易至极。"

"你手上有雷没有的信息,伯尼。"

"的确,"我说,"几乎全知道。"

"你的公民义务呢?"

"我缴税，"我说，"我将垃圾分类回收。我投票。看在上帝的分上，我连学校董事会选举都投票。还有多少公民义务？"

"伯尼——"

"哦，现在几点了，"我说，"你不用着急，慢慢来，把饮料喝光。不过我得走了。"

"你要去哪儿？"

"回家洗澡换衣服。"

"然后呢？"

"约会。回见。"

19

车子慢下来。我按下按钮打开车窗,细看眼前的房子——或者应该说在目前的情况下尽可能地仔细看。有树挡着,还有一大片宽广的草坪,不过我透过树木越过草坪看到的房子和它的邻居没什么不同。毕竟,我们是在住宅区——簇拥着百万豪宅的住宅区,不过终究还是住宅区。眼下这幢百万豪宅的门廊灯亮着,楼上的灯光也透过一面窗帘映出来,楼下两个房间也是这样。

我想着我在类似状况下通常会想的事。他们可真体贴,我暗想,留盏灯方便贼上门。

"绕街区一圈。"我说,边绕我边靠向椅背。车子是去年新出的林肯轿车,内部是光滑的红色皮革,外面是黑色的手烤漆,空气经过调节,引擎的噪声高不过拉菲兹的喵喵声。这车比公共汽车、地铁,或者塔吉克人开的出租车都舒服得多,而且那些交通工具可没办法载我过来。我在纽约北部的威彻斯特郡。地铁开不到这么远,而哈什马·土克提就算再过一百万年也找不到路过来。

我们开车第二次经过房子时,我伸手到驾驶座的遮阳板下拿车库门遥控器。我一手伸出窗外,遥控器对准车库,一按。没反应。

"世事难料。"我说,递回遥控器。我们继续开,然后我在第一个停车告示牌前下车往回走。我穿了一件苏格兰呢猎装上衣——我下定决心,该让运动夹克休息一阵——和一条暗色长裤。我还打了条领带,不过不是午餐时受到好评的那条。

我走过屋前小径,上了门廊台阶按了门铃,然后再按一次。没反应。我看看门锁,朝它摇了摇头。纽约的公寓住户对锁很在行,通常会用普拉德、雷布森或是狐狸牌警察锁,另外还有窗户上的套闩以及围墙顶的六角铁丝网。而在郊区,因为家家户户都是独立的,每户的一层又都有十几扇窗户,为了加固前门搞得焦头烂额好像没有必要。这家的门也不例外。我用了最多一分钟就进去了。

我刚跨过门槛,警铃即刻响起。发出高音阶的哀鸣,那种让贼食欲不振的尖厉叫声。依我说,如果你有小孩制造出相同声响的话,你会一把掐死那个小怪物。

我有四十五秒的时间。我迅速穿过玄关,折向左侧,跨越圆穹式教堂天花板的客厅走进餐厅。远处靠墙的中段凸出式书柜两边各有一扇门。我打开右边那扇。里面有个柜子,上面放着桌巾、餐垫以及一套套扑克牌筹码和麻将牌。而墙上便是个数字键板，上头的红灯歇斯底里地拼命闪着。

我键入 1-0-1-5。

结果令人非常满意。一闪一闪的红灯熄灭了，取而代之的是舒缓神经的稳定绿光。妖魔般的声响戛然而止，仿佛有只神秘的手往鬼哭狼嚎的电子嘴里塞了个枕头。我呼出原本根本没发现自己屏住的气息，把我那套工具放进口袋——此时它们还握在我手里——然后戴上手套。接着我抹净一些我没戴防护装置前有可能碰触过的表面——键板、柜门和门把，还有前屋入口处的门和门把。我关好门，上了锁，然后开始工作。

工作间在后屋一楼，窗户开向花园。我先拉上窗帘，再打开灯。书桌右边立着一个三层玻璃书柜，书柜上面挂着一幅描绘海上高船的油画。我把画拿下来，露出后面墙上嵌壁式保险柜的圆门，上面有个对号锁。

开对号锁有诀窍。听诊器确实偶尔能派上用场，不过你还得有天分。

这我不缺少，不过我还有更好的——密码。

我把数字盘右转、左转、右转，然后再左转，那门没应声而开才真叫见了鬼。我拖出十几个盒子，每个宽高各两英寸，长一英尺，全都满满塞了二乘二的牛皮信封以及一只透明封套，里面各装有一枚小小的金属圆盘。

钱币。除了盒子外，还有成套的新铸样以及未流通过的一筒筒钱币、几本钱币图册，以及一只定制的黑色塑料封套——做成盾牌状，内藏一套几乎完整的从一八三七到一八九一年的自由女神坐姿一角钱币。另外还有一些现今流通的美钞，捆在一起扎成半英寸厚。

我清空了保险柜，把钱币堆在书桌上，其他藏品——遗嘱、房地契、各色官样文件——都放到一边。我拎起那套一角钱币进入厨房，打开通往相邻车库的门，带着那套一角硬币进入车库，再空着两手回来锁好门。

在甬道的衣柜里，我找到了需要的包，是一只破旧的皮袋，里面除了记忆之外什么都没有，把钱币收藏摆进去后还有多余空间。我打包好，拉上拉链，把袋子倚着前门放下。

现在轮到我最痛恨的部分。

我从厨房的五金抽屉掏出一把铁锤、一根凿子，还有一把凶神恶煞的螺丝起子，然后回到工作室，动手朝那嵌壁式保险柜大力出击——挖出柜门的数字转轮、狠敲坚硬的部分，发出惊天动地的声响，把一切都砸得混乱不堪。原本令人满意至极的保险柜被毁灭成功之后，我抓起原本锁在里面的文件——包括遗嘱、房地契等——把它们扔在柜子的里面和外面，再将它们踢得四处散落。我拉出书桌里五个没锁的抽屉，把里面的东西全倒在地上，然后我又准备抡起铁锤和凿子打开剩下的抽屉。

"不行。"我大声说道，同时把那些粗笨的工具放在一旁，掏出我的工具打开抽屉。用这个办法速度也差不多。我倒空抽屉，弯腰捡起二十元面额的纸币，总共有一百块。我把钱放进口袋，掏出早先收好的未流通的1958-D的五分钱币。它们原来都包在封好的塑料套里，这会儿我拿起来猛力撞上桌沿把它们敲破。我任由钱币从我手中散落，随手往敞开的保险柜丢了一把。有些落在里头，有些则哗哗掉向书柜、落在地上。

完美至极。

我走向前门，看看表，把门廊的灯关了又开，重复三次，然后扛起袋子打开门，扭开弹簧门闩固定住，免得把自己锁在外面，然后走上街。我踏到街上时，林肯轿车正好停靠过来。我打开车门、扔进袋子，然后再走回屋里。

最后一道恼人手续得办妥。我再次抡起铁凿子击向那扇可怜无辜的前门，然后挖出门框，毁掉门锁。我走进厨房，把工具放回原位，然后回到餐厅往警报系统的键板上打1-0-1-5。绿灯熄灭，这玩意儿发出七声哗响。现在我有约莫四十五秒的时间撤退并锁好门，那之后警铃可就要开始大喊捉贼了。

我走上门廊，让门虚掩着，一边做一边在脑子里读秒。我想我是数得快了一点，因为我数完了还没任何动静。我正在纳闷该不会是哪里出了差错，那玩意儿便发作起来——恐怖的尖锐哨音悲鸣不止。

我们有四十五秒的时间做完这事，不过我不用站在旁边忍受。我迅速走下石板路向马路边走去，再次于黑色林肯停靠过来时抵达街上。"二十三，"我打开门说，"二十四。二十五。二十六。"

"一切都还顺利？"

"一秒不差，"我们驶离路边时我说，"三十一。三十二。"

"封套包的那套一角钱币呢？"

"在车库里，"我说，"放在最里头右边一个高架子上，一个标着'游戏'的盒子里。估计在盒子正中，夹在双骰棋盘和大富翁之间。三十八。三十九。"

等我数到四十五时，我们已经绕过街角开了几百码。我拉下窗子，警铃大作时我听得一清二楚。如果卢卡斯·桑坦格罗塞在后车厢的话，这声响足以把他吵醒。警铃声传遍整个街区时，大家同时也可以看到邻镇那家保安公司的警示牌大放光明。

不过马丁·吉尔马丁和我在旁人还没来得及反应之前，就会回到曼哈顿。

我在转角处下车。没必要让我那个多嘴的门卫瞧见我跳出一辆林肯。"我要查查这玩意儿到底叫价多少，"我说着一手搭上皮袋，"我认识一个钱币通，不过我还是想先搞清楚我要卖的是什么东西。我楼上有去年出版的红皮书,光看那本就可以算出美元钱币的价钱。至于外国钱币就得随他开价了,不过看来数量不多。哦,说到这儿我想起来了。"我打开皮袋拉链,摸找那捆现金,扯开包装纸。

"这是什么?"

"钱,"我像个醉醺醺的工人发牌一样分发一张张百元钞票,一张给他,一张给我,一张给他,一张给我。"我猜约莫有五千,不过咱们还是分一分。"

"原本说好你只拿钱币收藏的。之前就说好了。"

"呃,总得有模有样,"我说,"你简直想象不出房子被我弄成什么样了,为的就是制造可信的现场。你难道要我在保险箱里留下那么一沓现金破坏假象不成?"

"不是,不过——"

"在纽约,"我说,"如果我留着现金不拿,警察绝对会私下吞掉。也许这儿的警察很老实,如果这样的话,他们会报到国税局请麦克伊文先生解释钱的来历。"他一张,我一张,他一张,我一张。"你觉得他宁可这样处理?"

"不,你说得没错。不过也许所有的现金都该归你。毕竟,是你找到的。"

我摇摇头。"说好了平分,什么都得分。看,刚好是双数。哦,还有件事。"我从口袋里掏出五张二十美元的钞票。"书桌里的。再说一次,如果我不碰的话后果会是怎样?你两张我两张,你会不会凑巧有张十块的纸币?等等,我这儿有。来,给你。"

他看看手里的钞票,说:"一角硬币放进车库的游戏盒里了?搁在双骰棋盘和……你提到的另外一样是什么?"

"大富翁。"

"这我得写下来。一角钱币是杰克唯一在乎的收藏。杰克小时候在抽屉找到一枚,他父亲就给了他,所以他才开始搜集。我想那一套应该值个四五万。总之保了这么多。"

"我没仔细检查,"我说,"不过钱币看起来状况不错,只有几个日期被磨损了。"

"留下不拿你一定挺难受。"

我摇摇头。"事先说好的。再说,那种特制品要销赃可会吃足苦头。其实呢,真正难挨的是得毁掉保险柜留下烂摊子。不过我勉强办到了。"

他把钱摆进外套口袋时我一直盯着。虽说他已经完全投入了一宗犯罪,不过真的拿走现金对他来说显然具有某种象征意义,因为收钱之后他在方向盘后头直起身来,轻声叹了口气。

"杰克在亚特兰大,"他说,"他跟贝蒂搭机南下去打高尔夫。他说今年不景气,他差点没去。他原本打算变卖钱币,不过又顾虑到别人的眼光。何况要跟那套一角硬币分手他会非常难受的。"

"现在不用分手了。不过他最好想个办法让它们一两年别露面。"

"这话我一定传达。"一抹笑容缓缓浮现在他脸上。"《卡萨布兰卡》里那句台词是什么？就在最后，鲍嘉跟克劳德·瑞恩斯讲的。"

"'这很可能是一段美丽友谊的开始。'"

"没错，而且是两相得益。睡会儿觉吧，伯尼。我有种感觉，这几天都会很忙。"

20

  他说得没错。繁忙的一个星期。

  星期二晚上,当一位闻名遐迩的心脏科医生和他老婆在大都会体育馆对着大卫·霍克内[①]为《魔笛》设计的舞台场景惊叹赞赏的时候,马丁和我出发到他们位于华盛顿港的房子去。治安巡警一秒不差地照着时间表在那附近巡视;我们手握时间表,严格按照事先的安排行动。

  这次没有警铃,只有一道望之令人生畏的门,上面装了一个铜质狮头门环和我顺利攻陷的传奇性的普拉德锁。进去之后,我倒空了几个抽屉,也没费事去看落在地板上的是什么东西,而是直接匆匆走到主卧室,医生夫人的珠宝就在化妆台上一个漂亮的盒子里——内有五只一英寸深的抽屉,盖内嵌了镜子。我随手拿起一张单人床上的枕头剥下套子,把所有的珠宝扫进枕套,然后倒空一两个抽

[①]大卫·霍克内(David Hockney, 1937—),英国画家和绘图师。

屉，撞翻了一盏台灯，接着便匆匆下楼。我时间算得很精准，巡逻人员也一样；我低身蹲在客厅的观景窗旁，叹服地看着他们在屋前放慢巡逻车的速度，探照灯在各处轮番扫着。确认一切无恙之后，他们又继续往前。

为求有些变化，我没破坏普拉德锁防盗的美誉，我用工具把它再次锁上，然后绕到屋侧，踢掉了一扇地下室的窗户，又把花床弄得一团糟。接着我把枕头套往肩上一甩，看看手表，和林肯轿车在屋前会合。

"可怜的亚历斯，"马丁说道，"期货市场的几步错棋让他没有了退路。不幸的是，冷冻五花肉可跟邮票钱币和棒球卡不一样。日子难过的时候你偏偏不能把肉换现。"

"或者安排人偷走。"

"确实如此。他忍气吞声地去找弗里达，向她说了情况。指出他们有一笔数额颇大的钱投资在她的珠宝上，眼下只有靠这个才能渡过难关。也许他们可以卖掉几件她从来不戴的珠宝。"他摇摇头，"那女人听不进去。于是，他提议说，困难只是暂时的。只要再做几例三重心脏绕道手术就可以回到从前的日子，不过与此同时他们何不把那只三层冠托付给远见租借公司当抵押品。"他笑了起来，"亚历斯说她被吓得目瞪口呆。抵押她的珠宝？把她的手镯押给附近一家当铺？门儿都没有。"

我告诉他我根本没时间看我拿了什么，不过东西看起来不错。

"保险赔偿将近二十万,"他说,"听歌剧当然要盛装出席,所以她今晚不管戴了什么都逃过了我们的手心。"我说他们没改去跳方块舞实在可惜至极,他听了这话微微一笑。"倒是有件事,伯尼。应该有条钻石镶玉的项链和配套的耳环。其他的咱们爱卖都能卖,不过这玩意儿亚历斯想要。"

"没问题,"我说,"可是他怎么自圆其说呢?这不就等于向弗里达交了底吗?"

"哦,东西不给弗里达,"他说,"只不过亚历斯对那套首饰特别满意。他想送给女朋友。"

星期三我不需要林肯,也不用马丁陪同。我三点多关了店门,把钟面挂到窗户上,告诉拉菲兹有人来电的话就请对方留言,然后叫了辆出租车,在离莫瑞希尔区一幢四楼城中住宅半个街区的地方下车。踏上大厅的地板,我在客厅壁炉上方一个恐怖至极的地方发现了我的猎物。那是一幅约十二英寸高、十六英寸宽的油画——乡间景色,几只肥牛躲在一棵高大的树下。

我把画从画框上割下来,将画布卷起塞在衬衣袖子和外套之间的胳膊肘处,刚好能塞得下。几分钟以后,我已经身处第三大道,高举一只手招来出租车把我载到上城马丁的公寓。我空手到来让他瞪大了眼睛。等我脱下外套,他才微笑着伸手触摸画布。

"这就是了,"他说,一边展开画布,"多年来我瞻仰过这位小美人多少次啦。'我的最佳投资,'乔治·汉利总这么说。'在霍斯曼大道花了一万块跟一个留着八字胡的法国艺术品商买的。芭芭拉说我疯了,不过我们俩都喜欢这幅画,算是那趟旅行的一个优质纪念品。实话跟你说,当时我还从来没听过这个艺术家。库尔贝①?库尔贝和博若莱②有什么区别我都不知道。'这话他总也说不厌,伯尼。'库尔贝和博若莱有什么区别我都不知道。'"

"哈,听起来还挺押韵。"

"结果发现市价是他买入价格的两三倍,而且那还是二十年前的事。艺术品市场人气火爆的时候,库尔贝的价格一路攀升。几个月前,乔治发现自己有一幅价值几十万的画,心想这笔钱他能派上用场,至于壁炉上,他们完全可以改挂别的画。"

"可他老婆不想卖?"

"这原本就是她的主意。乔治找佳士得拍卖行的人看过,坏消息就是那时听到的。留八字胡的法国佬是骗子不是傻子。乔治花一万块买的是假画。他羞愧难当,不敢跟他老婆讲。'不能变卖咱们的库尔贝,'他告诉芭芭

---

① 库尔贝(Gustave Courbet,1819—1877),法国画家,十九世纪现实主义画派创始人。
② 博若莱(Beaujolais),产于法国东南部博若莱地区的一种勃艮第葡萄酒。

拉,'这就跟拍卖家里的成员一样。再说画价还在不断上涨。疯子才会卖掉。'有天下午他在俱乐部喝了点威士忌,就开始口没遮拦。他说最令他恼火的就是多年来一直还在付保险费。'保险费越来越贵,'他说,'以此反映出画在增值。结果我是一直在供奉着一幅赝品。一毛钱都要不回来。'有一天我把他拉到一旁提醒他我们说过的那些话。'你说了那钱永远要不回来,'我说,'你知道,乔治,是有转圜余地的。'"

"保险公司不用知道实情。"

"当然不用。佳士得的人不会赶着去通风报信。如果他们真的知道了,会拒绝付钱。"

"这还用说。"

"不过假设乔治一发现真相就跟对方说了呢?二十年来他傻乎乎地为了幅不值钱的油画投保。如果这样,保险公司可一直都是白收他保费而没有真的承担风险。现在真相大白,你觉得他们会同意退还他的保费吗?"

"显然不会。"

"所以说,我可看不出骗那些个狗娘养的有什么不对,"他的情绪有些激动,"他们是公然抢劫,还把它制度化了。"他朝冒牌库尔贝啐了啐嘴,把画拎到壁炉边。

"等等。"我说。

"这玩意儿乔治不想再多看一眼,"他说,"而且我看你也没办法帮它找到买主,对吧?"

"就算是真品,找买主也不容易。"

"我看也是,没门路就不行。乔治要给我保险公司赔偿费的一半,我已经签字预支了一万。油画目前保了三十二万,不过他们很可能会拖,而且能扣就扣。"他摇摇头,"这帮猪猡。要是他们遵照合同规定来办的话,你我可以各赚八万。"

"那太棒了。"

"所以我想咱们有本钱把这画布付之一炬。"

"咱们是有本钱,"我说,"不过有这必要吗?佳士得的人有可能看错。以前又不是没发生过。而且就算这幅是冒牌的库尔贝,那又怎么样?总是个'真的'什么吧——就算只是个'真的'赝品。这么说吧,放在我公寓里应该挺好看。"

"而且我可以想象这玩意儿多有纪念价值。"

"确实如此。"

整个星期都排满了——马丁帮我安排会面,接着我得进行后续造访,登门求见那些虽然无法看到所有权证明但还是愿意买下各类精品的绅士。钱币、珠宝、邮票、一幅马丁斯石版画,全都经过了我的手。周末也很忙,接下来的那个星期一,我打开店门后大半个早上都在打电话。我和沃利·亨普希尔你来我往地进行了完整的谈话,告一段落之后我放下电话，四处寻找猫。到处都不见它的踪影，我便揉了一张纸，窸窣声把它引了过来。它知道又要开始训练了。

卡洛琳出现时，地板已经漂亮地点缀了许多纸团。"瞧瞧！"我叫道，"你看到它刚才的样子了吗？"

"它每次都这样，"她说，"杀死一张揉皱的纸。伯尼，我去了俄罗斯熟食店，帮你买了亚历山大·基诺维夫，给我自己买了拉伦蒂·贝瑞亚，可我分不清哪个是哪个了。我们各吃一半好不好？"

"可以。"我说，"看！我敢说训练起了作用。它的反应能力一天比一天强。"

"你说是就是，伯尼。"

"这家伙可以当游击手，"我说，"你看见它往左一扭抓住那纸团吗？兔子曼伦韦尔看到非妒忌死不可。"

"随你怎么说，伯尼。"她拉过一把椅子，"伯尼，咱们得谈谈。"

"先吃东西，"我说，"然后再谈。"

"伯尼，我是说正经的。雷今早找到我店里。我正在帮一只牛头獒理毛发，抬眼就看见雷，脖子上挂着赘肉。"

"你应该报警的。"

"伯尼，这就看得出他有多走投无路。你也知道雷跟我处得怎么样。"

"就像油碰上水一样。"

"像波斯尼亚碰上黑塞哥维纳一样,伯尼,他到贵宾狗工厂是因为他关心你。而且他一心认为如果你愿意的话,可以帮他澄清案情。"

我沉吟着吃起东西来。"这个一定是拉伦蒂·贝瑞亚,"我说,"里面有生蒜和辣根。"

"我得说,他这话我听了真不反感。"

"很好,"我说,"我对大蒜更不反感,因为基诺维夫好像也涂满了蒜。我今晚没跟人约会或许算是件好事吧。"

"他说纽金特夫妇回来了。他找了他们两次。他还真是铆足了劲在调查。这不像他,伯尼。"

"他一定是闻到钱的味道了。"

"我不知道他闻到了什么。总之不会是卢卡斯·桑坦格罗,因为那地方的气味现在应该已经祛除了。伯尼——"

我扔出基诺维夫的包装纸,看着拉菲兹采取行动。它就像追杀米诺鱼的梭子鱼那样扑过去。"它最喜欢熟食店用的三明治包装纸,"我告诉卡洛琳,"这种味道让它疯狂。"

"你应该买个有猫薄荷味的玩具老鼠给它,伯尼。它可以玩上好几个钟头。"

"你还是没明白,对吧?我不想买玩具给它,卡洛琳。它不是宠物。"

"它是员工。"

"没错。我并不是心甘情愿跟它玩的,这叫训练,为的是锻炼它的反应能力。"

"我总是记不起来。我看着你们俩,感觉简直玩得其乐融融,所以都忘了你们应该还是很严肃的关系。"

"工作也可以带来乐趣,"我说,"如果你以目的为重的话。"

"比如你和拉菲兹。"

"没错,"我说,"拉菲兹不是宠物,除此之外你也该知道我不是金西·米尔虹。"

"你以为我不知道吗,伯尼?你这辈子扮演过不少角色,可你从没当过女同性恋。"

"我的意思是,"我说,"我不是侦探。我不处理罪案。"

"以前有过,伯尼。"

"一两次。"

"不止。"

"几次吧,"我让步了,"可那只是巧合。不知怎么的就弄得我进退两难,为了全身而退我才刚巧发现了命案的真相。那只是运气罢了,歪打正着。"

"现在就是这样,伯尼。你想找东西偷,结果却发现了具尸体。"

"所以我就回家了,记得吧?"

"可是你又跑回了现场。"

"只是为了再次回家。托马斯·沃尔夫①说得不对,你可以再回家②,我也回到家了。我不会再沾这事了,卡洛琳。他们已经撤诉了,这事我告诉你了没?对我来说,此案已结。"我扔了个纸团出去,不过拉菲兹还忙着在跟上一个较劲。"如果你想找人解决,"我说,"为什么不试试用猫?"

"猫?"

"拉菲兹啊,"我说,"说不定它可以帮你想通,就像那个谁写的那些书里讲的一样。"

"莉莉安·杰克逊·布朗③。"

"就是她。每个人都有嫌疑,然后天才猫打破了唐代瓷器或者咳出一团头发,于是提供了关键线索揪出凶手。我忘了它的名字,就是那只会破案的猫。"

"它叫柯柯,是只暹罗猫。

"干得不错。它已经干了好多年了吧?柯柯这会儿一定已经上了年纪。她的下一本书应该叫《长生不老猫》。我可不信暹罗来的会比咱们的拉菲兹还精明。去吧,问问它是谁干的。说不定它会从书架上踢本书下来,回答你所有的问题。"

---

①托马斯·沃尔夫(Thomas Wolfe, 1900—1938),美国二十世纪重要的小说家之一。
②沃尔夫有部作品叫《你不能再回家》(*You Can't Go Home Again*)。
③莉莉安·杰克逊·布朗(Lillian Jackson Braun, 1913—2011),美国作家,以其轻松愉快的"Cat Who ..."系列神秘小说为人所知。

"你觉得自己很幽默是吧,伯尼?"

"呃……"

"好,管他呢,"她说,"拉菲兹,浴缸尸体之谜该怎么解?"

拉菲兹放下手中的活儿——也就是系统化地摧残三明治包装纸变的老鼠。它后退几步,舒展前爪,伸了个懒腰;然后是后爪,再伸了个懒腰;接着弓起背,看上去就像万圣节卡片上的鬼怪。然后它摇摇不存在的尾巴——我想不出用别的方式来描述——纵身跃入空中,一把抓了一个只有它才看得到的东西。然后它四脚着地,和所有的猫一样缓缓转过身来,蹲在那里瞪着我们。

我说:"哦,我还真要见鬼了。"

"咱们都要见的,伯尼,可这跟猫粮的价钱有什么关系?这究竟是怎么回事?"

"打电话给雷·基希曼,"我说,"追着我死缠烂打的是你,所以应该由你打给他。"我抓起一支铅笔,从地板上捡回一个纸团将它尽量摊平。我动手开出清单。"所有这些人,"我说,"告诉雷,我要他明晚七点半把他们全叫到纽金特公寓碰头。"

"你肯定是在开玩笑吧。你怎么——你打算怎么——猫咪干了什么——"

"你没有一句话是说完的,"我说,"而且完全词不达意。明天。"

21

第二天晚上七点半,我准时跟西端大道三〇四号的海地门卫报到。"伯纳德·罗登巴尔,"我说,"纽金特夫妇都在等我。"他查看一张小单子的时候我越过他肩头望过去。发现上面除了我以外的名字全打了钩,我很高兴。

"罗登巴尔。"我催促道,他找到我的名字打了个钩,回过头朝我一笑,然后指着电梯告诉我怎么走。这点虽然周到,不过实在没有必要。

我乘电梯到九楼,穿过走廊来到 9G 的门前。我看着上面的两个锁,普拉德和雷布森。

我敲敲门,它应声而开。

门卫的名单正确无误。他们全都在场。我不知道雷是怎么做到的,不过他确实把大家都叫齐了。

他们聚集在客厅。房子里的椅子和沙发被排成一圈,从餐厅搬来的几把椅子还加大了这个圆周。给我开门的是雷,他领着我走过玄关,进入活动中心。顿时,谈话声令人满意地戛然而止——无论之前他们在讨论什么。

"这位是伯尼·罗登巴尔,"雷宣布道,"伯尼,这儿的人我想你应该都认识。"

其实未必,不过我还是点头微笑,睁大眼睛扫视一圈。正如我所说,每个人都在场,顺序如下。

先是卡洛琳·凯瑟,我的重要朋友兼贵宾狗清洁工。跟我一样,她下班后也回家换过衣服;跟我一样,她也选了条灰色法兰绒长裤和蓝色运动外套。不过要分清我们俩并不困难,因为她外套的领子上别了一个猫形别针,而且她穿的是绿色套头毛衣。(我穿了衬衫系了领带——以防万一有人邀我去冒牌者俱乐部。)

卡洛琳的右边是在场唯一有可能邀我去冒牌者的男士,不过我不确定今天的活动结束后他是否还会愿意跟我讲话。马丁·吉尔马丁和他太太埃德娜共用一对维多利亚鸳鸯椅,他穿了一套灰色西装,白色衬衫,系着杰里·加西亚[①]式的领带,表情游离于略带兴味和事不关己之间。

埃德娜·吉尔马丁看来比我上次在科特剧院排队买票时得到的模糊印象要显得年轻些,也没那么让人望而生畏。我根本没注意她身上的衣服,攫住我目光的是她脖子

[①] 杰里·加西亚(Jerry Garcia,1942—1995),美国音乐家。

上的那串项链。当然，任何人的目光都会被抓住，不过让我吃了一惊的是因为我觉得它是我从亚历斯和弗里达在华盛顿港住处偷出来的赃物之一。再看一眼我才安下心来，不过刚开始它还真吓了我一跳。

吉尔马丁太太旁边坐着的是耐心女士，她身材修长，穿着马靴、牛仔裤，和一条印了"文法正确"的运动衫，看来颇具乡间的悠闲气质。她似乎不明白自己为什么会在这里，但一定会全力配合。我知道这种感觉。当初在维拉内拉咖啡店那个蝙蝠洞里我也有过类似的体会。

耐心女士窝在沙发椅上。坐在她右边一把从餐厅临时搬来的椅子上的，是我们的主人哈伦·纽金特。我这是第一次和他碰面，虽然感觉上我们似乎已相识多年——我是根据照片认出他来的。这人虎背熊腰，身高超过六英尺，而且体重已经很危险地逼近三百磅。怪不得他的鞋我穿太大。今晚他穿了件黑色套头毛衣，外罩黑白碎格外套，可是我没法忍住不看他的脚。他穿了一双很漂亮的黑色流苏便鞋。如果我上回造访时这双也在衣柜里的话，那就是我看漏了。我觉得它们也参加了欧洲之旅。

坐在他身边的是琼·纽金特。从一些照片里能看出她的头发正在转灰，不过她显然遭到过什么打击，一夜之间头发全黑了，因为这会儿看来可没有一丝灰发。她有一张椭圆形的长脸和橄榄色的皮肤，头发中分往两边梳成辫子。一条纳瓦霍族的青瓜花项链和两个土耳其玉镶银的耳环加重了她身上那种美国印第安风味。

雷·基希曼坐在琼·纽金特旁边,他就没有必要仔细描述了。和平时一样,他穿着一套暗色西装;和平时一样,西装看来像是定做给别人穿的。他正等着我从帽子里变出一只兔子,同时希望一晚的辛劳能带给他一些报酬。不是兔子就是帽子,我想。

下一位是多尔·库珀,她坐在长沙发的一端。今天她穿戴着我第一次看到她时的那套行头——暗色正式套装和一顶红色呢帽。她脸上唯一的表情是"全神贯注"。她的身体语言也在强化这种印象。可以感觉到她正在全面戒备,打算随时逃跑,不过同时也在静观其变。

波顿·斯托普嘉德霸住沙发正中,不过跟多尔保持着距离,把自己安置在正中椅垫的一边。波顿穿了套棕色西装,红绿相间的领带每道条纹都是一英寸宽。他和一位留着时髦金发、果岭绿眼睛的女人膝盖碰膝盖地坐在一起。根据排除法,以及波顿几乎已经要坐在她怀里的事实来看,我肯定她便是罗莉·斯托普嘉德。

我也有一把椅子,从餐厅搬来的,不过我并没打算利用。现在是我站稳脚步的时候——即使是用脚尖站着,如果办得到的话。

"那么,"我说,"想必诸位都在纳闷我为什么把你们找来。"

告诉你,这句台词不管用多少次,每次都会让人脉搏加快,屡试不爽。上帝作证,游戏开始了。

"从前,"我说,"有两个男人,其中一个娶了另一个的姐姐,于是两人成了亲戚,而且他们还有别的共同点。他们同是生意人,都买卖房地产,而且都在进行其他的投资。马丁·吉尔马丁偶尔在戏剧圈冒险一搏。波顿·斯托普嘉德囤积头版侦探小说。而且两人都对棒球卡情有独钟。

"据我所知,波顿·斯托普嘉德买过或者交换过的每一张棒球卡都还在他手上。上个星期四晚上,马丁·吉尔马丁和他太太看完戏后回家没几分钟,就接到了一个电话。打电话的人对马丁最近的行动显然了如指掌,于是他就起了疑心。挂了电话之后,他立刻去了自己的工作室,打开他装棒球卡收藏的盒子。

"这些我们全知道,"波顿·斯托普嘉德打断了我,"他掀开盖子,里面空无一物。总之,东西是你拿的,对吧?"

"错,"我说,"不过由于我便是那位神秘的通话人,这个想法倒也不算太离奇。警方查出那个电话是从卡洛琳·凯瑟的公寓打来的,而基希曼警官又知道凯瑟小姐是我的好友。虽然要我承认这事非常痛苦,不过多年前有段时期我确实会偶尔披挂上阵,呃,充任窃贼。"

"你因此坐了一回牢,"雷帮我说道,"可是逃过了几百次。"

"抱歉,"琼·纽金特说,"我很同情吉尔马丁先生,不过我可看不出他跟我们的公寓有什么关系。我们出国期间住处遭窃。你这是在暗示说,摸进他公寓和我们公寓的是同一个贼吗?"

"不。"我说。

"哦。"

"没有贼上过门。"

"这儿没有贼来过?"这话出自哈伦·纽金特。"我们家被人闯了空门,你知道的,这是记录在案的。"

"这里没有,"我说,"吉尔马丁家也没有。两个地方都没有人闯空门。"

我一眼看到马丁的脸,这场讨论进行的方向似乎让他很不愉快。

"这事我们暂且搁下,"我不紧不慢地说,"只要记住吉尔马丁的棒球卡已经失踪了。这是我们今天聚集在这里的原因之一。另一个请大家聚集在此的奇观不是'消失'而是'出现',而且出现的方式还真令人震惊。一名男子出现在纽金特公寓的浴室。他身上没穿衣服,也摸不到脉搏。有人开枪把他打死了。"

"这人是谁?"耐心女士问道。

"他名叫卢卡斯·桑坦格罗,"我说,"而且就住在纽金特夫妇楼下。和这座城里半数的服务员和三分之一的搬运工一样,他来这儿是想当演员的。嗯,虽然俗话说死者为大,不过卢克恐怕真的是个糟糕的演员——姑且不论他是怎么鞠躬下台的。此外,他还是业余毒贩,还干了些鸡毛蒜皮的坏事。"

"我知道这事的时候可真是吓了一跳,"琼·纽金特插话道,"你知道,我认识他。说来他还当过我的模特儿,就在这间公寓里。"她挤出了一个微笑。"我画画。他很高兴当我的模特——虽然我付不起多少钱。"

她丈夫鄙夷地哼了一声。"你在那儿忙着画画的时候,"他说,"他可是在琢磨怎么闯空门。"

"两起事件,"我说,"星期四吉尔马丁先生发现他的棒球卡失踪。星期天警察在纽金特夫妇的浴室里发现一个死人。不过问题是它们之间的关联是什么?"

"没有关联,"波顿·斯托普嘉德说,"本案终结。我们可以回家了吗?"

"一定有关联,"卡洛琳告诉他,"收集侦探小说的就是你,对吧?只可惜你不肯花心思去读。如果读了的话,你应该知道只要同一个故事里出现两桩罪案,它们就绝对有关。关联也许要到最后一章才揭晓,不过肯定存在。"

"是有个关联,"我表示同意,"而且你也牵涉其中,斯托普嘉德先生。"

"嗯?"

"我们先从棒球卡开始吧,"我说,"你姐夫是卡的所有者。而你觊觎了很久。"

"如果你的意思是我偷了它们——"

"我没这意思。"

"哦。可你刚才说——"

"说你觊觎了很久,"我说,"不对吗?"

他看看马丁,又看看我。"他手上有好东西又不是什么秘密。"他说。

"你想要泰德·威廉姆斯的卡。"

"我是很喜欢那些卡,能有一套确实不错。不过我还没急切到动手去偷。"

"你觉得是我偷了。"

"是的,"他说,"警察是这么说的,而且我没有理由怀疑是他们出了错。"

"所以你才找到我店里,想跟我谈交易。如果我把你姐夫的棒球卡交给你,你就会善心大发地延长店铺的租约。"

"波顿,"马丁·吉尔马丁说,他的声音听起来无比失望,"波顿,波顿,波顿啊。"

"马丁,他在胡言乱语。"

"哦,波顿,"马丁说,"真想不到你会干出这种事。"

他听起来还真挺像那么回事。我必须告诉各位,马丁的表演令我叹服。几天前我跟他讲了他内弟的提议,当时他的反应是"那个贪心不足的浑蛋净干这种事"。他现在的表演一定能让冒牌者俱乐部以他为荣。

"我不过是探探你的底,"波顿现在说道,"想弄清楚你是否就是那个贼,如果是的话,我打算布置个小陷阱等你跳。显然我的计划失败了,因为你从来就没有过那些卡片,可这也只能证明我手上没有棒球卡。所以我要再问你一次——我们可以回家了吗?"

"你也许会想多待一会儿,"我说,"卡片你没拿,而且你也确实不知道小偷是谁。不过拿的人会动这个念头是因你而起。"

"哦,是吗?你打算告诉我这人是谁吗?"

"你就坐在她旁边。"我说。

在场的人都自然地扭头看向罗莉·斯托普嘉德,而她则很自然地面露困惑之色。不是那个,我想大叫,是另外一个。不过他们已经全都想通了,眼睛转向坐在波顿·斯托普嘉德另一边的女子。

"格温多林·比阿特丽丝·库珀,"我说,"跟卢卡斯·桑坦格罗一样,她来纽约也是想在演艺圈闯天下。不过与此同时,她还在一家叫作哈伯与克罗威尔的律师事务所找了份工作。"

"我的律师。"马丁说。

"也是你内弟的。库珀小姐在那儿上班,处理一般公事,偶尔还轮班当接待员。柜台工作她是恰当人选,因为她平易近人、艳光四射,而且果然就射中了波顿·斯托普嘉德的心房。她是年轻的办公室女郎,而且独善其身。所以他便做了这种情况下他自然会做的事——展开追求。"

"哦，波顿。"罗莉·斯托普嘉德说道。

"他满嘴胡话，"她丈夫说道，"我只是跟温蒂聊天消磨过时间。"温蒂！"我对谁都很友好。不过仅此而已，相信我。"

"你邀她跟你见面、喝酒，"我说，"然后是午餐，然后再一次午餐，然后——"

"一杯酒，"他说，"应酬罢了。就那么一次，就这样，总共一次，结束了。没吃午餐。问她啊，看在上帝的分上。温蒂——"

"哦，波顿……"

"罗莉，你打算相信谁，有前科的罪犯还是你自己亲爱的丈夫？"

"我当然没打算相信你。波顿，当初你正是这样追求我的。"

"罗莉——"

"当初我做接待员时你遇见我，你在那儿消磨时间，邀我出去喝一杯，你问我可否和你共进午餐——"

"罗莉，这根本不是一回事。"

"我知道。"

"当初我是单身。现在我是已婚男人。"

"完全正确，"她说，"所以当初没关系，现在就不行，你这个下流肮脏的狗杂种。"

这话没什么好置评的，所以没人开腔。我让这一刻延续着——我得承认,我很享受——然后我便表示我觉得事情并没有进一步发展。

"就那么一次,"波顿叫道,"一杯酒,看在上帝的分上!"

"也许比那还要多一点,"我说,"不过我看你丈夫没给库珀小姐留下太好的印象。我听过她把他比成池塘浮渣。"

"如果池塘浮渣有律师的话,"罗莉·斯托普嘉德说道,"池塘浮渣可要告她诽谤。"

"我说啊,伯尼,"雷·基希曼说,"这儿不是在上演《离婚法庭》,如果你懂我在说什么的话。不管他有没有搞婚外情——"

"就一杯,该死!"

"——其实不归警察管。你刚才说卡片怎么会到了她手上。不是他给她的吧?"

波顿·斯托普嘉德看来像是随时可能中风。

"不是,"我说,"不过他给了她偷卡的灵感。波顿这种人总爱吹牛,说自己有这有那。他跟温蒂开始时就玩的这一套……"我差点把她叫成多尔,"可是没几句话他就说到了他最喜欢的主题:他姐夫的伟大收藏,还有他是如何就那样把东西放在光天化日之下,而没藏在应该是棒球卡归属之地的保险柜里。"

多尔的眉毛挑高了。她说:"听起来你一定就坐在我们旁边一桌,伯尼。真奇怪,我可不记得有过那种对话。你呢,斯托普嘉德先生?"

"天哪。"波顿说着把头转向左边。"温蒂,"他说,"见鬼,你是怎么回事?实话实说。我跟你说过要偷马丁的卡之类的话吗?"

"从来没有。"多尔说。

"我说了他有价值不菲的货色,说了他应该妥善保管。我说了他那儿有我很想入手的东西,可他硬是不肯卖。我说了——"

多尔看着他,而且我想眼神是不能杀人的,因为他没死。她翻了个白眼,向我这边看来。"再说说吧,伯尼,"她说,"我贪婪的小手是怎么沾上卡片的?"

"你找了个借口登门拜访约克大道上的吉尔马丁公寓,"我说,"我估计,你是上班时间捧了文件出现在马丁门口要他签名。你扣下一封信不交给公司的信差,亲自递送上门——这招其实也不难。然后呢——"

"怪不得我刚才就觉得她眼熟,"马丁说,"可我想不起在哪儿见过。"

"你一定是在公司见过我,吉尔马丁先生。"

"不对,"他斩钉截铁说道,"你去过我的公寓。"

"就算是吧。"多尔说。

抓住你了!

"说实话,"她说,"我真没去过。不过就算去过吧,那又怎样?"

"你拿了卡片,"我说,"用了这种或那种方法溜进了马丁的工作室,而且逗留的时间足以将卡片移至你为此行的目的带去的东西里,比如帆布背袋或者公文包。你没引起任何人的怀疑便出了门扬长而去,只是手上多了价值五十万的棒球卡。不过你还有个问题。"

"哦?"

"你当面遇到过马丁。比方说如果他在你离开一小时后打开了玫瑰木雪茄盒,要他不想起从哈伯与克罗威尔来的那位令人愉悦、办事高效的访客都难。而且就算他好几天都没去想卡的事,这也不能确保当他琢磨谁有可能拿走卡片时,你的名字和脸蛋不会出现在他的脑海里。所以你有两件事得办。你一边安排卖卡——当然也可以把卡片藏在隐秘处——一边还得想出办法避开嫌疑嫁祸旁人。

"第一件事容易。你认识一个名叫卢卡斯·桑坦格罗的演员同行。说起来他算不上是你的男友,不过他可也不是池塘浮渣,再说你还去过他公寓几次。卢克举止轻佻,正中你的下怀。你告诉他你想把公文包在他那儿寄放几天。于是,警察搜查你的公寓自然不会有结果。你觉得只要没有物证,他们不管怎么调查,你都不会被拖下水。

"不过你还是得找个替死鬼,于是就有了我的戏份。你怎么想到找我的,多尔?"

"我不明白你在说什么。"

"我说不清我的名字是怎么出现的,"我说,"可能是卢克提过我,甚至有可能在街上指给你看过。几年前法律跟我有点小过节,可我一直都没搬家,所以附近一定很多人都还记得我以前是干什么的。"

"也就是在你迷途知返以前。"雷·基希曼拉长声说道。

"总之,我的名字你有印象。而且你还有可能从波顿·斯托普嘉德口里又听了一次。我知道他肯定说了他打算把某个书店老板扫地出门之类的话。他提过那个可怜虫的名字吧?"

波顿开口说他确实请那位年轻女士喝过一杯,可看在上帝的分上,我却在这里大惊小怪、小题大做。罗莉说他每开一次口,就是多打自己一巴掌,于是他闭上了嘴。

"你应该来过我店里,在你从马丁那里拿走卡片之后,可又在他发现这事以前。时间我说不准,不过我能大致算出来。依我看,你是星期一拿走了卡片,当天稍晚时放进卢克的公寓。星期二或三你来到我店里巡视了一圈。波顿提过他爱买哪种书,于是你就打电话跟他说你在巴尼嘉书店看到了合他口味的货色。如果当时他还没跟你说过那幢楼产权归他,这会儿也该讲了。

"与此同时,卢克失踪了。你想尽办法联络他,可是都没有结果。他没接电话,你拼命敲他家的门,结果也只是落得两手酸疼。你开始紧张起来,也许他拿着卡偷跑了。不过可能性很小,因为你给他的公文包是上了锁的,而且你跟他描述里面的东西时也不会让他两眼放光。也许你说了那里面是有勒索价值的法律文件，诸如此类。因此需要把它们藏起来，不过他自己没办法拿去兑现。

"所以他有可能扔下卡片不管，自己跑了，这看来可不太妙。要是他因为贩毒被捕，警察搜他公寓时就会找到卡片，那可如何是好？要是他真的在城外找到工作，两三个月不回来呢？忽然间，把卡藏在西端大道成了个馊主意。

"于是，我可比你原来想的有用多了。如果我当过贼，也许我可以做点什么有用的事换换口味。也许我可以帮你打开他的门。

"在那个致命的星期四晚上，"我说，"我打了那个愚蠢的电话到吉尔马丁家里。我会这样做是因为酒喝得太多，而我喝得太多是因为波顿·斯托普嘉德才花了市价的几分之一就从我手里买走了一本苏·格拉夫顿的小说。"

"开价的是你。"那位绅士指出。

"没错，"我说，"可你也用不着四处炫耀。当晚你们跟吉尔马丁夫妇四人同行看戏的时候你就跟他们夸了口。你也跟温蒂吹过牛，对吧？你肯定有。她向你通报那本书的下落，因此你打电话向她道谢也是理所当然的。电话都打了，你索性提议把她帮你省下的钱花来吃顿两人餐。"

这话我是随口说的，不过根据他的面部表情判断还真是一语中的。他老婆往后一缩，说他真让人恶心，环坐在房间里的人全尴尬地垂下眼睛。

"当时你需要我,"我告诉多尔,"你不确定需要我做什么,不过肯定是需要的。因此你从波顿那儿得到消息以后,就到市里找我。还真让你找到了,不过我当时有伴。我跟卡洛琳一起。"

"在饶舌酒鬼,"卡洛琳回忆道,"然后去了意大利餐厅,最后到我的住处。"

"然后我就不断给马丁打电话,直到半夜他接了才罢休。你应该不至于一直守在阿伯巷等我出去。也许你最终宣告放弃,在哈得孙街喝了杯咖啡,可幸运的是我出现了。总之你看见我没叫到出租车,于是迈步走向地铁,而且你也知道我要去哪里。所以你要做的就是跳上出租车冲到七十二街和百老汇交会口的地铁站等我出来。"

"真是神奇,"她说,"我都不知道我是这么个足智多谋的女人呢。"

"而且还是个该死的大骗子,多尔。从现在起我要叫你多尔,而不是温蒂,因为当天晚上我们熟悉到可以互称姓名后我就是这么叫你的。当时你只是要我陪你走回家。你拉着我走了几个路口,跟我熟络起来,以便日后可以用上我,等我们走到楼下入口处时,你决定放个风试探一下。你刻意向门卫询问了纽金特夫妇的事。"

"我们的事?"琼·纽金特逼问道,"这位年轻女子怎么认识我们的?"

"她不认识,"我说,"不过卢克一定提过。说他当过你的模特儿,说你们出城去了。所以,她假装只是随口问问门卫,就轻而易举地让一个知名的贼知道9G的住户出城去了。"

"我这样做目的何在,伯尼?"

"这我不太确定,"我承认道,"也许你以为卢克窝藏在纽金特住处,希望借此能把他弄出来。也许你觉得我洗劫他们的住处会被逮到,这样就可以把棒球卡失窃案推到我身上。"

"这叫灵界沟通。鲜血在呼唤鲜血。"

说这话的是耐心女士,我们全停下来瞪着她。

她一手捂住嘴。"也许我说得太早了,"她说,"卢克当时在这公寓里吗?"我说是的。"而他当时已经,嗯,死了?"死透了,我说。"那就对了,"她说,"他们之间一定有很强烈的心电感应,卢克跟……抱歉,伯尼,她叫温蒂还是多尔?"

"事实上,大部分人都叫我格温,"多尔说,"不过眼下我他妈的可不在乎人家怎么叫我。我们继续行吗?"

"感应强烈,"耐心女士说,"他的灵从身体里解放出来跟她沟通。不过她不知道那是什么,只是意识到这间公寓给人一种急迫感。"她伸出双手,手指尽力分开,相距一英寸左右。"这里阴风飕飕,"她告诉琼·纽金特,"真不知道你怎么住得下去。"

"阴气很重,"纽金特太太甩了甩辫子,"不过我觉得这股能量有益于我的创作。"

"我倒从来没这样想过，"耐心女士说，"听起来有道理。"

我觉得自己就像想掌控方向盘的后座乘客。"总而言之，她设下陷阱放了饵，跟我道声晚安——"

"外加吻别。"多尔提醒我。

"外加吻别。"我同意，"然后你就匆匆走过门卫消失在这幢建筑里。"

"也许是艾迪，"哈伦·纽金特对他太太喃喃说道，"那个没用的。"

"也许你是上楼又敲了卢克的门，"我继续说，"也许你是找地方安顿下来，监视着大厅，看我有没有衔住你放的饵。最终你宣告放弃回家去——我其实早已回家了。我先前喝下比平常分量多的威士忌，得先睡一会儿，之后我去了市中心打开店门，可很快我就被抓进去了。"

"完全合乎法律程序，"雷·基希曼说，"你打的那个电话，你的前科——"

"我可没在抱怨，"我说，"只是吓了一跳。星期五晚上在牢里度过，星期六晚上只要能睡在自己床上我就心满意足了。可是午夜时分我接到了你的电话，多尔。你又想出一套新鲜的谎话来骗我，而且这次你很清楚我能派什么用场。卢克是你男友，你说，你跟他提出分手，还当面把钥匙扔给了他，而且你就知道他会偷走你好友马丁的棒球卡以示报复。只要我帮你打开卢克的门,我们就可以送还马丁的棒球卡洗清我的罪名。"

"等一下,"雷说,"她先拿走棒球卡,而这会儿又想双手奉还?"

"我有个感觉,只要卡一到手,她的计划就变,"我说,"不过这故事暂时还说得通。我知道哪里有点不对劲,可我想何不姑且顺着她的意思做,看看究竟会怎么样。首先发现的就是你撒谎了,多尔。你说你先前没法打电话给我,是因为你不知道我的店名和店址。所以星期六晚上我们分手时,我说了第二天下午我要跟你在店里碰头,你立刻同意了,甚至都没问我的店在哪里、怎么去。"

"你之前说过了。"

"没有。你早就知道了。而且你还早到了很久,之后我们来到上城,由我打开卢克的门。"

"破门而入。"雷宣布。

"入的部分我承认,"我说,"不过我们什么都没打破,而且也没找到什么值钱的东西。一些毒品,还有类似大麻的玩意儿,外加果酱罐里的几块钱。"

"我们搜查那里时找到了毒品,"雷说,"不过我不记得哪个果酱罐里有现金。"

"天哪,"我说,"我不明白钱到哪去了。哦,还有一件事。我们找到了一张棒球卡,卡名'三垒站姿!'上头是泰德·威廉姆斯两手放在臀部站着。"

"芥末系列里的一张，"波顿·斯托普嘉德说，"没错，确实是马丁的卡。也是威廉姆斯的卡中很棒的一张。"

"如果你喜欢那种东西的话，"我说，"多尔和我都没有领略到它的魅力。我从卡上得到的信息是：它们到这里来过，不过现在已经不见了。多尔原来就知道棒球卡在那儿，不过这下她知道卢克一定是强行撬开了公文包。他把棒球卡放进了自己的背包里，之后显然又改了主意，不过他忘在背包某个口袋里的一张卡败露了他的形迹。总之这就表示他打算独吞，如果当时他不是已经把卡卖掉，就是正在进行当中，反正多尔得跟钞票吻别了，或者至少也得等卢克再次现身，在他身上再下一番功夫才行。"

"不可能了，"卡洛琳好心帮忙说，"因为卢克死在了浴室里。"

"是不可能了，"我说，"哦，他死了，我们进他公寓时，警察已经把他装进尸袋拖走了。这事上了星期天晚上的新闻，之后我就再没有过多尔的消息。她已经下了结论——在我看来还算合理——她想从中捞点钱的希望已经完全破灭，所以不如看看另外还有什么别的机会。"

"那些卡片怎么样了？"想知道的是罗莉·斯托普嘉德——加强了我原先就觉得她非常现实的印象。

"不见了，"我说，"卢克卖掉了吗？如果真是这样，钱又在哪儿？照我看，他把卡和公文包等物品全放在了某个寄物柜里，同时盘算着该如何处理。当然应该还有几种可能性,不过我觉得我们再也别想知道钱的下落了。"

"卢克呢?"

"什么?"

"那个年轻人,"埃德娜·吉尔马丁说道,就我记忆所及,整个晚上这还是她第一次开口,"那个神秘地死在上锁浴室里的年轻人啊。是谁杀了他?"

"哦,这简单,"我说,"是哈伦·纽金特杀的。"

22

那一瞬间我有些紧张,这我得承认。因为哈伦·纽金特完全可以请大家都回家,然后拿起电话打给他的律师。

不过他说的是:"这太可笑了。我根本就不认识他,为什么要杀他?"

"问得好。"我说。

"而且当时我们在伦敦,"琼·纽金特插话道,"不可能跟这事有关系。我们不在国内。"

"你们是星期三晚上走的,"我说,"多尔星期一晚上把卡放进卢克的公寓。从那时到你们离开之前的某个时间,卢克就在这里,哈伦·纽金特杀了他。"我朝雷看去,"这跟警方估计的死亡时间还吻合吧?"

"没问题,伯尼。"

"我看你一定是疯了,"纽金特说,"那几天他可没到过我们公寓。"一道阴影从他太太的脸上掠过,有那么一瞬间,她似乎要说点什么,可是她丈夫在她手上按了一下,于是这一瞬间便滑过去了。他用力咬了咬牙。"我要重复我刚才的话。你也说那是个好问题。我究竟为什么要杀他?"

"依然是个好问题,"我说,"不过我也有几个好问题。怎么会有人脱光衣服把自己锁进人家的浴室?"

"想洗澡吧。"罗莉·斯托普嘉德提议。

"如果是在他自己的浴室还说得通,"卡洛琳也很踊跃,"可那不是。也许他当模特摆姿势弄得满头大汗,需要冲个澡。"

"他不在这里。"哈伦·纽金特说道。

"或许他只是刚好要上厕所,伯尼。不过这可用不上浴缸,对吧?雷,有没有查过他七楼公寓的淋浴能不能用?你知道,如果他没法在自己家里冲澡——"

"跟淋浴没关系,"我说,"水根本就没开,身体也没弄湿。"

"有些人的确会把自己关进浴室,"罗莉·斯托普嘉德看了一眼她丈夫说道,"有没有在他旁边找到什么奇怪的杂志?"

是再次掌控方向盘的时候了。"他把自己反锁在浴室里,"我说,"是要躲起来。多年前有一回,在我偶尔还会犯上几桩窃案的时候——"

"哦,天哪。"雷咕哝道。

"——我进入一间空屋,结果住客回来了。我躲进衣橱——虽然如果附近就有浴室的话应该一样好用。我没法锁上衣橱,当然。"是旁人锁的——连同我一起——等我想了法子钻出来时,赫然在地板上发现了一具尸体。这事现在回想起来我还胆战心惊。

"不过我没赤身裸体,"我继续说,"上星期雷·基希曼问我什么样的窃贼会在犯案过程脱下衣物。我听过的贼都不会,我跟他说,所以——"

"他当时在摆姿势,"耐心女士说,"我说对了吧?"她对着琼·纽金特微笑着。"他在当你的模特儿,对不对?"

"我从来不画裸体,"琼·纽金特说,"我不信那个。"

"你不信那个?"

"对,我不信。我觉得多少世纪以来这种东西已经累积得太多了。我最近画的卢克是穿小丑装的。我向你保证,他包得严严实实。"

"然后他去换衣服,"耐心女士说,"原先他穿了戏服摆姿势,之后——"

"没穿戏服。他摆姿势都穿外出服。通常我会先勾勒他身体的线条,事后才加上小丑戏服。我不需要他在场。"

"不过他确实光着身子。"我说。

"哦,没有,"她说,"这我应该记得。这种事我绝对忘不了,我可以保证。"

"琼,"哈伦·纽金特温和地说道,"闭嘴。"

"你是有可能记得,"我告诉她,"如果你原先就知道到底发生了什么事的话。不过你当时没了知觉。你被人下了药。"

"一个字都别说，琼。"纽金特说道。

"如果各位能跟我过去看看的话，"我说着领大家走向工作室或者客房——随你怎么称呼，"你被人下了药，纽金特太太，不省人事。你被脱光了衣服。卢卡斯·桑坦格罗也脱得精光，然后他就打算——"

"哦，天哪。"有人在说。

"我想当时你是躺在那头的躺椅上，或者倒在地板上。然后就传来你丈夫的钥匙在锁里转动的声音，几秒钟以后他已经打开了走道的门，宣布他的到来。他是个高大快乐的人，我敢说他会大声宣布自己的归来。"

"有时候他会说：'露西，我回来啦。'和里奇·雷卡多①一样，你知道。他的古巴腔模仿得惟妙惟肖。露一手给他们瞧瞧，亲爱的。"

哈伦·纽金特看上去像在努力吸进下一口气。

"你走进来，"我对他说道，"发现你太太不省人事——或者至少是吸了毒神志不清。你看到浴室门关着。你转了转门把，锁着。"

"然后我怎么做的？"

"你用力敲，下令开门。卢卡斯·桑坦格罗干过很多

---

① 里奇·雷卡多，电视剧《我爱露西》中露西的丈夫。

事——大部分不提也罢——不过他的脑子可是清楚得很。总之他就是不开门。"

"这么说我们就僵在那儿了,"纽金特道,"因为我这样的身材总不可能穿过钥匙孔钻进去,何况这门可连个孔都没有,对吧?"他攥紧拳头用力捶在门上。"很坚固,"他表示,"不过我看如果碰上紧急情况,我还是可以弄开的。用力踢、用肩膀撞之类的。可我不是听说警察被迫冲进去时门还好好的,甚至还锁着吗?"

"这一点我也很纳闷。"我说着走过去轻轻敲门,然后咔嗒按下旁边的开关。没有哪盏灯亮起或者熄灭。我打开浴室门时重复这个动作,结果也一样。"这玩意儿是什么?"我说,"好像没有任何作用,对吧?"

"我看它控制的可能是护壁板上的插座,"纽金特说,"这能说明什么?"

"不好说。"我拿出那串偷盗工具,动手拧开固定开关板的螺丝钉。"请看,"我说着把少了开关盒的那个长方形指给众人,"从前,这间屋子应该是孩子的卧室。结果孩子把自己反锁在浴室里出不来,这样的事也许有过两三次,父母认为绝不能再发生。于是就有了这个小小的安全设计。"

"我们搬来这儿时,孩子都大了,"琼·纽金特说,"这房间一直是我的工作室。我可从来没把自己反锁在浴室里。这间浴室我也难得用,即使是另外那间我用的时候也很少上锁。"

"琼，"她先生说道，"没人想知道这个。至于你，先生，"他转向我说，"你提出的想法根本说不通。就算你其他的提议是对的——其实根本不对，就算我早知道有这条秘密通道——其实我不知道，而且就算我怒火高涨，想教训歹徒，我又为什么要把他留在浴室里？如果我进去杀了他，又怎么没把尸体处理掉？"

"因为你进不去。"

"伯尼，"雷·基希曼指出，"你刚刚当场表演了怎么进去。记得吗？"

"历历在目，"我说，"但纽金特先生没这样做。他从平时放枪的地方抽出枪来，然后把能起作用的那端塞进洞口，开枪打在卢卡斯·桑坦格罗的两眼正中。我不知道卢克当时是否站在浴缸里。他看到手枪塞过墙壁瞄准他时，有可能想往后退，谁又能怪他呢？不过他中弹时，冲击力让他转过身，于是他倒在了浴缸里。因此他死了，可门还锁着。"

"是这样吗，伯尼？他和你一样把手伸进去，开了门锁把尸体扛出来——咱们的纽金特先生是个大块头，死者是瘦小的朋克，这应该没问题。你的医生该没说过不能举重之类的话吧，纽金特先生？"

"如果真发生过这种事的话，警官，我绝对是一步步照你刚才说的做去了。"

我说:"哦,是吗?那就做给大伙瞧瞧吧,纽金特先生。"

"这太可笑了。"

"来啊,"我说,"示范一下你是怎么做的,然后我们就可以回家了。"

"简直是胡闹,"他说,"我为什么要配合——"

"哦,行了,"我告诉他,"你个头太大。你的胳膊可以和保加利亚举重选手媲美。我连你能把手探进洞口都表示怀疑,总之你想伸长手臂够到门锁根本不可能。所以这会儿你又何必示范表演来出丑呢?你试了一次,没成功。"

"然后我又怎么办了呢,罗登巴尔先生?"

"你清理现场。你把开关板放回原位。你往你太太身上扔块毯子让她一直睡到药力过去。等她醒来问那个沉默寡言的卢克跑哪儿去了时,你说他一定是在你到家前就走了。'我看我八成打了个盹。'她说。'我看也是,'你说,'总之咱们也该开始收拾了,你说是吧?明晚还要乘飞机。'"

"这么说我把尸体留在原处,急急忙忙去伦敦了。"

"有何不可?他又不去伦敦。你太太已经说了她难得用那间浴室。如果从那之后到你们去机场的二十四小时以内她想进去的话,她会发现门已经锁上了。'看来卡住了,'你可以这样说,'一定是夏天木头膨胀。回来后得找管理员瞧瞧。'"

"你忘了一件事。"

"哦?"

"我们不在家时,公寓被人洗劫过。东西翻得四处都是,抽屉被倒空,珠宝和其他值钱的东西被拿走。这跟你编的故事怎么配合?"

"这话有理,"雷说,"浴缸死者的旁边甚至还找到了一两件珠宝。"

"当然找得到,"我说,"就在纽金特假造失窃现场时扔的地方。"

纽金特瞪着我。"我假造失窃现场?什么时候干的?在我绑架了林白的孩子之后不成?"

我摇摇头。"你怎么做的我可清清楚楚,"我说,"唯一让我费心思的是你什么时候把珠宝扔进的浴缸,这招真是神来之笔。不过我在想,你到底是枪杀了桑坦格罗后立刻就有了这个远见呢,还是后来又一次移下开关板。我看后者可能性更大。杀人是一时冲动,对吧?而故布疑阵则得有个规划才行。"

"你简直是疯了。"

"我是这样想的,"我继续说,"星期二深夜你太太睡着以后,你想到了该怎么办。你拿了她几件珠宝,走进这间屋子,转下开关板,把珠宝扔进浴缸陪着尸体,然后再度封好。星期三你们准备好了要飞到伦敦。也许你们都已经走到街上把行李往出租车上塞了,你又想办法找出了一个借口——比如一个你刻意忘在公寓的袋子。'用不了一分钟。'你告诉你太太，而且其实也花不了多久的时间。你拿了几件珠宝，随手拉开几个抽屉，然后又离开了。桑坦格罗——呃，不管他做了什么吧——之前脱掉的衣物你都处理掉了。这个太简单了，你可以把衣服扔到窗外任由街头游民抢走，不过我看你是找到了更安全的方法。"

"那么珠宝我是怎么处理的？"

"问得好，"我说，"那条项链可真美，纽金特太太。我整个晚上都在仰慕它。想来不是失窃物之一吧？"

"我戴着它去欧洲的。"

"我不知道你在打什么鬼主意，"纽金特说，"而且我看你自己也脱不了干系。警察已经把所有的失窃物详细列出了清单。我可以向你保证，我太太戴的珠宝不在上头。"

"我想也是，"我说，"不过知道这份清单很有用。雷，你手上该不会刚好有一份吧？"

"事实上还真有。"

"就算他没有，我也有，"纽金特说，"有或没有又能怎么样？"

"那么，"我不急不慢地说，"如果我们在这间公寓里找到清单上列出的几件珠宝的话，纽金特先生的脸上可就不好看了，对吧？"

"要是他拿了东西，"雷说，"他也不会留在这儿。他可不是笨蛋，伯尼。"

"我总不可能把东西塞进胸前口袋一路带到伦敦再回来吧,"纽金特试探性地说,"再说我怎么可能有时间另想办法处理掉呢?"

"没错,"我说,"你得把东西藏在公寓里才行。我知道你打算怎么说,雷。纽金特夫妇回来以后,他大可把那些好东西转放到保险柜里。"

"你说出了我的心底话,伯尼。"

"不是不可能,"我说,"不过我看他没有。何必费这事呢,他出国时警察都已经进出过这里了。我想他是打定了主意,把珠宝留在原地才稳当。会在哪里呢?"我沉吟着看着哈伦·纽金特,"你太太不会发现的地方——因为她以为窃案真有其事。某个你自己的私密空间,工作室,比如。"我起步往那里走去,妈的他们要没全跟上才真见鬼了。"某个上锁的书桌抽屉,"我一边说一边找到了一个抽屉,"珠宝你是放在这里的,纽金特先生。"

"一派胡言。"

"看来你是不愿意当众打开抽屉了?"

"天底下没有比这更让我想做的事了。"他打开书桌另一头一个没上锁的抽屉,在里头摸索一番。"见鬼。"他说。

"怎么回事?"

"我找不到那把该死的钥匙。"

"可笑的借口。"

他嘟囔着五彩缤纷、想象力丰富的脏话。如果我是把钥匙而且有人跟我这样讲话的话,我肯定唯命是从。不过,这把钥匙还是不见了踪影。

"伯尼,"卡洛琳开口了,上帝保佑她,"你从什么时候开始需要钥匙开锁的?用一下上帝给你的天赋吧。"

"这可不行,"我说,"我们在纽金特家做客,这是他的书桌他的抽屉,而且只有他才知道里面有什么。没经过他同意我哪能擅自打开。"

他看着我。"你可以不用钥匙开锁?"

"有时候。"我说。

"看在上帝的分上,那就动手吧!"他说道,然后我看他终于恍然大悟——真是完美!"等等,"他说,"你没有合法权利。"

"是的,先生,"我说,"我们需要你的许可。"

"如果得不到的话,就申请搜查令。"雷补充道。

大肩膀松垮下来。"不可能有……我无法想象……动手吧,见你的鬼,打开这该死的玩意儿。"

猜猜我们找到了什么?

"我完全失去了理智,"哈伦·纽金特道,"正如你所说,那个星期二下午我回到家,发现琼赤身裸体地瘫在她工作室的躺椅上。她不省人事,而且姿势古怪,不自然。

我看了一眼,以为她死了。"

"哦,亲爱的!"

"而且地板上又堆了这么些衣服,看上去是匆匆剥下的。有她的衣服,还有几件男人的衣物。然后我的眼睛就被浴室门吸引了过去——那门关着。她作画时,门通常是打开的。"

"我用丙烯颜料画画时,都在水槽洗画笔。"

"我试了试,当然没打开。我大吼着命令里面的人开门。他当然没应。如果他真开了的话,我看我八成会扯断他的手脚。"

"所以你就去拿枪。"

"从上锁的抽屉里拿的。如果那时候我也搞丢了钥匙的话,桑坦格罗搞不好还活着……"他说完这话想了想。"不对,"他坚决地说道,"我会把门踢开宰了他。我当时简直疯了。"

"不过你还记得有个办法可以进去。"

"开关板,是的。而且我开枪杀了他。我扣扳机的时候连他是谁都没弄清楚。我不在乎。他杀了我唯一爱过的女人,该死的,他当然得一命赔一命。然后我会打电话报警让他们处理。"

"没想到她活过来了。"

"感谢上帝,"他说,"她动了动胳膊,她在呼吸,她还活着。我不知道他干了什么,是把她打昏,还是下药,还是——"

"他有时候会给我那种药丸,"她说,"颜色很丰富。药丸给了我不少创作灵感,不过有时候我会变得很累,非得躺下打个盹才行。"

"猪猡,"纽金特说,"他死了我可不难过。很难相信这个世界没有他会更加糟糕。不过我还真希望我没杀掉他,这事让我寝食难安。"

"难怪你在伦敦时那么闷闷不乐,亲爱的。"

"我把现场清理干净,思考着下一步该怎么办。这时琼笑着醒过来了,不过还有点昏昏沉沉的,她问我几点到家的、卢克到哪儿去了。我说我才进门,他肯定是先走了。晚上她上床睡觉后,我跑出去把他的衣服挂在阿姆斯特丹大道那家教堂的大门上。大家都把衣物留在那里,无家可归的游民会过去拿。我以前也在那儿留过东西:领子磨破的衬衫、臀部磨亮的长裤。说真的,我捐出的衣物都比我当晚挂在那门上的要好。膝盖破洞的脏牛仔裤、臭得连公山羊闻了都会窒息的毛衣——"

"卢克向来不会穿衣服,"多尔插话道,"而且确实很不讲究个人卫生。"

"枪我处理掉了。买枪原本是用来防贼的,说来它已经完成任务了。我把枪丢进暴雨下水道。"

"之后你就监守自盗,"雷说,"然后溜到了伦敦。"

纽金特皱起眉头。"我发誓这个部分我没印象,"他说,"干了这种事有可能会忘得一干二净吗?"

"亲爱的,你压力很大。"他太太说。

"我向来以我的记忆力为荣,"他说,"这跟忘了电话号码可不一样。"

"你提了两只袋子下楼,哈伦。然后你又上楼说要再提两个,我在大厅里等着。"

"我就是那时动的手,"他说,"我还真可以发誓——"

"什么?"

"没什么,"他说,"都无所谓了。见鬼,记不记得又怎样?我已经承认了杀人。犯下这案子可比谎报窃案严重得多。"他长叹一声。"唉,"他说,"我看我这就打电话给我的律师。然后你就要依法行事,宣读我的权利了,对吧?"

一阵寂静,然后我默默地数起来,一、二、三、四……

"不用这么着急,"雷·基希曼说,"在我们进入任何官方程序之前,不妨先分析一下情况。"

有人问他这是什么意思。

"那么,请问证据呢?虽然你当着一屋子人的面认了罪,不过法庭一句都不会采纳。任何一个律师都会要你翻供,所以你等于什么都没说。至于物证,目前我们掌握的全都没用。确实存在一个后头少了开关盒的开关板——证明上锁的房间里是可能有人遭到枪杀,可那又怎样?

"至于你，年轻的女士，"他对多尔·库珀说，"我心里可是十分清楚，而且我看其他人也一样：棒球卡失踪的事你脱不了干系。不过我们手里没卡，你也没有，而且依我看，棒球卡已经被卖了、瓜分了又转过三次手，别想找回来了。这边这位绅士，吉尔马丁先生，他也许有笔账要跟你算，因为你拿走的正是他的卡。如果他坚持提出指控，到时候估计也会因为物证不足被驳回，不过我还是得把你带到警察局。"

"我不想提出指控，"马丁说，"我只希望库珀小姐以后能够缩小她的演戏舞台，只在舞台和银幕上就行了。她看起来才华洋溢，浪费了未免可惜。"

"你知道，"多尔说，"你是个绅士，真的。很抱歉我拿了你的卡。我是在演戏，你说对了。我自欺欺人，以为我可以借此不为偷窃的事负责。这话说来是陈词滥调，不过今晚我还真是得到了教训。"

卡洛琳给了我一个"别让她跑了"的眼色，不过这番话对其他人好像起了作用。

"就是这样了，"雷说，"现在回到你身上，纽金特先生。说来说去总之就是没证据，而且那人死了好像真的不是什么太大的损失。当然这还牵扯到谎报保险公司，要求赔偿其实没有丢失的东西。"

"想到这个我就很不安，"纽金特承认，"等于是赚死人钱。不过窃案一旦列入官方记录，我就算不想申请理赔也难。"他思索了一下,"我可以告诉他们我搞错了。珠宝其实又找回来了。"

"你确定要这么办吗,纽金特先生?这样你就会成为众矢之的。你现在陷得已经够深了,最快的捷径就是继续往前走。"他往大男人的肩膀上搭了只友善的手,"说到从这当中获取利益,相信我,先生,这点你绝对不用良心不安。至于其他人,我在想也许你们全该退场了。表演已经结束,现在我和纽金特先生要单独讨论一下细节,看看这件事得怎么才能防止外露,只让自己人知道就好。"

23

第二天我跟人约好共进午餐,所以下午关上店门去了饶舌酒鬼之后才有机会坐下来跟卡洛琳谈话。我打烊的时间晚了点——我有个顾客是忠实的G.T.亨特收藏者,愿他的族人日益增加——我到那里时她已经在喝威士忌苏打了。我请玛克辛拿杯啤酒给我,卡洛琳说看到我想喝酒她就放心了。

"最近你工作量大增,伯尼,"她说,"我开始担心你了。"

"不用担心。"我说。

"昨晚我独自回家,"她说,"因为我觉得你跟耐心女士或许想趁着黑夜悄悄溜掉。"

"踩着抑扬格的步伐吗?"我摇摇头。"我帮她买了杯咖啡,"我说,"然后送她上了出租车。"

"我不明白她去那儿干什么,伯尼。我一直在想怎么会是她偷了棒球卡或者一枪打死卢卡斯·桑坦格罗,结果我还真想出了几个好理由。你为什么要让雷把她找去?"

"省得还要从头再讲一遍,"我说,"说来我还欠她一个解释——那么多次食言、还撒了小谎。"

"是撒谎,伯尼。只要过了七岁,你就再没权利说你撒的是小谎。"

"另外也有点炫耀的成分在里面,而且我觉得这可以让她高兴些。她是个好女人,只是整天都很沮丧。她是会出来一两秒钟、和着《弗蒙特月光》的曲子唱唱俳句,可是之后她又缩了回去,沉入哀怨的泥淖。"

她皱皱眉。"这不是贝比·鲁斯吗?"

"他叫远距安打王。"

"哦对。要搞清谁是谁还真不容易。伯尼,你总该记得耐心女士是诗人吧。"

"不然还有谁会唱俳句?"

"他们全都这么郁郁寡欢,尤其是女人。好在她们大都住在地下室的公寓,否则不知会有多少跳楼事件。说来她们还真的总是自杀。"

"西尔维亚·普拉斯[1],安妮·塞克斯顿[2]。"

"这还只是冰山的一角,伯尼。众所周知,女人原本就带着诗一样的多愁善感。这还有个名称呢。"

---

[1] 西尔维亚·普拉斯(Sylvia Plath, 1923—1963),美国诗人,特德·休斯之妻,其作品以对极端和痛苦心态的处理而著名。一九六三年自杀。
[2] 安妮·塞克斯顿(Anne Sexton, 1928—1974),美国诗人,一九六七年获普利策诗歌奖。一九七四年自杀。

"埃德娜·圣文森抑郁症,"我说,"这我听过,可还是第一次真正遇到。我看耐心女士和我是要分道扬镳了。不过话说回来,有她在场也无妨。椅子还够。"

她啜了口酒,问我其他人走后发生了什么。

"你也能想得到,"我说,"雷的直觉有时候还真灵,这我可得夸他一句。他有预感我可以澄清真相,他可以从中获利。这两件他都说中了。你在那里看到我澄清真相,你离开后他领到了他的那份。"

"哈伦·纽金特付钱封他的嘴?"

"雷的遣词造句可不一样。照他说,为了确保调查工作不扩散,总得花钱打点众人。想确保这点他只要闭口不言、不送报告就行,所以也没什么好打点的。雷所谓的分享就是把钱分一分,放到不同的口袋里。"

"他拿到了多少?"

"先是八千三百五。纽金特手头的现金就这么多。等保险公司理赔纽金特夫妇的珠宝以后,会有更多进账。我估计雷还可以再捞上两千或两千五。"

"八千三百五。"

"对。"

"这数字挺耳熟。"

"可不是。"我酸溜溜地说。

"是你第一次上那儿时从纽金特的书桌里拿走的数目,对吧?"

"一分不少，"我说，"我对天发誓我这辈子干过的最愚蠢的买卖就是这桩。那地方我进去三次。第一次我拿了些钱跟珠宝又把珠宝放回去。第二次我把钱留下拿回珠宝。前天晚上我最后一回进门把钱摆回原处，连珠宝也一起放进抽屉。这简直就和你不能把基督徒跟食人族放上同一条船的算术题一样搞得人头昏脑涨。"

"两种人我都不信任，伯尼。你是怎么混进去的，三更半夜行动的吗？"

"大约凌晨四点。两个纽金特都没有动静。我以年轻的罗登巴尔医生的身份登堂入室，口袋里塞了个听诊器。就这么一次，我是去送货而不是拿货，如果被逮个正着亏可真是吃大了，不过我知道应该要布置现场。"

"你偷了那把钥匙，对吧？"

我点点头。"多少人把上锁抽屉的钥匙就放在旁边没上锁的抽屉里，说来你会大吃一惊。不过，其实也有道理。否则放在哪里呢？通常我是不会找钥匙的，因为那种锁实在太好开了，不过那天晚上我无意间看到了它，心想如果纽金特非说那抽屉他开不了的话会更具戏剧性，可以制造他偷藏东西的假象。结果呢，连他自己也吃了一惊：他还真的藏了。"

"为什么要把那八千三百五十美元放回去？"

"一副扑克里最多就那么几张大鬼。昨晚我们走的时候，纽金特终于想起他的确是把珠宝从他老婆的梳妆台移到了书桌里。他的记忆自动填补了空白,是因为没有其他可能的解释。可怜的人。"

"他可是杀了个人哪,伯尼。"

"多尔可偷了人家的棒球卡收藏哪,我们怎么可以坐视这种行为躲过惩罚呢?其实说穿了,他们还真是躲过了惩罚。两人都没花一毛钱。多尔昂首阔步地走出那里,而纽金特用来收买雷的钱自有保险公司付账。"

"那钱原本是他的。"

"没错,而且话说回来那钱原先有段时间还属于我。"我耸耸肩,"我就知道扯进这个案子没好处,所以当初才会拼命推托。可是雷那样催逼外加你那样唠叨,我有别的路可走吗?"

"那不叫唠叨,伯尼。那是关心你的朋友给你的忠告。"

"至少听起来很像唠叨,"我说,"而且也奏效了,所以功劳算你的。"

"功不在我,伯尼,在拉菲兹。"

我看着她。

"还记得吧,伯尼,拉菲兹腾空一跳弓着背把它那套古怪招数全都使出来,然后你就灵光乍现。"

"哦,对。"

"功劳是谁的就归谁嘛。"她对着玛克辛招手又要了一轮酒,"有几件事我没完全搞清楚,伯尼。你怎么知道她丈夫到家时,琼·纽金特是被下了药不省人事?换了我可不会想到这个。"

"我也没想到。"

"嗯?"

"我原以为,"我开口说道,"她跟卢克有暧昧,哈伦钥匙插进门里的时候他们正在床上。不过照理说他们应该在主卧室才对,不是吗?果真如此,卢克怎么没去另外那间浴室呢?"

"除非他们起初只是画家和模特,接着事情一件件发生,最后忘了情。"

"或者她对在丈夫和自己的床上跟别人犯下奸情有所顾忌。不过话说回来,她确实不知道尸体怎么会跑到那间浴室的。卢克的公寓塞了一整个储藏室的毒品,而且她经常神色恍惚,看着就像那种时不时服用情绪调整药物的女人,所以答案就呼之欲出了。"

"卢克真是个人渣。"

"想来他应该是没上过吉恩·赫肖尔特人道主义奖[①]那张名单,"我说,"可他人不在,没法为自己辩护了。这事说起来可不比恋尸癖好多少,不过也许开头不是那样。也许他给她灌了迷幻药,于是他们开始亲吻,然后她便脱下衣服,于是他们就,呃,搂在一起,然后药力发作,她陷

---

①吉恩·赫肖尔特人道主义奖(Jean Hersholt Humanitarian Award),奥斯卡的奖项之一,授予"为电影事业带来信誉而做出人道主义努力的电影事业人士",规定每届只有一名获奖者,而且只有完全够条件者才能评上,曾有几次因为没有合适的人选而空缺。

入昏迷。"

"难道他不知道可以停下来吗？我猜他以为她是个英国人。相信我，伯尼，那人是条害虫。看他是怎么反咬多尔·库珀的。她把马丁的卡寄放在他家，可他却拿着卡走了。"

"拿卡的人是我，卡洛琳。卢克在楼上被枪杀时，装满卡片的公文包还在他的床底下。"

"哦，是这样，"她说，"这么说你是条害虫。"

"也许吧。"

"还有件事我也很纳闷。手枪。他们难道就没办法找到吗？"

"想从下水道里找回来？你可知道有多少把枪被扔进了下水道？"

"很多，是吗？"

"这样说吧，"我说，"如果纽约的下水道真藏了鳄鱼的话，其中半数都有武装。想把手枪处理掉？只要扔进下水道，就跟把针藏在了干草堆里一样。"

"我永远不会把针藏在草堆里，"她说，"谁都会想到要先到那里去找。伯尼，他怎么不把枪留给卢克？我知道他的胳膊穿不过洞口，不过他总可以把枪扔在浴缸里吧？"

"看来会像自杀。"

"对。"

"除非根本就不像，"我说，"你仔细看就会发现。就算他想了办法去掉自己的指纹,请问他怎么才能把卢克的指纹弄上去?而且,他们如果在卢克身上进行石蜡测试的话,他手上可找不到硝酸盐粒子,看不出他开过枪。"

"哦。"

"我不知道那是哪一种枪,所以也没法断定枪身能不能穿过洞口。可如果我刚开枪打了个人,他又倒在我没法清楚看到的地方,而且我也无法确定他是死是活,就算能过去,我也不会把上膛的枪扔给他。"

"嗯,这主意确实不怎么样,"她说,"唉,好吧。酒喝完该走了,伯尼。"

"这么早?"

"有约。"

"哦?我认识吗?"

"也没什么大不了的,"她语带防卫,"只是喝杯酒聊聊天。"

"波顿·斯托普嘉德说起他追多尔时就是这样的。"我看着她,"是我认识的人,对吧?是谁,卡洛琳?"

"我前几天晚上才认识的人。"

"不会是多尔吧,"我说,"不可能。"

"天哪,当然不是。马丁会杀了我的。"

"你这么一说,他好像还真迷上她了,她还偷了他的棒球卡呢。嗯,他是剧院的赞助人,说不定会对她的事业产生慈父般的兴趣。"

"或者干爹式的兴趣,伯尼。总之,她不是我喜欢的类型。"

"不会是耐心女士。是琼·纽金特吗?你打算干什么,穿上小丑衣服请她帮你画像?"

"你真刻薄,伯尼。"

"呃——"

"事实上,"她说,"是罗莉·斯托普嘉德。"

"罗莉·斯托普嘉德。"

"你不觉得她挺好的吗?"

"很好,不过——"

"不过她结婚了。你打算说这个,对吧?"

"差不多。"

"你没看到她抛给我的眼神,伯尼。"

"嗯,没错。"

"而且你也没听到下楼时她跟我说了什么。'打电话给我。'她说。"

"于是你就打给她了。"

"嗯,长远地说,我很可能会弄得以心碎收场,不过人有心脏为的就是这个,而我的那颗已经开始习惯了。她还真好,不是吗?漂亮、精明,又有趣。"

"想想这些优点全浪费到波顿·斯托普嘉德身上,真可惜。"

"我就是这样想的,"她说,"和他竞争我稳操胜券。"

24

一两天之后,这天店门被推开时我正在跟沃利·亨普希尔通电话。"好极了,"我告诉我的律师,"那就到时候见了。听着,我得忙去了,有顾客。"

是波顿·斯托普嘉德。

"我接到你的口信了,"他说,"勇气可嘉啊,竟然要我上门找你。那天晚上你编导的小戏码还真精彩。大伙儿起步离开的时候,我的婚姻已经岌岌可危了。"

"抱歉。"

"现在没事了。事情总会过去的,你知道。这几天她平静多了。你手上有什么我可能会有兴趣的东西呢?早期的苏·格拉夫顿?玛西亚·穆勒①?到底是什么?"

我从胸前的口袋里掏出一张用人造丝帕包着的卡片,放在柜台上。

---

①玛西亚·穆勒(Marcia Muller, 1944—),美国侦探和惊悚小说作家。

"你知道,"他说,"你讲到你在那个笨蛋桑坦格罗的公寓找到查莫斯系列卡的时候,我就想问那卡的下落——究竟是你还是温蒂弄到手的,不过当时的时间地点好像都不太对。"

"或许。"

"这么说你是想卖'三垒站姿!'对吧?后期出的,应该能值几个钱。想卖多少?"

"看仔细点,斯托普嘉德先生。"

"天哪,"他说,"'全垒打神击'四十号卡。这个系列的王牌。见鬼,你是从哪儿弄来的?"就在我从他指间抠出这卡时,他忽然明白了,"我真是瞎了眼,"他说,"你弄到了马丁的卡!"

"看来是这样的,"我承认,"所以现在你只要拟好我们谈过的条件,依目前的租金给我三十年延长租约。"

"妈的。"

"怎么了?"

"唉,见鬼。真让人难堪啊,我卖了这幢楼。"

"什么?"

"如果你做的是房地产生意,"他说,"你就不会合并建筑,你只会买和卖。只要价钱合适,什么东西都能出个价。几天前有人出了个价码,高到我没法拒绝。所以我就卖了。"

"可是——"

"你会收到邮件通知,告诉你每个月支票该寄到哪里之类的事。你的新房东叫普森房屋什么的。他们会跟你联络。"

"希望他们喜欢棒球卡。"

"也许他们连租约快到期了都不知道,"他说,这话我不敢苟同,"或者他们为了能把地方租给可靠的人,暂时不会找你麻烦。当然,根据他们找上门来买下大楼的强势做法,我看他们要这空间是有别的用途。不过你这人鬼点子多,你会想出个办法来对付的。"

"你卖了楼房,"我说,"当着我的面卖掉了我的店。"

"妈的,那时候你怎么不吭声?我怎么知道你手上有卡?"

"我不想当众宣布。"

"对,可是——"

"而且反正当时你一定已经答应了他们卖楼房。"

"对,可是——"

"那就没别的好说了。"我说着把短跑王塞进口袋。

"听着,"他说,"这些卡我还是想买。只不过我现在手头有点紧。如果你可以帮我留几个月——"

"你在开玩笑吧。"

"这么说是不肯了。咱们直接以物换物你看怎样?我可以提供不少好东西。弗里森丘东边雷哥公园区一套漂亮的双卧室公寓你要吗?不要就算了,犯不着做鬼脸。"

"如果我得为租约重新讨价还价,"我说,"或者另找地方重开书店的话,我需要现金。"

"也对。"

"再说棒球卡要出手也不难。我先向你开口是因为这是个保住店铺的办法,不过我要找别的买主也不困难。"

"把芥末系列卖给我。"他说。

"你刚才说——"

"其他卡片依我看都一文不值。我只对泰德·威廉姆斯有兴趣。总共四十张卡。书上开的市价是多少,三千?"

"更靠近五千。"

"真的?听起来挺高,不过管他呢。我这就给你五千块现款。怎么样?"

"我宁愿把卡扔了。"

"天哪,这是为什么?听着,那就不提五千的事。我付你个好价钱,因为我真的想要这些卡。我给你六千。"

"一万。"

"开玩笑。这可是市价的两倍。上帝知道,买赃物通常都还预期有折扣呢。我付不了一万,这不可能。"

"那就算了。"

"七千。明天我就会骂死我自己,不过我还是给你七千。"

"一万。"

"'一万,一万,一万。'你就只会说这个吗?"

"一万一?"

"那就一万,上帝啊。真不敢相信,不过我不在乎。你不收支票吧?我得去一趟银行。二十分钟就回来。你的卡会准备好?"

我还能说什么?他说服我了。

波顿·斯托普嘉德不是二十分钟后回来的,而是二十五分钟,又过了十分钟后他便离开了——拿了一百张绿纸跟我交换四十张卡纸。我去冲马桶——我们进行交易时拉菲兹用过——回来时只见沃利·亨普希尔正弯着腰在系他球鞋的鞋带。他直起身,咔嗒一声打开他的公文包,递了个信封给我。

"这是你要的东西,"他说,"耗费了我不少时间,也花了你不少钱,所以希望你还满意。现在眼前所见都是阁下的领地,还包括了楼上和户外使用权。"

"这是所有权证书?"

"正是。你不只是开了家书店的蠢货,现在还是拥有一幢楼房的蠢货。"

"太棒了。"

"你的朋友吉尔马丁鼎力相助。我们是这样操作的:炉石房地产——即斯托普嘉德的公司——把土地连同建筑卖给普森——即我们设下的空壳公司。之后产权证转过三四次手，砰砰砰，就这样。目前登记在册的房东是红苹果企业。"

"也就是我？"

"没错，"他说，"不过本人办事周全，想查出真相可比登天还难。整件事花了你一大笔钱，我的朋友。钱从哪里来我可连问都不想问。"

"很好。"

"你付得太多了，这我跟你说过，可你不想听。按你付的价钱，你得把你自己的房租提高到个天价才有可能划算。隔壁的花店租约还有十年到期，楼上的住户全都付固定房租，租金加起来连你提供他们的暖气都不够。除非你是打算赶走哪个——"

"门儿都没有。"

"我想也是。伯尼，这幢楼房的租金连你的开销都付不起。很烧钱的。"

"这我知道。"

"要是你把这笔款子拿去买优质的平衡型共同基金，你可知道获利有多大？"

"我也可以把钱投资在棒球卡上，"我说，"沃利，要是你省下跑步的时间来做可以收费的工作，钱不是可以赚得更多吗？"

"呃，没错，我懂你的意思。"

"钱不是一切。我可以保住店铺了，这对我最重要。"

"不过话说回来，"他说，"大楼会赔钱，你的店连收支平衡都很难办到。这个赤字你打算怎么填补？"

"哦，不知道，"我说，"应该会想出办法来的。"

卡洛琳进门时，拉菲兹正坐在我怀里。"只是员工，"她说，"绝对不是宠物，对吧，伯尼？"

"抚弄猫毛可以帮助思考，"我说，"这是众人皆知的放松技巧。不需要扯上感情。"

"是吗？"

"总之有个重大消息。"我跟她说了沃利送来产权证的事。"所以我可以保住店铺了，"我说，"我会是房东，不过除了你、我和沃利以外，不必有其他人知道。房客每个月还是寄上他们单薄的支票，一如既往。你跟我还是可以继续共进午餐，下班后一道去饶舌酒鬼。至于要平衡大楼每年的赤字，嗯，今天我才从波顿·斯托普嘉德手上拿到一小笔分期款。"

我跟她说了我们的交易。"我投了他同情票，"我说，"把泰德·威廉姆斯系列以市价的两三倍卖给他，当然我也只有那些卡可卖了，因为马丁其他的好货早在多尔动手以前就不见了踪影。我本打算再绞紧他的链子多折磨他几下。可是我发现我还真同情他。"

"这下你们有个共同点了，伯尼。你们俩都是房东。"

"请不要叫我房东，开玩笑也不行。可我当时看着那个可怜的王八蛋——注定了一辈子被他姐夫比下去——"

"还有每个他凑巧碰上的人。"

"——而且想搞婚外情又搞砸了,最后成了老婆红杏出墙,所以,嗯,我就饶了他。"

"大好人啊。"

"就是我。"我同意道。

她伸手抚摸着猫咪。"伯尼,"她说,"我费了好大劲一直忍住没问你,因为我敢说答案很明显,而且等你公布谜底以后我一定会觉得自己像个大白痴。拉菲兹是怎么破的案?"

"嗯?"

"可别说你不记得,因为我知道你记得。我们就在这里聊到那只长命百岁猫,然后拉菲兹腾空跳起弓着背追起它假想的尾巴跑起来。我不知道它到底做了什么,不过它是给了你一个灵感,然后我们就都聚在纽金特公寓里由你告诉大伙儿命案是谁干的。"

"哦。"

"拉菲兹到底是怎么破案的?"

"卡洛琳,"我说,"拉菲兹没有破案。"

"呃,这我知道,伯尼。我的意思是,我不是笨蛋。我知道拉菲兹只是猫。"

"没错。"

"我不知道它做了什么,或者为什么要那样,可我知道它不是尼禄·沃尔夫①转世。不过不管它做了什么，确实给了你灵感，然后——你为什么摇头？"

"我之前就全知道了，"我说，"只是不想采取行动，因为我觉得没必要。之后我们疯言疯语地说起了猫，它就心有灵犀似的像在热铁皮屋上一样，所以我才忍不住。你怎么了？"

"没事，伯尼。我就知道问了以后我会觉得自己是白痴，果然没错。"

"高兴一点吧。今天是个特别的日子，我可以保住店铺了，卡洛琳。以后我们可以继续——"

"共进午餐，"她随口附和道，"下班以后一起喝酒，继续找错人谈注定失败的恋爱。我今晚本来要见罗莉的，可是她取消了。她跟波顿另有安排。"

"也许他想展示一下新买的棒球卡。我带你出去吃晚饭吧，咱们庆祝庆祝。"

"我原本想着要回家重看苏·格拉夫顿的。离我上次看那本讲被人注射毒药的袒胸舞娘已经有一段日子了。"

"《D 代表 D 罩杯》。"

"没错。伯尼，你知道我希望什么吗？我希望她不要停在第二十六本。要是字母用完了，金西会怎样？"

"开什么玩笑？她可以继续朝着双重字母迈步前进啊。

---

①雷克斯·斯托特侦探小说中的著名侦探。

AA代表酒鬼，BB代表枪支，CC代表摩托骑士。《出版者周刊》几个月前列了一大张表。PP代表黄金雨，ZZ代表托普①——我记不得全部，不过看来她是可以一直写下去。"

"伯尼，这可是天大的好消息。"

"再隔五十年你还是读得到金西，"我告诉她，"AAA代表汽车驾驶者，MMM代表胶带。永远不会停笔。你继续给狗洗澡，拉菲兹继续当游击手。我继续行使我的天职——卖书兼闯空门。"

"从此以后永远过着幸福快乐的生活，嗯，伯尼？"

"永远过着现在这样快乐的生活。"我说，一边伸手爱抚我的猫。

---

① ZZ Topp是一个著名的摇滚乐队。

The Burglar Who Traded Ted Williams
Copyright © 1994 Lawrence Block
First Published in the United States by Penguin Putnam, New York, New York. This edition is published in agreement with the author, c/o BAROR INTERNATIONAL, INC., Armonk, New York, U.S.A. through Chinese Connection Agency, A Division of the Yao Enterprises, LLC.
Simplified Chinese edition copyright © 2018 New Star Press
All rights reserved.

图书在版编目（CIP）数据

雅贼全集：精装典藏版：全11册/（美）劳伦斯·布洛克著；王凌霄等译. —— 北京：新星出版社，2018.10
ISBN 978-7-5133-3168-5

Ⅰ. ①雅… Ⅱ. ①劳… ②王… Ⅲ. ①推理小说—小说集—美国—现代 Ⅳ. ① I712.45

中国版本图书馆 CIP 数据核字（2018）第 155987 号

午夜文库
谢刚 主持

雅贼全集精装典藏版⑥

交易泰德·威廉姆斯的贼

（美）劳伦斯·布洛克 著；易萃雯 译

责任编辑：王　欢
特约编辑：郑　雁
责任校对：刘　义
责任印制：李珊珊
装帧设计：周伟伟

出版发行：新星出版社
出　版　人：马汝军
社　　　址：北京市西城区车公庄大街丙3号楼　　100044
网　　　址：www.newstarpress.com
电　　　话：010-88310888
传　　　真：010-65270449
法律顾问：北京市岳成律师事务所

读者服务：010-88310800　　service@newstarpress.com
邮购地址：北京市西城区车公庄大街丙3号楼　　100044

印　　刷：北京盛通印刷股份有限公司
开　　本：889mm×1092mm　　1/32
印　　张：10.875
字　　数：138千字
版　　次：2018年10月第一版　　2018年10月第一次印刷
书　　号：ISBN 978-7-5133-3168-5
定　　价：638.00元（全十一册）

版权专有，侵权必究；如有质量问题，请与印刷厂联系调换。